W0311116

CLAUDIA WEISS

Jenseits *von Hamburg*

ZWISCHEN HOFFNUNG UND ZWEIFEL Jenseits von Hamburg liegt die Auswandererstadt auf der Elbinsel Veddel. Im heißen Sommer 1906 müssen hier jede Woche Tausende Menschen für sieben Tage ausharren, sich auf ansteckende Krankheiten untersuchen lassen, sowie sämtliche Formalitäten erledigen, die für die Auswanderung nach Amerika nötig sind. Erst dann dürfen sie auf einen der großen Überseedampfer im Hafen.

Ljuba wartet zusammen mit ihrer Tochter Dascha auf die Weiterfahrt. Sie fühlt sich dauernd verfolgt. Doch was verfolgt sie wirklich? Dascha hofft auf ein freies Leben. Doch was bedeutet frei? Die beiden Brüder David und Mashel träumen von einer anderen Welt. Doch träumen sie den gleichen Traum? Der für Recht und Ordnung verantwortliche Polizeikommissar sehnt sich nach Sicherheit. Doch wessen Interessen hat er zu dienen? Die Wege der Menschen kreuzen sich auf den Gassen der Auswandererstadt. Ihre Geschichten, Träume und Ängste verweben sich – und kaum einer von ihnen geht, wie er kam.

© privat

Claudia Weiss ist promovierte und habilitierte Historikerin mit Schwerpunkt Osteuropa, insbesondere Russland. Sie hat mehrere Jahre in Lehre und Forschung in Deutschland, Frankreich und Russland gearbeitet. Neben Fach- und Sachbüchern veröffentlichte sie bereits mehrere historische Romane.

Mehr Informationen zur Autorin unter:
www.claudiaweiss.com

CLAUDIA WEISS

Jenseits *von Hamburg*

Historischer Roman

GMEINER

Immer informiert

Spannung pur – mit unserem Newsletter informieren wir Sie regelmäßig über Wissenswertes aus unserer Bücherwelt.

Gefällt mir!

Facebook: @Gmeiner.Verlag
Instagram: @gmeinerverlag
Twitter: @GmeinerVerlag

MIX
Papier | Fördert gute Waldnutzung
FSC® C014496

Besuchen Sie uns im Internet:
www.gmeiner-verlag.de

© 2023 – Gmeiner-Verlag GmbH
Im Ehnried 5, 88605 Meßkirch
Telefon 07575/2095-0
info@gmeiner-verlag.de
Alle Rechte vorbehalten
1. Auflage 2023

Herstellung: Mirjam Hecht
Umschlaggestaltung: U.O.R.G. Lutz Eberle, Stuttgart
unter Verwendung eines Bildes von: © Ullstein Bild – Süddeutsche Zeitung
Druck: GGP Media GmbH, Pößneck
Printed in Germany
ISBN 978-3-8392-0416-0

Mittwoch, der 4. Juli 1906

12:10 Uhr

Die Sonnenstrahlen glitzerten auf dem graublauen Elbwasser und verbanden sich zu einem leuchtenden Netz. Es tanzte auf den kurzen Wellen den Schleiertanz des Lebens. Trocknete Dascha sich die Augen, ja, blinzelte sie nur, fiele auch dieser Schleier. Und offenbarte all das, was sie zurückließ am Ufer der Alten Welt.

In einem nicht enden wollenden Strom bestiegen Hunderte Menschen die »Batavia« über schmale Gangways, die von kleinen schwankenden Tendern zur Reling des Oberdecks reichten. Der gewaltige Ozeandampfer der HAPAG-Flotte lag bei Brunshausen in der Elbe vor Anker, einige Kilometer von Hamburgs Hafen entfernt, und sollte mit der nächsten Flut auslaufen. Sein Tiefgang erlaubte es nicht, weiter in den Hafen einzufahren. Darum wurde er über die Tender vom Wasser aus beladen. Das Lachen und aufgeregte Geplapper der an Bord kletternden Menschen füllte die Luft, durchbrochen von dem Geschrei der Möwen, die enge Schleifen über den Köpfen der Reisenden zogen und mit scharfem Blick nach etwas Essbarem Ausschau hielten.

Die junge Frau fühlte ihr Herz, hin- und hergerissen zwischen Lachen und Geschrei, Hoffnung und Schmerz. Eine Woche war es her, dass sie zusammen mit ihrer Mutter in einem überfüllten Zug die Elbbrücken auf dem Weg in die Hamburger Auswandererstadt überquert hatte. Es war die letzte Station vor der großen Überfahrt über den Atlantischen Ozean: eine Welt für sich, nicht mehr hier, in Hamburg, doch auch noch nicht dort, wohin ihre Reise gehen sollte. Diese sieben Tage hatten nahezu alles verändert, was in ihrem Leben eine Bedeutung hatte. Langsam lösten sich die ersten Tränen aus ihren hellblauen Augen und rollten mit einem sanften Kribbeln die Wangen hinab. Sie widerstand dem Drang, sie fortzuwischen. Als sie den Hals erreichten, hatten sie bereits ihre Wärme eingebüßt. So schnell veränderten sich Empfindungen. Wenn man es zuließ.

Auf dem Oberdeck wurde es immer voller. Die Menschen drängten weiter zu den engen Stiegen, die nach unten zu den Schlafdecks führten. Die Pritschen waren nicht nummeriert, so versuchte jeder, einen guten Platz für sich und die Seinen zu ergattern. Nah genug an den Schotten, um frische Luft zu haben, doch weit genug von ihnen entfernt, um vor Zug und dem Hin und Her der Passagiere geschützt zu sein. Schließlich dauerte die Reise von Hamburg nach New York an die sieben Tage.

Sie hatte keine Eile. Dafür war der Moment des Abschieds zu gewaltig. Doch auch er würde vergehen, verrinnen wie ihre Tränen. Vom Bug des Dampfers ertönte dreimal das tiefe Horn, dann wurden die Gangways eingeholt und die Tender drehten bei. Die Möwen zogen immer weitere, höhere Kreise und folgten schließlich den Booten zurück zum Hafen.

Eine kleine, von schwerer Arbeit gezeichnete Hand legte sich auf die Schulter der jungen Frau und streichelte sie sanft.

»Komm, mein Kind, es ist an der Zeit zu gehen.«

Donnerstag, der 28. Juni 1906

4:00 Uhr

Das Rattern des Zuges gab den vielfältigen Schlafgeräuschen im Wagon den Rhythmus vor. Weißes Mondlicht schien durch das Fenster und wanderte über die ruhenden Menschen. Ljuba lehnte an der Wagonwand und hatte ihre Beine vorsichtig zwischen den Taschen und Leibern der anderen ausgestreckt. An ihrer Schulter lehnte der Kopf ihrer Tochter Dascha. Hin und wieder streiften einige Haare ihre Wange, die sich aus dem Zopf des jungen Mädchens gelöst hatten. Die sanfte Berührung hielt Ljuba davon ab, sich ganz in der Schläfrigkeit zu verlieren, in die sie das monotone Rattern wiegte. Sie blickte durch das Fenster hinaus in das erste Morgengrauen, das ganz langsam im Nordosten über den Horizont aufstieg. Sie konnte nicht schlafen. Schon lange konnte sie die Nächte nicht mehr durchschlafen. Seit jenem Ostersonntag 1905.

Als sie damals nach der in der Kirche von Wolossowo durchwachten Osternacht am frühen Morgen die Bauernkate ihres Schwiegervaters Iwan Antonow betrat, rief sie freundlich den Ostergruß »Christus ist auferstanden«. Als Antwort bekam sie jedoch nicht die obligatorische Formel »Ja, er ist wahrhaftig auferstanden«, sondern Iwan Antonows Faust ins Gesicht. Er warf sie auf den Tisch, riss ihre Röcke hoch und rammte sein Gemächt in sie hinein.

»Wärest du meinem Sohn eine bessere Frau gewesen, hätte er nicht auf der Straße betteln und sich erschießen lassen müssen, Weib.«

Der brennende Schmerz im Unterleib und die aufgeplatzte Unterlippe raubten Ljuba die Stimme. Das Blut aus ihrer Nase lief in ihren Rachen. Es schmeckte eisern und ließ sie würgen. Als sie in die vor Entsetzen weit aufgerissenen Augen ihrer fünfzehnjährigen Tochter blickte, die ihr ahnungslos über die Türschwelle gefolgt war, packte sie eine Welle verzweifelter Scham.

Erst nachdem der Alte endlich von ihr abgelassen hatte, begriff Ljuba das ganze Ausmaß dessen, was geschehen war. Mitja, ihr Mann, war tot. Erschossen. Am 9. Januar bereits, vor dem Winterpalast in Sankt Petersburg. Zusammen mit zahlreichen weiteren Menschen, die sich dort zu einem friedlichen Aufmarsch versammelt hatten, um den Zaren um Brot zu bitten. Doch dessen Soldaten schossen in die hilflose Menge. Der Tod Hunderter hatte jenem Sonntag seinen neuen Namen gegeben. Blutsonntag nannten ihn die Leute, und anstatt für Ruhe zu sorgen, hatte er die Revolution in Russland erst richtig vorangetrieben. So hatte es Monate gebraucht, bis die Nachricht von Dmitrij Martows Tod endlich bei seiner Familie in dem kleinen Dorf Raskulizy, gut achtzig Werst südwestlich von Sankt Petersburg, eingetroffen war.

Erst am Nachmittag vor Palmsonntag hatte Iwan Antonow vom Tod seines Sohnes erfahren. Mit seinen sechzig Jahren war der Alte immer noch der Bolschak, das Familienoberhaupt, der Martows und führte seine drei Söhne, deren Frauen und Kinder streng. Ljuba hatte ihren Mann seit der letzten Ernte nicht mehr gesehen. In den siebzehn Jahren, die sie verheiratet waren, hatten sie nur wenig Zeit miteinander verbracht. Denn kaum war ihre Tochter geboren, hatte der Bolschak Mitja nach Sankt Petersburg in die Fabrik geschickt, um dort ein Zubrot für die Familie zu verdienen. Und auch, um Ljuba für sich zu haben. Denn war der Mann nicht da, nahm der Bolschak sie sich, wann immer er wollte. Und war sie nicht gefügig, so schlug er sie so lange, bis sie keinen Ton mehr von sich gab. Vier Jahre hatte Ljuba das ertragen müssen. Dann wurden endlich ihre stillen Gebete erhört und sie hatte eine Anstellung im Haushalt der Orlows gefunden, einer adligen Familie, die auf ihrem Landsitz bei Wolossowo lebte. Die Tochter hatte sie mitnehmen können, alles Geld jedoch, das sie verdiente, nahm der Bolschak. Aber ihr Leben war leichter geworden. Nach Raskulizy kam sie nur noch zu den Festtagen und zur Ernte zurück. Mit Mitjas Tod drohte sich alles zu verändern. Auch als Witwe gehörte Ljuba weiterhin zum Haushalt von Iwan Antonow und er konnte nach Belieben über sie bestimmen. Ohne seine Erlaubnis durfte sie noch nicht einmal das Dorf verlassen. Aber nicht nur über sie, auch über ihre Tochter hatte der Alte verfügen können. Und dass er es getan hätte, daran hegte sie keinen Zweifel.

Ljuba fröstelte. Der Zug war ein wenig langsamer geworden. Der Himmel verfärbte sich in ein dunkles Violett. Vorsichtig änderte sie ihre Sitzposition. Ihre Hüfte schmerzte und das linke Bein, das kürzere, fühlte sich taub an. Es würde nicht mehr lange dauern, dann waren sie endlich in Hamburg, der letzten Station ihrer Reise vor der Überfahrt nach Amerika. Bis dorthin würde der lange Arm des Bolschak nicht reichen. So betete sie zumindest inständig. Etwas anderes blieb ihr auch nicht übrig. Sie hatte keine Wahl gehabt. Sie hatte diesen Weg gehen müssen, wohl wissend, dass er nicht nur beschwerlich, ja, vielleicht nicht zu schaffen war. Zumal für sie als Krüppel. Sie hasste dieses Wort. Nur wenn sie ganz mit sich allein war, drängte es sich in ihre Gedanken hinein und zeigte seine grimmige Fratze. So biss sie die Zähne zusammen, wenn der Schmerz sie quälte. Sie hatte es bis hierher geschafft, und mit Gottes Hilfe würde sie auch das letzte Stück der Strecke schaffen. Sie hatte keine Wahl gehabt. Auch nicht, als sie den schmutzigen Preis für diesen Weg hatte bezahlen müssen. Mochte Gott in seiner Gnade ihr verzeihen. Und ihr Kind es nie erfahren.

4:50 Uhr

Die Mutter hat gesagt: »Sei ganz leise! Mucksmäuschenstill!« Darum drückt er sich die eine Hand auf den Mund, die andere auf die Schulter und hält sich selbst fest, damit er nicht aufspringt. Auch sein Atem ist ganz leise. Nur sein Herz pocht so laut, dass er jeden einzelnen Schlag in seinen Ohren dröhnen hört. Es hämmert so kräftig gegen seinen Brustkorb, als ob es ausbrechen und fortlaufen wollte, so wie er. Aber er ist mucksmäuschenstill, hat die Augenlider zusammengepresst. So stark, dass er rote Sternchen und Blitze sieht. Es poltert und kracht. Der Boden bebt. Das Beben schwingt durch seinen Körper, lässt ihn beben. Ein scharfer Geruch dringt in seine Nase, beißt in seinen Hals. Aber er atmet ganz leise weiter. Kein Hüsteln kommt über seine Lippen, sosehr es auch kratzt. Mucksmäuschenstill. Dann hört er sie schreien. Ganz hoch und grell.

»Mashel, wach auf, es ist nur die Bremse, die quietscht. Wir sind wohl bald da.« Er fühlte eine große Hand sanft über seinen Kopf streicheln. »Vielleicht macht gleich jemand die Wagontür auf und wir können hinausschauen.«

Vorsichtig blinzelte Mashel durch die Finger seiner linken Hand, die sein Gesicht verdeckte. Das Quietschen hallte noch nach und der Wagon ruckelte. Vor ihm hockte David, sein großer Bruder, lächelte ihn an und griff nach seiner rechten Hand, die sich fest in seine linke Schulter verkrallt hatte.

»Komm, steh auf, wir versuchen mal, ob wir da vorne durch das Fenster hinaussehen können.«

Als Mashel sich von der Hand seines Bruders hochziehen lassen wollte, spürte er seine Hosenbeine. Sie klebten nass in seinem Schritt. Er befreite sich aus dem Griff und sank zurück auf seinen an die Wand gelehnten Koffer. »Ich bleib lieber sitzen.«

»Ach, nun komm schon. Vielleicht können wir ja bereits die Schiffe sehen.« David lächelte Mashel aufmunternd zu. Aber der presste die Lippen zusammen und schüttelte nur den Kopf. Schulterzuckend wandte David sich um und versuchte, sich an den auf Koffern und Bündeln hockenden Menschen die drei Schritte vorbeizuschieben zu dem kleinen beschlagenen Fenster. Von dort sollte es möglich sein, einen Blick aus dem überfüllten Wagon der vierten Klasse der Preußischen Eisenbahn hinaus in den frühen Sommermorgen zu erhaschen. Fast zwölf Stunden waren die beiden Brüder jetzt schon zusammen mit gut fünfzig anderen Menschen eingepfercht, seit der Sonderzug am Nachmittag des 27. Juni 1906 den Auswandererbahnhof Ruhleben vor Berlin verlassen hatte, um die dort registrierten, desinfizierten und auf ansteckende Krankheiten untersuchten Auswanderer weiter auf direktem Weg nach Hamburg in den Hafen zu bringen, von wo jede Woche mehrere große Ozeandampfer nach Amerika ablegten.

Viele der Reisenden schliefen noch, gleich neben Mashel schnarchte ein kräftiger Mann in seinen schwarzen Bart hinein. Eine junge Frau stillte ihr Baby inmitten von Koffern, Taschen, Bündeln und Paketen. »Warum hält der Zug?«, »Sind wir schon da?«, »Wo sind wir denn?«. Aus jedem Winkel des Halbdunkels mischten sich neugierige Fragen in das dichter werdende Stimmengewirr.

Mashel versuchte, seine Beine ein wenig auszustrecken, da sie drohten, taub zu werden. Die nassen Hosenbeine klebten an der Haut. Er zischte wütend.

»Was hast du?« David war zurück und schaute ihn fragend an.

»Ach, nichts. Es ist nur so eng und stickig hier drin. Ich bin müde und mir tun die Beine weh.«

»Auf dem Dampfer wirst du auch nicht viel mehr Platz haben, Brüderchen. Aber in New York, da wirst du in einem weichen Federbett schlafen und Tante Rahel singt dir leise ›Shlof main Fegele‹. Die Bettlaken duften nach Fliederwasser und auf der Fensterbank brennt eine Kerze zum Shabbat. Der einzige Lärm, den du dann hörst, werden die fröhlichen Stimmen der Amerikaner auf den Straßen sein, wenn sie abends nach Hause kommen und ihren Nachbarn eine gute Nacht wünschen.«

Im Moment konnte Mashel allerdings keinen Fliederduft riechen, sondern die sauren Ausdünstungen verschwitzter, ungewaschener Menschen in zu lange getragener Kleidung. Auch der herüberziehende Qualm einer Papirossa, die ein älterer, ihm schräg gegenübersitzender Mann in tiefen Zügen inhalierte, konnte dem Geruch nicht die Spitze nehmen. Dafür erinnerte er Mashel schmerzlich an das Scheunenviertel in Berlin, in dem er sich in den vergangenen Monaten schon beinahe heimisch gefühlt hatte.

Jeden Tag hatte er dort zusammen mit David dutzendweise Zigaretten gedreht und sie dann anschließend einzeln in den Cafés und Kneipen der Stadt verkauft. Sie waren in Berlin bei entfernten Bekannten eines Freundes ihres Vaters aus Kischinjow untergekommen. Er hatte ihnen gegen ein kleines Entgelt eine Schlafstatt zur Verfügung gestellt und auch einen Vorschuss auf Tabak und

Zigarettenpapier gewährt. So konnten sie in das gewinnträchtige Geschäft der Zigarettenherstellung einsteigen. Für fünfundzwanzig Pfennig bekam man das Hülsenpapier, der Tabak für tausend Zigaretten kostete fünfundneunzig Pfennig. Mashel war geschickt mit den Fingern, er rollte die »Manoli«, »Garbáty« und »Muratti« in Windeseile. David stellte sich ungeschickter an, dafür kauften ihm die hübschen Damen gerne Zigaretten ab. Sicherlich, weil er so nett lächeln konnte. Mashel lächelte selten. Ihm kauften eher Männer seine Ware ab. Manchmal gaben sie ihm sogar ein winziges Trinkgeld. Wenn der Tag gut lief, verdienten sie zusammen zwischen vier und fünf Mark in neun bis zehn Stunden. Das reichte für die Miete der Schlafstatt, Kohle zum Heizen, ein einfaches Essen und den neuen Tabak. Wenn es nach Mashel gegangen wäre, wären sie einfach in Berlin geblieben. Die Leute im Viertel sprachen Jiddisch, der Verkauf lief zunehmend besser und mit dem Frühling wurde auch Berlin angenehmer. Aber David wollte weiter nach Amerika. Er träumte davon, eines Tages ein erfolgreicher Bauingenieur zu werden und ebenfalls so fantastische Hochhäuser zu bauen wie die auf der Postkarte, die Tante Rahel ihnen geschickt hatte. Zwar wusste Mashel nicht, wie David ein Studium bezahlen wollte. Schon sein Besuch des Gymnasiums in Kischinjow hatte die Familienkasse schwer belastet. So hörte es Mashel einmal seinen Vater sagen, als er zufällig einem Gespräch seiner Eltern lauschte. Aber er wollte seinem großen Bruder nicht den Traum zerstören. Zu viel war schon in ihrem Leben zerstört worden. David sparte eisern jeden Pfennig, den sie erübrigen konnten, um ihre Reisekasse wieder aufzufüllen. Ihr Geld aus Russland hatten ihnen die Schlepper abgenommen, die sie über die russisch-preußische Grenze bei Thorn gebracht hatten. Den spärlichen vor ihnen verborgenen Rest mussten sie den Bauern geben, die sie ein Stück des Weges nach Berlin auf ihren schweren Fuhrwerken mitnahmen oder ihnen einfach nur ein paar Rüben gegen den bohrenden Hunger verkauften. Zwei Wochen waren sie so unterwegs gewesen, bis sie es endlich geschafft hatten, sich in einem Güterwagon eines Zuges zu verstecken, der nach Berlin fuhr.

Letztlich lag es auch an David, dass sie wieder aus Berlin fortgegangen waren. Auf dem Alexanderplatz waren sie einer Razzia der Ausländerpolizei in die Hände gefallen. Weil sie nicht schon vor der Russischen Revolution von 1905 in Berlin ansässig gewesen waren, hatte David, der schon achtzehn Jahre alt war, die Stadt verlassen müssen. Und ohne David wollte Mashel keinen Tag irgendwo bleiben. Also nahmen sie ihr Erspartes und machten sich auf nach Ruhleben, um von dort nach Hamburg und weiter nach New York zu fahren.

Nun stand dieser Zug auf einem Gleis irgendwo im Nirgendwo. Der nasse Hosenstoff wurde langsam kalt und noch unangenehmer auf Mashels Haut.

»Macht doch mal die Tür auf, dann sieht man wenigstens etwas«, knurrte der Mann mit der Papirossa. Zwei jüngere Burschen, die neben der Wagontür auf ihren Seesäcken saßen, erhoben sich und lösten umständlich die Verriegelung. Quietschend öffnete sich die schwere Tür und sanfte Sonnenstrahlen flossen zusammen mit einem Schwall kühler Morgenluft in den stickigen Wagon. Gierig atmete Mashel die frische Brise ein. David beugte sich über ihn und versuchte, einen Blick hinauszuwerfen.

»Ich sehe nur eine Wiese und weiter hinten ein paar Bäume. Aber keine Stadt und keinen Hafen.« Seufzend setzte er sich neben Mashel und wuschelte ihm durch die dunklen Locken. Ein junges Mädchen, dessen honigfarbenes Haar zu einem strengen Zopf geflochten war, drehte sich erschrocken zu ihm um, als er es versehentlich mit seiner Fußspitze streifte. Mit hellblauen Augen musterte sie David unverwandt. Der murmelte sogleich eine Entschuldigung und zog seinen Fuß so schnell zurück, dass er laut gegen einen Koffer knallte. Dessen Besitzer schnaubte ungehalten. Sie lächelte amüsiert und schmiegte sich an die Schulter der Frau neben ihr. David fuhr sich mit seinen langen Fingern übers Gesicht, als wollte er die peinliche Situation fortwischen. Aber Mashel schien es, als ob sein Bruder auch zwischen seinen Fingern hindurch den Blick nicht von dem Mädchen ließ.

Inzwischen waren die Burschen, die die Tür geöffnet hatten, aus dem Wagon auf den Bahndamm gesprungen.

»Seht ihr was?«, »Müssen wir raus?«, »Nein, hier ist nichts. Aber da kommt ein Schaffner.«, »Wo?«

Binnen weniger Augenblicke war die Türöffnung von Menschen versperrt, sodass weder Licht noch Luft zu Mashel vordrangen. Er schloss müde die Augen. Bis er aus diesem Wagon herauskam und seine Hose wechseln konnte, würde wohl noch einige Zeit vergehen.

6:45 Uhr

Polizeikommissar Kiliszewski verfolgte mit stoischem Blick die gleichmäßigen Streichbewegungen, mit denen Schutzmann Schmidt sein Schwarzbrot butterte. Jeden Morgen traf sich der Kommissar mit den vier ihm unterstellten Schutzmännern. Stets eine Viertelstunde vor Dienstbeginn frühstückten sie gemeinsam, um die Vorkommnisse der vergangenen Nacht und die zu erwartenden Ereignisse des neuen Tages in den Auswandererhallen auf der Hamburger Veddel zu besprechen. Kotremba, Jakusz und Jahnke, die gleich ihren Dienst antraten, hatten ihre Pickelhauben über ihre Uniformjacken auf die Haken an der Wand gestülpt, gleich neben der von Schmidt. Dieser hatte Nachtdienst gehabt und sich mit müdem Gesicht als Erster zu Kiliszewski an den Holztisch gesetzt. Jakusz trank schlürfend einen Schluck heißen Kaffee, den der Kommissar gekocht hatte. Jeden Morgen spendierte er seinen Männern einen Kaffee, um sie bei Laune zu halten. Er wusste, dass ihre Lohntüte klein und Bohnenkaffee teuer war. So wurde seine Geste umso mehr geschätzt.

»Wie verlief die Nacht, Schmidt?«

»Ganz gut, Herr Kommissar. Die abendlichen Rundgänge waren recht friedlich, trotz der Beschwerden einiger Gäste, dass es in den Baracken zu heiß zum Schlafen sei. Wenigstens schienen die Latrinen ordentlich gesäubert zu sein, so war der Gestank auszuhalten. In der Nacht musste ich allerdings einmal gegen drei Uhr das Wachlokal verlassen. Herling von der Verwaltung hatte Ärger mit einer Mutter, die sich um ihren Säugling sorgte. Weil der Arzt nicht zu finden war, wurde sie laut, weshalb Herling mich um Hilfe bat. Als sie mich sah, gab sie Ruhe«, berichtete Schmidt und grinste.

»Das würde ich an ihrer Stelle auch tun«, grunzte Jakusz über seinem Kaffee. »So wie du aussiehst.«

»Und wo war der Arzt?«, fragte Kiliszewski dazwischen.

»Keine Ahnung. Aber Herling sagte, er kümmere sich darum.«

»Haben Sie die ärztliche Abwesenheit ins Protokoll aufgenommen, Schmidt?«

»Jawohl, Herr Kommissar.«

»Gut, ich werde den Hafenarzt darauf ansprechen. Schließlich muss gewährleistet sein, dass immer ein Mediziner anwesend ist. Sonst können wir die Sicherheit vor Ort nicht garantieren. Wir müssen schließlich auch hier sein, ganz gleich, wie heiß die Nächte sind.« Mit Nachdruck stellte Kiliszewski seinen Becher Kaffee ab. Die Sicherheit in der Auswandererstadt hatte für ihn absolute Priorität. Schließlich waren die Hallen überhaupt erst vor viereinhalb Jahren gebaut worden, um den Menschenmassen, die Jahr für Jahr, Monat für Monat, Woche für Woche, ja, Tag für Tag durch Hamburg weiter hinaus in die Welt strömten, ein vernünftiges Maß an Schutz zu gewähren. Ihnen ebenso wie auch den Hamburgern, die mit all diesen Menschen umzugehen hatten. Allein im letzten Jahr, 1905, waren knapp hundertfünfzigtausend Menschen über den Hamburger Hafen in die Neue Welt ausgewandert. Das waren nahezu vierhundert Menschen am Tag. Aber das war Statistik. Im Sommer kamen weit mehr in Hamburg an und auch dann legte nicht jeden Tag einer der großen Überseedampfer ab. So stauten sich die Menschen in der Stadt. Oder eben hier in den Auswandererbaracken auf der Veddel, für deren Ordnung Kiliszewski verantwortlich war.

Im Dezember 1901 hatte die HAPAG, Hamburgs größte und bedeutendste Reederei, die Auswandererhallen eröffnet, um dem Menschenstrom Herr zu werden. Aber das Unterfangen war ein Fass ohne Boden. Allein in der ersten Hälfte dieses Jahres waren schon knapp neunzigtausend Auswanderer durch Hamburg gereist. Die meisten von ihnen aus Russland, Galizien, Böhmen, der Walachei. Aber auch aus Posen, Schlesien oder der Pfalz. Fast alles arme Leute, deren ganze Habe in wenige Koffer oder auch nur in ein paar große Bündel passte. Doch nicht ihre Armut fürchtete man in der Stadt, sondern die Krankheiten, die sie im Gepäck hatten. Immer wieder war in Russland die Cholera aufgeflammt, hatte Hunderte in den Tod und noch viel mehr in Leid und Elend gerissen. 1892 hatte es diese tückische Seuche nach Hamburg geschafft. Achttausend Menschen fielen ihr innerhalb weniger Wochen zum Opfer. Unter ihnen die zwei wichtigsten in Kiliszewskis Leben: seine Frau und sein kleiner Sohn.

Bei ihrer Beisetzung hatte er sich geschworen, sein Dasein der Sicherheit der Stadt und den in ihr lebenden

Menschen zu widmen. Den Einwohnern genauso wie den Auswanderern. Seit damals arbeitete der Kommissar für die Abteilung der Polizei, die für die Überprüfung der Auswanderer zuständig war. Alle Beteiligten hatten schnell verstanden, dass medizinische Kontrollen und eine angemessene Versorgung kranker Auswanderer der Schlüssel für weitere Geschäfte mit diesen Menschen waren. Albert Ballin, der Generaldirektor der HAPAG, hatte gemeinsam mit der Direktion des Bremer Lloyd, der zweiten großen Reederei im Auswanderergeschäft, dafür gesorgt, dass die Auswanderer bereits bei der Überquerung der deutschen Grenzen medizinisch untersucht wurden und ihr Gepäck desinfiziert wurde. Gleiches geschah hier in den Hallen nochmals. Aber was nutzten all solche Kontrollen, wenn der zuständige Arzt, sobald man ihn tatsächlich brauchte, nicht anwesend war?

Missmutig sah der Kommissar aus dem kleinen Fenster der Wachstube. Sie war im Verwaltungsgebäude der Auswandererstadt untergebracht, mit Blick auf den Hafen. In gut zwei Stunden würde der nächste Zug aus Berlin-Ruhleben mit Hunderten weiteren Menschen eintreffen. Dabei waren die Schlafsäle jetzt schon voll. Gestern erst hatte Herr Allen, der Verwalter, wieder bei Doktor Stahmer, dem für die Auswandererhallen verantwortlichen Hamburger Senator, um Aufstockung der Betten in den neun Schlafhallen gebeten. Im letzten Jahr war diese Notmaßnahme, bei der auf die Stockbetten ein drittes Bett gestellt wurde und aus den eigentlich eintausendzweihundert Schlafplätzen eintausendachthundert wurden, nahezu zum Dauerzustand geworden. Da der Platz für so viele Menschen dennoch nicht ausreichte, hatte die Verwaltung acht zusätzliche Baracken gebaut, bis endlich in diesem Frühjahr die Entscheidung gefallen war, die gesamte Anlage um sechs neue Pavillons zu erweitern. Wenn die erst mal fertig waren, würden hier fünftausend Menschen unterkommen und dieser Ort wirklich eine kleine Stadt in der großen Stadt sein. Aber bis es so weit war, hatte Kiliszewski auch noch die gewaltige Baustelle zu beaufsichtigen.

»Jakusz! Kotremba!«

Verschlafen schauten die beiden Männer den Kommissar an.

»Wenn Sie mit der Kontrolle des Morgenzuges fertig sind, gehen Sie noch einmal gründlich die Baustelle ab und kontrollieren Sie, ob die Sicherheitsauflagen eingehalten werden.«

»Jawohl, Herr Kommissar«, antworteten beide wie auf Knopfdruck, während Jahnke wegen seiner ordentlichen Handschrift und seiner außerordentlichen Liebe zu Papier wie immer den Dienst in der Wachstube übernehmen würde.

Schmidt gähnte inzwischen unverhohlen. Kiliszewski zog seine Taschenuhr aus der Weste und sah nach der Zeit.

»Gut, Männer, dann abtreten zum Dienstbeginn.«

Laut scharrten die Stühle über die Holzdielen und die schweren Absätze der Stiefel polterten auf den Boden, als sich die fünf Polizisten erhoben und auf den Weg machten. Jakusz und Kotremba zur Garderobe, um die

Uniformjacken überzuziehen, Jahnke an den Schreibtisch der Wachstube und Schmidt hinauf zu den Kammern der Schutzleute, die sich im Dachgeschoss befanden, um sich bis zum Mittag auszuruhen, bevor er sich wieder zu den anderen zum Dienst gesellen würde.

Kiliszewski schenkte sich den Rest Kaffee in seinen Becher und nahm ihn mit nach nebenan in sein Büro, von wo aus er für einen weiteren Tag für Ordnung in den Auswandererhallen sorgen würde. Nachdenklich schaute er durch das gekippte Fenster den beiden Schutzmännern nach, die mit festem Schritt hinaus auf den Weg traten.

Die Morgensonne warf ihre langen Schatten, sodass die Spitzen ihrer Pickelhauben wie in den Sand stechende Speerspitzen anmuteten. Keine Wolke trübte das strahlende Blau des Himmels, nur ein paar Sperlinge schwirrten durch die noch frische Luft, die sich bis zum Mittag sicherlich wieder bis weit über dreißig Grad erhitzen würde. Jakusz und Kotremba gaben eine gute Wachkombination ab, dachte Kiliszewski bei sich. Der ruhige und bedachte Kotremba, der mit seinen ein Meter achtzig die Statur eines gestandenen Seebären hatte, konnte den leicht aufbrausenden, kleingewachsenen Jakusz gut im Zaum halten. Der verlor oft die Geduld mit den Auswanderern, wurde laut und drohend, wo er mit Ruhe mehr erreicht hätte.

Die beiden marschierten hinüber zum Eingangsbereich der Auswandererstadt, auf die sogenannte unreine Seite. Dort begannen sie ihren morgendlichen Rundgang durch die Wohn- und Schlafsäle der erst in der Nacht eingetroffenen Reisenden, die noch durch die Registrierung und vor allem durch die hygienischen und medizinischen Kontrollen mussten. Um halb acht bekamen die Neuankömmlinge ihr Frühstück; ein idealer Zeitpunkt, um sie zu beobachten und von vornherein »gesuchte Personen« herauszufiltern. Erst letzte Woche war wieder ein eindringlicher Brief vom Polizeipräsidenten Roscher persönlich auf Kiliszewskis Schreibtisch gelandet, in dem er dazu angehalten wurde, vor allem unter den russischen Auswanderern nach Sozialisten Ausschau zu halten. Der Rat der Stadt machte sich nämlich zusehends Sorgen, dass deren aufrührerisches Gedankengut sich ungehindert unter den Hamburger Hafenarbeitern verbreitete. Und Streiks oder sogar Aufstände mussten in Hamburg um jeden Preis unterdrückt werden. Jakusz hatte eine feine Nase für Sozialisten, aber leider auch eine zu schnelle Faust. Vor zwei Monaten hatte er sich an einem alten Mann vergriffen, der noch in den überfüllten Speisesaal drängte. Ihn aufzuhalten, war eine Sache, ihm dabei den Arm zu brechen, eine andere. Damals war Schmidt mit ihm auf Rundgang gewesen, und der traute sich im Gegensatz zu Kotremba nicht, Jakusz zu bremsen.

Nach der Überwachung des Frühstücks würden die beiden wie jeden Morgen weiter zum Auswandererbahnhof gehen und den Frühzug abwarten, der bis neun Uhr ankommen sollte. Und dann war es auch mit der Ruhe für Kiliszewski vorbei. Denn wenn heute Vormittag wieder fünfhundert Neuankömmlinge unterzubringen waren, würde die Auswandererstadt endgültig aus ihren Nähten platzen, insofern nicht wenigstens genauso viele bis zum Mittag auf dem Weg zu ihrem Dampfer waren. Aber heute war Donnerstag. Da legte nur der Expressdampfer von Cuxhaven aus ab. Doch vielleicht hatten sie ja auch Glück und es kämen nicht mehr als zweihundert Neue. Die würde man noch in einer der provisorischen Baracken unterbekommen.

Das Klingeln des Telefons riss Kiliszewski aus seinen Überlegungen. Es war ein besonderes Privileg, dass seine Wache ein eigenes Telefon hatte. Geschäftig nahm er den Hörer ab und meldete sich ordentlich in voller Länge.

»Kiliszewski? Roscher hier. Ich muss mit Ihnen sprechen. Es ist dringend.«

Automatisch nahm der Kommissar Haltung an, auch wenn ihn der Polizeipräsident natürlich nicht durch das Telefon sehen konnte.

8:50 Uhr

»Mamotschka, wach auf, jetzt sind wir wirklich endlich da!« Liebevoll knuffte Dascha in die Schulter ihrer schlafenden Mutter, während sie schon neugierig aus dem schmutzigen Fenster hinaus auf den glitzernden Fluss sah. Wie eine sich langsam rekelnde Schlange wand sich die Elbe unter den Brücken hindurch und weiter in den Hamburger Hafen. Vorbei an Lagerschuppen, Speichern und Silos fuhr der Zug langsam auf einen schmalen Bahnsteig zu, weit abseits der stolzen Kirchtürme, die über der Stadt in der Morgensonne leuchteten.

»Kannst du schon das Meer sehen und den großen Dampfer?«

»Nein, ich sehe nur einen hohen Bretterzaun und dahinter Baracken. Aber da, da ist ein Turm mit einer Uhr!« Dascha spürte die Hände ihrer Mutter auf ihren Schultern. Sie roch unangenehm aus dem Mund. Es wurde Zeit, dass sie endlich aus diesem Wagon heraus an die frische Luft kamen. »Hamburg liegt doch gar nicht am Meer, Mamotschka, sondern an einem großen Fluss, der ins Meer fließt. So wie Sankt Petersburg.«

»Hm.« Daschas Mutter schüttelte den Kopf, und ihr Kopftuch streifte Daschas Wange.

Langsam, begleitet von einem lang gezogenen Quietschen der schweren Bremsen, blieb der Zug stehen. Sofort drängten alle Insassen lautstark zu den Türen. Auch

Dascha ergriff ihr Bündel und das ihrer Mutter und begab sich in das Gedränge. »Komm, Mamotschka, raus hier. Wir sind da.« Die beiden schoben sich durch das Gewirr aus Menschen und Gepäckstücken Schritt für Schritt zu der engen Wagontür. Endlich konnte Dascha ihren Fuß auf die eiserne Stufe stellen, als sie plötzlich jemand von hinten schubste. Sie stürzte nach vorne. Mit einem Schrei versuchte sie, die Haltestange an der Wagontür zu greifen, da packten sie schon zwei Hände, hielten sie und stellten sie behutsam auf den Boden.

»Oh, vielen Dank!«, stieß sie hervor und schaute ihren Retter an. Es war der junge Mann, der zwei Plätze entfernt von ihr gesessen hatte. Seine dunklen Locken fielen ihm ins Gesicht und ein Lächeln umspielte seine braunen Augen.

»Hast du dir wehgetan?«

»Nein, es geht schon, danke.« Schnell drehte sich Dascha zu ihrer Mutter, um die Röte zu verbergen, die ihr ins Gesicht stieg. »Reich mir die Bündel und sei vorsichtig, wenn du heruntersteigst, es ist steil.« Gerade wollte sie das Bündel nehmen, das ihre Mutter ihr anreichte, aber der junge Mann ergriff es vorher und hob es kurzerhand über sie hinweg in Sicherheit, bevor er ihrer besorgt um sich blickenden Mutter aus dem Wagon half.

»Danke.«

»David, komm!« Ein Junge von vielleicht zwölf Jahren zog an seiner Jacke.

David gab nach und drehte sich zu dem Jungen um, wobei seine Augen Dascha streiften. »Dir tut wirklich nichts weh?«

Sie schüttelte lächelnd den Kopf. Der Klang seiner Stimme verriet, dass er aus dem Süden kam.

»Dascha, hilf mir!« Ihre Mutter hatte bereits ein Bündel geschultert und schob Dascha das andere hin. Sie warf es sich über die Schulter, hakte sich bei ihrer Mutter unter und sie reihten sich ein in die Menschenschar, die den Bahndamm hinunter auf die mit jungen Bäumen gesäumte Wilhelmsburger Straße zusteuerte.

Wie viele Werst mochte sie wohl so mit ihrer Mutter in den vergangenen drei Monaten gegangen sein? Sie unmerklich stützend, damit die ihre schmerzende Hüfte schonen konnte. Es war wie ein ewiges Versteckspiel. Ihre Mutter schluckte den Schmerz verbissen hinunter, und Dascha gab sich müde, als würde sie selbst Halt suchen. So hatten sie viele Wege und Straßen hinter sich gelassen, waren immer weiter gegangen nach Westen. Aber keine von all den Straßen war so gepflegt und ordentlich mit Kopfsteinpflaster verlegt gewesen wie diese. Dascha schien es, als sei sie noch nie in ihrem Leben über eine bessere Straße gegangen. Schon gar nicht in ihrem Dorf in Russland. Dort gab es nur Sandwege, die staubten im Sommer, waren im Winter vereist und im Frühjahr und Herbst schlammig. Rechts von den beiden Frauen stand das graue Elbwasser im Zollhafen und jenseits davon säumten die stolzen Backsteinbauten Hamburgs das Ufer. Schiffsmasten bewegten sich auf dem Wasser auf und ab und Wimpel flatterten in der Morgenbrise. Möwen jagten um sie herum und stiegen auf in den wolkenlosen blauen Sommerhimmel. Noch nie hatte Dascha so viele Schiffe gesehen. Wie prächtig sie waren, geradezu stolz schwammen sie auf dem breiten Fluss, der die frisch angekommenen Auswanderer von der Stadt trennte. Auf der linken Straßenseite schirmte ein hoher Bretterzaun das umfriedete Gelände ab, auf dem die Auswandererhallen lagen. Dascha bemerkte zwei Schutzmänner in dunkler Uniform und mit Pickelhaube auf dem Kopf. Sie standen an den Zaun gelehnt und sondierten mit stechendem Blick Mensch um Mensch die frisch Eingetroffenen, wobei sie ihr besonderes Augenmerk auf die jungen Männer richteten. Einer der Schutzmänner, der kleinere, kräftigere, nahm David, ihren Retter, ins Visier und musterte ihn von oben bis unten. Schnell schaute sie weg. Seit ihrem Aufbruch aus Russland machten ihr Vertreter der Obrigkeit Angst. Auch ihre Mutter war angespannt, als sie die beiden Schutzmänner sah. Sie senkte ihren Blick und verlangsamte ihren Schritt, um das Nachziehen ihres linken Beines zu verbergen. Ein paar Atemzüge später waren sie an den beiden Uniformierten vorbei. Erleichtert – zum wievielten Mal bloß auf dieser Reise? – sah Dascha das Empfangsgebäude der Auswandererhallen vor sich. Es war groß und stattlich, unten aus rotem Backstein, oben weiß verputzt. Seinen gewaltigen Turm samt Uhr hatte sie bereits durch das kleine Wagonfenster erspäht. Aber in voller Größe, nur ein paar Schritte von ihr entfernt, war es weitaus imposanter.

»Schau nur, Mamotschka, gleich sind wir da. Dann können wir uns ausruhen.«

»Ja, mein Kind, gleich sind wir da. Dann haben wir es fast geschafft.« Unruhig schaute sich Daschas Mutter noch einmal nach den Schutzmännern um, aber die hatten ihr Augenmerk längst auf die nachrückenden Ankömmlinge gerichtet.

Vor der Eingangstür drängte sich eine große Menschenmenge zusammen. Dascha wurde von fremden Ellenbogen hin und her geschubst und drohte immer wieder, weggedrängt zu werden. Aber endlich waren die beiden Frauen zusammen mit mindestens zweihundert anderen Reisenden in der großen Empfangshalle angelangt und sahen sich staunend um.

Der gewaltige Raum war bestimmt über sechs Meter hoch und dank der riesigen Fenster an beiden Enden von Licht durchflutet. Die untere Hälfte der Wände war aus glänzenden rotbraunen Backsteinen gemauert, die aussahen wie eine frische Brotkruste. Augenblicklich zwickte Daschas Magen. Seitdem sie mit ihrer Mutter aus Berlin-Ruhleben aufgebrochen war, hatte sie nur einen Kanten Brot und ein Glas Tee zu sich genommen. Auf der linken Seite der Halle reihte sich ein Schalter neben den anderen, strikt getrennt durch hölzerne Barrieren, in denen sich die Menschen drängten. Hinter den Schaltern saßen ernst dreinblickende Männer in dunklen Uniformen, blätterten in Dokumenten und stempelten sie dumpf hämmernd ab. In der Mitte des Saals standen mehrere Bänke, alle bis auf den letzten Platz besetzt. Auf der rechten Seite befanden sich zwei Türen, viersprachig beschildert, darunter auch Russisch. Wie gut, dass Dascha lesen und schreiben konnte und nicht wie ihre arme Mutter hilflos vor Buchstaben stand. Über der einen Tür las sie »Ausgang«, über der anderen »Speisesaal«. Da die Schlange vor den Schaltern lang war, zog Dascha ihre Mutter in

Richtung Speisesaal. »Komm, Mamotschka, wir holen uns erst mal etwas zu essen. Schlange stehen können wir auch noch später.«

Noch bevor sie die Tür erreichten, baute sich ein uniformierter Mann vor ihnen auf, schüttelte streng den Kopf und wies die beiden Frauen mit ausgestrecktem Arm zurück zu den gegenüberliegenden Schaltern. Die Halle füllte sich stetig weiter mit den frisch Angereisten. Das Sprachgewirr aus Russisch, Polnisch, Jiddisch, Ungarisch und Deutsch wurde immer lauter. Kinder und Säuglinge schrien in verschiedenen Höhenlagen durcheinander. Je mehr Menschen sich in den Reihen drängten, desto schlechter wurde die Luft im Saal. Die Leute hatten seit mindestens zwei Tagen keine Gelegenheit gehabt, sich zu waschen. Und so manche Windel war voll. Doch nicht nur die sorgte für unangenehme Gerüche. Ein Mann in der benachbarten Reihe schräg vor Dascha schickte mit jeder Bewegung, die er machte, Gestank nach altem Schweiß, ranzigem Fett und fauligem Mundgeruch zu ihr hinüber. Benommen versuchte sie, einen Zipfel von ihrem Kopftuch vor ihre Nase zu halten. Es half nicht. Um sich abzulenken, sah sie sich erneut um. Über der Eingangstür stand in großen Buchstaben: »Mein Feld ist die Welt«. Was bedeutete das wohl? Darunter hing eine Uhr. Bald war zehn Uhr durch. Die Wände schmückten Bilder von riesigen Ozeandampfern, die durch die schäumende See pflügten. Wie lange würde es noch dauern, bis sie endlich auf einem dieser Schiffe waren und über das Meer in ein neues Leben aufbrachen? So häufig hatte sie in den letzten Wochen davon geträumt, wie gut ihr Leben drüben in Amerika werden würde. Sie war so neugierig auf die Schönheit und den Reichtum des Landes, von dem die Menschen, die sie unterwegs getroffen hatten, schwärmten. Auch sollte es dort für alle, die wirklich arbeiten wollten, gutes Geld für gute Arbeit geben. Nicht wie in Russland, wo es zwar viel Arbeit gab, aber der Lohn stets so spärlich bemessen war, dass er kaum zum Leben reichte. Doch nicht der Lohn allein war es, der Dascha nach Amerika lockte, sondern die Freiheit.

»Nun träum nicht, Mädchen, rück schon auf. So viel Platz gibt es hier nicht!«, meckerte eine Frau, deren fülliger Körper von gleich mehreren Kleidern übereinander verhüllt wurde. Um ihren Kopf hatte sie einen schweren Wollschal gebunden, dabei war es hier drinnen schon jetzt richtig warm. Dascha schob ihr Gepäck drei Schritte weiter nach vorn und half dann ihrer Mutter hoch, die auf ihrem Bündel hockend kurz eingenickt war.

»Geht es, Mamotschka?«

»Natürlich, Daschenka, es geht schon. Gleich haben wir es ja geschafft. Siehst du, es sind nur noch höchstens zehn Leute vor uns.«

Da sah Dascha den jungen Mann wieder, der sie aufgefangen hatte. Mit seinem kleinen Bruder stand er drei Reihen links von ihnen und noch ein ordentliches Stück weiter hinten. Sie lächelte ihm zu. Er war ein hübscher Kerl. Groß und schlank mit dunklen Locken und schönen, großen Augen. Seiner Kleidung nach zu urteilen, kam er aus einer Stadt und nicht vom Dorf wie sie. Woher bloß? Sein Russisch hatte einen südlichen Einschlag und auch etwas von dem Singsang des Jiddischen. Ob er Jude war? So viele der Menschen, die aus Russland fortgingen, waren Juden. Dabei mussten die Juden doch gar nicht auf den Dörfern als geschundene und verschuldete Bauern dahinvegetieren, sondern lebten in den Städten, kannten keinen Grundherrn und konnten meistens sogar lesen und schreiben. So wie der Lehrer in der Dorfschule, die sie vier Jahre lang hatte besuchen dürfen. Der hatte sogar studiert. So ein Leben gab es für russische Bauern nicht. Da gab es nur den Bolschak. Und sein Wille war Gesetz. Zumindest in ihrem Dorf und in ihrer Familie. Aber was wusste sie sonst schon über Juden? Kaum etwas. Nur dass die Leute meist schlecht von ihnen sprachen. Nicht rechtgläubig seien sie, Lügner und Betrüger, und sie seien schuld, dass der Herr Jesus ans Kreuz geschlagen wurde. Das sagte zumindest der Pope. Aber der sagte viel, wenn der Tag lang war, genauso wie die Frauen am Waschtag, wenn sie mit ihrem Geschwätz versuchten, sich von der Mühsal ihrer Arbeit abzulenken.

Der kleine Junge ließ den Kopf hängen und starrte schmollend zu Boden. Sein Bruder redete sanft auf ihn ein, aber der Kleine reagierte nicht. Er sah verloren aus zwischen all den Menschen.

»Nun träum nicht schon wieder, Mädchen. Voran mit dir!« Die Frau hinter ihr drückte Dascha ihre Hand in den Rücken und schob sie wie ein Gepäckstück voran.

»Ist gut, Mütterchen, ich geh ja schon weiter«, entgegnete Dascha unwirsch, entwand sich der fremden Hand und schob ihr Bündel zwei Schritte weiter vor. Aus ihren Gedanken gerissen meldeten sich Hunger und Durst wieder. Daschas Kehle war trocken und ihre Zunge klebte am

Gaumen. Plötzlich packte sie ein Schwindel und ihre Knie zitterten. Die drängelnde Frau hinter ihr ergriff gerade noch rechtzeitig ihren Arm und fächelte ihr mit dem Deckblatt einer Bibel frische Luft zu. »Es wird alles gut, Kindchen. Hier ist es auch stickig. Aber in Amerika gibt es sogar Wasserbrunnen auf den Straßen, hat mein Sohn geschrieben, da wirst du immer etwas zu trinken bekommen, wenn dich der Durst packt.«

Endlich waren sie an der Reihe. Umständlich holte Daschas Mutter die unter ihrem Kleid gehüteten Papiere hervor, strich jedes Blatt sorgfältig mit den Händen glatt und legte den dünnen Stapel auf den Tresen. Der Mann mit seinem blauen Dienstrock und der dunkelblauen Schirmmütze, auf der mittig ein Anker prangte, blätterte die Unterlagen durch und murmelte: »Borokowskaja, Raissa aus Petersburg?« Als er keine Antwort bekam, wiederholte er sich in deutlich schärferem Ton. Aufgeschreckt sah Dascha ihn an. »Mamotschka, das bist doch du!«

Ihre Mutter starrte den Mann hinter dem Schalter an und stammelte nur: »Ja, ich.«

11:00 Uhr

LJUBA SCHAUTE NERVÖS auf die abgestempelten Papiere, die ihr der Mann hinter dem Schalter mit der einen Hand reichte, während er ihr die andere flach entgegenstreckte.

»So, das macht für zweimal Borokowskaja für vierzehn Nächte achtundzwanzig Mark, möglichst passend, bitte schön.«

Was wollte er noch von ihr? Sie hatte ihm doch alle Unterlagen übergeben, die man ihr in der preußischen Kontrollstation für Auswanderer in Eydtkuhnen ausgehändigt hatte. Genau dieselben, die auch schon in Berlin-Ruhleben kontrolliert und für ausreichend befunden worden waren. Da hatte sie allerdings noch Geld für die ärztliche Untersuchung zahlen müssen. Wollte er etwa auch wieder Geld haben? Ljuba schaute den Mann fragend an und zuckte mit den Schultern.

»Zweimal Borokowskaja für vierzehn Nächte, das macht achtundzwanzig Mark.«

Sie drehte sich zu ihrer Tochter. »Was will er denn nur?«

Dascha zuckte ebenfalls mit den Schultern. »Ich weiß es nicht.«

Der Mann am Schalter zog die Papiere, nach denen Ljuba schon greifen wollte, wieder zurück und hielt ihr die beiden Kontrollscheine hin. »Pro Tag und reisender Person über zehn Jahre kostet die Unterkunft in den Auswandererhallen zwei Mark. Das macht achtundzwanzig Mark für zwei Personen und zwei Wochen.«

Beide Frauen zuckten erneut verständnislos mit den Schultern.

»Ach, immer das gleiche Theater. Wenn's ans Zahlen geht, verstehen die Juden kein Wort mehr.« Mürrisch wandte sich der Mann zu seinen Kollegen an den anderen Schaltern. »Kann hier jemand Jiddisch? Ich komm nicht weiter.«

»Ne, Marek kann nur Polnisch, Benjamin aber, am letzten Schalter.«

Dascha bemühte sich angestrengt, die Männer hinter dem Schalter zu verstehen. »Russki?«, fragte sie zögerlich.

»Kann jemand Russki?«, äffte der uniformierte Mann sie nach.

»Ne, Russki kann hier gerade keiner. Aber schau mal, da kommt der Nowak zum Dienst. Der kann doch alle Ostsprachen. Frag den doch. He, Nowak komm mal rüber und hilf uns mit Russki.« Der Mann vom Nachbarschalter winkte einen kräftig gebauten, großen Mann heran, der sich ruhig durch die Wartenden in Richtung Speisesaal schlängelte.

»Was gibt es, Heinz?«, fragte er mit tiefer Stimme über die Köpfe der Wartenden hinweg.

»Hilf mal Kurt mit den beiden Frauen weiter. Die halten den ganzen Laden auf.«

Ljuba schaute zwischen dem Uniformierten und dem großen Mann, der jetzt auf sie zukam, verunsichert hin und her. Der lächelte sie freundlich an und fragte in einem stark polnisch gefärbten Russisch: »Na, gibt es Probleme?«

»Ja, ich verstehe nicht, was der Mann von uns will.«

»Geld will er.« Nowak grinste. »Das will er zumindest meistens.«

Nowak redete kurz mit dem Mann hinter dem Schalter, um zu erfahren, worum es ging. Dann wandte er sich wieder an Ljuba.

»Sind Sie Raissa und Bascha Borokowskaja?«

Ljuba nickte zögerlich.

»Dann müssen Sie hier für die Unterkunft noch zahlen.«

»Und wie viel?«

»Kurt, was müssen die Frauen zahlen?«

»Na, hab ich doch schon zweimal gesagt. Zweimal Borokowskaja für vierzehn Nächte, das macht achtundzwanzig Mark.«

»Wieso denn vierzehn Nächte? Ich dachte, die bleiben immer nur höchstens acht Nächte hier.«

»Ja, aber man weiß ja nie, und später haben die nichts mehr, wenn es dann doch länger dauert mit der Einschiffung. Darum sollen wir jetzt bei denen, die nicht vorab für den Aufenthalt bezahlt haben, gleich für vierzehn Tage abkassieren. Zurückzahlen können wir nämlich eher, als die nachzahlen.«

Nowak zog die Stirn kraus.

»Kommt von oben, Jan. Kann ich nichts für.«

Nowak wandte sich wieder an Ljuba und Dascha.

»Sie müssen achtundzwanzig Mark für zwei Wochen Unterkunft in den Auswandererhallen bezahlen. Dafür bekommen Sie aber auch drei anständige Mahlzeiten am Tag sowie ein Bett mit vernünftiger Matratze in einem der Pavillons.«

»Achtundzwanzig Mark! So viel Geld!«

»Mamotschka, es sind nur neun Rubel, das …«

»Nur neun Rubel! Nur neun Rubel! Weißt du, wie viel man für neun Rubel kaufen kann? Ich dachte, die Reise sei bereits mit allen Kosten bezahlt!«

»Wieso sind denn die Übernachtungs- und Verpflegungskosten der Frauen nicht von dem Agenten bezahlt, wie es sonst doch üblich ist, Kurt?«

Der Mann hinter dem Schalter wedelte Nowak mit den Reisepapieren unter der Nase herum. »Weil ihr Agent ihre Unterlagen nicht hat abstempeln lassen. Wohl, weil sie ihm in Petersburg, wo sie die Papiere gekauft hat, das Geld nicht gegeben hat. Oder weil er sie betrogen hat. Aber das ist nicht unsere Angelegenheit, Jan. Das muss sie mit ihrem Agenten klären. Doch zunächst muss sie bezahlen, sonst kommt sie hier nicht herein. Und zwar ein bisschen plötzlich, wenn ich bitten darf, es warten schließlich noch mehr Leute auf ihre Registrierung!«

Nowak drehte sich wieder zu Ljuba. »Wie es aussieht, hat Ihr Agent das Geld für die Verpflegung nicht an die HAPAG weitergeleitet, Frau Borokowskaja. Darum müssen Sie das jetzt hier noch mal bezahlen. Sie können aber Ihren Agenten bei der Verwaltung der HAPAG anzeigen, dann wird der Sache nachgegangen.«

Ljuba schüttelte schnell den Kopf. »Nein, nein. Was muss ich denn bezahlen? Ich habe nur Rubel. Kann ich damit auch bezahlen?«

»Kann sie in Rubel zahlen, Kurt?«

»Na, wenn wir hier dann endlich weiterkommen. Aber dann muss sie auch die Gebühren für den Umtausch bezahlen. Das macht dann neun Rubel.«

Ljuba holte umständlich einen kleinen Beutel aus ihrem Rock hervor und legte dem Mann am Schalter Münze für Münze neun Silberrubel auf den Tresen. Der nickte und reichte ihr endlich die Reisepapiere samt den beiden Kontrollscheinen. Nowak tippte derweil kurz an seine Mütze und ging zurück in Richtung Speisesaal.

Ljuba nahm die Papiere, drückte sie fest an die Brust und trat dann einige Schritte zur Seite, damit die nachfolgenden Reisenden an den Schalter konnten. Ihr Herz schlug heftig. Mit so einer großen Ausgabe hatte sie nicht gerechnet. Ihr kleines Reisegeld schrumpfte mehr und mehr zusammen. Und dabei hatte sie doch schon öfter gehört, dass die Amerikaner bei der Einreise prüften, ob die Einwanderer genügend Geld für die ersten Monate bei sich hatten. Das hatte sie jetzt nicht mehr. Diese Reise wurde nicht leichter, sondern immer schwieriger, je näher sie ihrem Ziel kamen.

»Mamotschka, komm, wir müssen uns jetzt dort drüben anstellen.« Ljuba fühlte, wie Dascha ihre weiche Hand sanft auf ihren Arm legte. Sie war der Grund, warum Ljuba all das auf sich nahm. Ihr kleines Mädchen, ihr Augenstern. Ljuba griff nach dem Bündel, das neben ihr auf dem Boden lag, und ließ sich von Dascha zu der nächsten Warteschlange führen. Mit jedem Schritt spürte sie einen dumpfen Schmerz in ihrer linken Hüfte, der sie zwang, das linke Bein nur mit halber Kraft aufzusetzen und langsam hinter sich herzuziehen. Das dauernde Gehen, vor allem die langen Strecken, die sie in den vergangenen Monaten zu Fuß bewältigt hatte, rächten sich nun an ihr. Zwar war ihr das Hinken fast so vertraut wie das Atmen, aber so, wie einem auch die Puste ausging, wenn man sich zu sehr verausgabte, streikte ihre schiefe Hüfte, wenn sie ihr zu viel abverlangte.

Mit vier Jahren war sie plötzlich an Kinderlähmung erkrankt. Es begann ganz harmlos mit einem Fieber, das schnell wieder verschwand. Aber dann konnte sie eines Morgens ihr linkes Bein nicht mehr richtig bewegen. Weich wie Kascha fühlte es sich an, wollte ihren kleinen Körper nicht halten. Die Mutter trug sie voller Verzweiflung auf dem Rücken die vier Werst bis nach Wolossowo, wo ein Arzt wohnte. Aber der Arzt wusste auch keinen besseren Rat, als erst einmal abzuwarten. Und so wartete Ljuba Tage und Wochen, bis sie nach gut drei Monaten wieder etwas in ihrem linken Bein fühlte. Als sie endlich, nach weiteren zwei Monaten wieder gehen konnte, war ihr linkes Bein deutlich kürzer und dünner als das rechte. Und das blieb es, auch als sie ausgewachsen war. Das Hinken wurde so zu ihrer zweiten Natur. Sie bemerkte es schon kaum noch, genauso wenig wie die Leute im Dorf. Zwar war sie ein bisschen kleiner als die anderen, aber doch ein hübsches Mädchen mit langen blonden Zöpfen und hellen graublauen Augen, das alle gern mochten. »Ljuba«, riefen die alten Frauen ihr häufig hinterher, »ein Kind, das so strahlt wie du und die Liebe auch zum Namen hat, dem wird sie hold sein.« Doch es war anders gekommen.

»Mamotschka, gib mir die Kontrollscheine, wir müssen sie vorzeigen.« Daschas Aufforderung riss Ljuba aus ihren Gedanken.

»Warum?«

»Wir müssen hier hinein, zur ärztlichen Untersuchung.«

Dascha nahm ihrer Mutter die Kontrollscheine aus der Hand und zeigte sie dem Mann in Uniform und dunkler Schirmmütze, der die anstehenden Menschen auf zwei Türen hinter sich verteilte. Er wies sie auf die linke Seite.

Ljubas Herz schlug schneller. Ärztliche Untersuchungen bereiteten ihr Angst. Kaum waren sie durch die Tür getreten, sahen sie bereits einen jungen Mann in einem langen weißen Kittel, das Stethoskop wie einen Orden um den Hals gehängt, die ersten Frauen untersuchen. Angespannt beobachtete Ljuba, wie der Arzt die Frauen und Mädchen nacheinander mit wenigen Blicken musterte, sie einmal aufhusten ließ und dann mit einem gekonnten Handgriff ihren Kopf zum Licht drehte, die Lider hochzog und konzentriert ihre Augen kontrollierte. Keine der Untersuchten musste sich enthüllen, auch dann nicht, wenn der Arzt sie abhörte. Aber das tat er höchstens bei jeder zehnten. Die ganze Prozedur verlief so schnell und oberflächlich, dass Ljuba bereits nach wenigen Minuten selbst vor dem Arzt stand. Ein Husten, ein Blick in ihre graublauen Augen, weiter ging es. Ein Lächeln der Erleichterung huschte über ihr Gesicht. Vorsichtig suchte sie sich einen entlegenen Platz, um sich für die folgende obligatorische Dusche auszuziehen.

13:00 Uhr

Mashel knurrte der Magen. Seit gestern Abend hatte er nichts mehr gegessen. Und auch das Abendessen im Zug hatte nur aus einem Butterbrot und zwei kalten Kartoffeln bestanden, die David und er sich vom Mittagessen abgespart hatten. Mürrisch zog er seine langen, dünnen Beine an seinen nur mit einem einfachen Leinentuch verhüllten Körper heran und umfasste seine Knie. Wie lange mussten sie hier in diesem Raum wohl noch auf ihre Kleidung warten, die ihnen zur Desinfektion abgenommen worden war? Wenn das Desinfizieren doch so schnell ginge wie das Duschen! Gerade einmal fünf Minuten hatten sie Zeit gehabt, sich einzuseifen und abzubrausen. Zwölf Männer zugleich nebeneinander unter zwölf Brauseköpfen, die das Wasser eher spärlich verteilten. Dann kamen schon die nächsten und ihnen wurde ein Leinentuch in die Hand gedrückt. Seitdem hockten sie hier.

»Mashel, du zitterst ja.« David rubbelte seinem kleinen Bruder liebevoll den Rücken ab. »Jede Rippe kann ich fühlen. Wird Zeit, dass wir endlich etwas zu essen bekommen, nicht wahr?«

»Ja«, brummte Mashel, dem unter der Berührung seines Bruders wohlig wurde. Viel öfter hätte er sich gerne an ihn gekuschelt, seine Wärme gespürt, die Sicherheit, die er, der Große ausstrahlte. Aber er wollte David nicht zu sehr zur Last fallen, hatte Angst, ihn zu überfordern.

Schließlich kümmerte David sich um alles Wichtige. Seit sie Kischinjow verlassen hatten, sorgte er für ihr Essen und Trinken, einen vernünftigen Schlafplatz, und er passte auf, dass Mashel nichts geschah. Denn er war erst elf Jahre alt, noch ein Kind. Aber nächsten Monat wurde er immerhin schon zwölf. David sah mit seinen achtzehn Jahren schon wie zwanzig aus. Zumindest für Mashel. Er war im Abschlussjahr des Gymnasiums, aber es zu beenden, war nach dem 2. November 1905 kaum noch denkbar gewesen. Genauso wenig wie eine Zukunft in Russland.

»Ich werde mich mal erkundigen, wann wir etwas zu essen bekommen.« Davids Hand löste sich von Mashels Rücken und hinterließ ein Gefühl des Alleinseins. Mashel schaute seinem ebenfalls in ein Leinentuch gewickelten Bruder hinterher, der barfuß zur Tür des Warteraums ging und versuchte, sie zu öffnen. Sie war verschlossen. Ein kräftiger Mann um die vierzig, der sein Leinentuch lässig um die Hüften gewickelt hatte, kam auf David zu und sprach ihn auf Russisch mit einem starken Moskauer Tonfall an.

»Ist die Tür etwa abgeschlossen? Unglaublich. Man behandelt uns ja wie Gefangene. Dabei sind wir zahlende Gäste. Zwei Mark pro Tag zahle ich für den Aufenthalt. Und gleich für acht Tage im Voraus. Aber bisher habe ich dafür nur warten dürfen. Noch nicht einmal saubere Toiletten haben die hier. Nur verdreckte, randvolle Latrinen, wie man sie höchstens in einem gottverlassenen Dorf in der Taiga findet.« Er griff ebenfalls nach der Türklinke und rüttelte kräftig daran. Als sie nicht nachgab, klopfte er energisch dagegen. Ein Schlüssel fuhr im Schloss herum und ein Mann in einem grauen Kittel öffnete die Tür, einen großen Korb auf Rollen hinter sich herziehend.

»Wann geht es hier endlich weiter?«, polterte der Mann mit dem Moskauer Akzent ungehalten.

»Nicht so stürmisch, guter Mann. Hier kommt erst mal die desinfizierte Wäsche. Das Gepäck wird direkt in den Lagerhallen verstaut. Dafür gibt es in der Auswandererstadt derzeit zu wenig Platz.« Er schob den Mann zur Seite und zog den großen Gitterkorb in den Warteraum. Dann griff er nach dem ersten Netz, schaute auf die Nummer und rief laut »Fünfundzwanzig« in den Raum. Es dauerte einen Moment, bis die Leute verstanden hatten, was nun vor sich ging: die Rückverteilung der Kleidung gegen die richtige Nummer. Die Zahlen wurden ins Jiddische, Polnische, Russische oder Ungarische übersetzt und die Besitzer holten ihre Sachen ab. Als Mashel sein Netz bekam, roch er verstohlen an der Hose. Der beißende Geruch des Urins hatte sich verflüchtigt. Zum Glück. Als schließlich alle im Warteraum angekleidet waren, öffnete der Mann im Kittel die Tür und die Neuankömmlinge durften endlich von der unreinen auf die reine Seite der Auswandererstadt wechseln.

Nahezu geblendet von der grellen Mittagssonne traten die frisch gewaschenen Männer hinaus auf den Platz hinter dem Empfangsgebäude. Mashel schlug ein Schwall heißer Luft entgegen. Wenn er auch in dem Empfangsgebäude gemeint hatte, es sei heiß, so merkte er nun, dass es dort vergleichsweise angenehm kühl gewesen war. David griff Mashels Hand und zog ihn weiter hinaus auf den Platz, auf dem sich Hunderte von Menschen in die eine oder andere Richtung bewegten.

»Und nun? Wo müssen wir hin? Ich habe Hunger.«

David warf einen Blick auf ihre Kontrollscheine, die er zusammen mit der ihm überreichten Hausordnung fest in der Hand hielt. »Lass uns zuerst zu unserem Pavillon gehen und unsere Sachen dort verstauen. Dann gehen wir in Ruhe etwas essen.«

Leise murrend folgte Mashel seinem großen Bruder, der sich seinen Weg durch die vielen Menschen bahnte, hin zu dem Pavillon Nummer acht, in dem sie untergebracht sein sollten. Als sie schließlich dort ankamen, waren die Türen verschlossen. Zwei Männer, die im Schatten der Hauswand auf dem Boden hockten und Schach spielten, schauten auf, von Davids Rütteln an der Tür im Spiel gestört.

»Die ist tagsüber zu. Heute angekommen?«

David nickte.

»Steht alles in der Hausordnung. Geht lieber etwas essen, bevor die Kantine das Rindfleisch in der Suppe schon an andere verteilt hat.«

Mashels Magen knurrte bei der Erwähnung des Essens wieder laut und er zog an Davids Hand, um endlich zu den Speisesälen zu gehen.

»Aber was sollen wir mit unserem restlichen Gepäck machen? Wo können wir es denn lassen?«

»Ach, ist das alles, was ihr mithabt?«

»Nein. Unser Koffer wurde nach der Desinfektion gleich in einer Lagerhalle verstaut.«

Der Mann nickte und kaute auf einem Grashalm herum. »Na, das Handgepäck nehmt dann mal lieber mit zum Essen. Zu den Speisesälen geht es dort entlang.«

Wenig später betraten die Brüder Zusmann den Speisesaal für jüdische Auswanderer. Es war eine große Halle, von den Ausmaßen ähnlich der Empfangshalle. Nur war sie wesentlich einfacher ausgestattet. Schlichte Holzbänke an langen Tischen erstreckten sich über den ganzen Raum, zusammen mit Hunderten Menschen, die an den Bänken saßen und von wohl gefüllten Tellern aßen. Vielsprachige Gesprächsfetzen hingen in der Luft, überlagerten sich mit dem Geklapper der Teller, Schüsseln und Löffel. Der Geruch eines deftigen Eintopfs vermischte sich mit den Ausdünstungen der Menschen, denen man die schweißtreibende Hitze des Sommers anmerkte. Mashel sah sich suchend um. An der hinteren Seite des Raums entdeckte er die Essensausgabe und ging zielstrebig darauf zu. David folgte ihm. Eine wohlgerundete Köchin in einem weißen Arbeitskleid mit einer großen Schürze und einer Haube auf dem Kopf nahm ihm seinen Teller ab und musterte ihn kurz.

»An dem Jung ist ja auch nüscht dran. Nur Haut und Knochen. Da wollen wir dir mal eine ordentliche Portion Fleisch in die Suppe tun, damit du hier nicht noch umfällst.« Augenzwinkernd legte sie noch ein zweites Stück Fleisch mit in die Suppe sowie zwei weitere Kartoffeln. Mashels Augen leuchteten und er nickte der Köchin dankbar zu. Als David, dessen Portion nicht wesentlich schlechter ausfiel, auch seinen Teller zurückbekommen hatte, balancierten die beiden zurück durch den Saal auf der Suche nach zwei freien Plätzen. Erst am anderen Ende fanden sie schließlich in einer der hinteren Reihen zwei Plätze, von denen sich gerade ein Ehepaar erhob. Sie quetschten ihre Taschen unter die Bank, hockten sich hin und Mashel schob sich sofort große Brocken Suppenfleisch in den Mund. Erst als sein Teller sichtlich geleert war, schaute er kurz auf. Neben ihnen saß eine ungarische Familie, Vater, Mutter und vier Kinder, das jüngste, ein Mädchen, vielleicht sechs Jahre alt. Mashel verstand nicht, was sie sprachen, wohl aber bemerkte er, dass einer der Jungen über ihn sprach und das kleine Mädchen leise mit der Hand vor dem Mund darüber kicherte. Es hörte erst auf, als die Mutter ihre Kinder zurechtwies und danach Mashel freundlich anlächelte. Doch der drehte sich einfach zur anderen Seite und setzte seine Mahlzeit gierig fort. David aß kaum etwas, stattdessen starrte er wie gebannt in den Raum. Mashel folgte seinem Blick. Der führte ihn drei Reihen weiter nach vorne. Dort saß das Mädchen aus dem Zug. Es hatte sein Kopftuch abgenommen und schaute ebenfalls hin und wieder zu David hinüber, während es sich mit seiner Mutter unterhielt.

»Warum sind die beiden denn hier, David? Ich dachte, dies sei der koschere Speisesaal für Juden. Und Jüdinnen sind die beiden doch sicher nicht.«

»Woher willst du das wissen, Kleiner?«

»Na, schau doch, wie sie angezogen sind und wie sie sich benehmen. Sie essen zum Beispiel ohne Kopftuch.«

»Seit wann achtest du denn auf so etwas? Und überhaupt, schau dich doch mal um: Sehen all die Leute hier für dich typisch jüdisch aus? Oder ist typisch jüdisch nur, wer aussieht, als käme er aus Kischinjow?«

Mashel aß schweigend weiter. Natürlich wusste er, dass nicht alle Juden wie bei ihnen zu Hause aussahen. Und nicht alle sprachen Jiddisch, schon gar nicht Russisch. Dass er beides fließend beherrschte und dazu auch noch etwas Hebräisch konnte, lag daran, dass sein Vater dafür gesorgt hatte, seine Kinder auf eine gute russische Schule zu schicken, seine Mutter zu Hause immer Jiddisch gesprochen hatte und sie beim Rabbi Unterricht in Hebräisch erhalten hatten. Und David wusste genau, dass Mashel das wusste.

»Nun schau nicht so trübe drein, Mashel. Ich hab's nicht so gemeint. Und außerdem ist es doch auch nicht so wichtig, ob sie Jüdin ist, oder? Vielleicht mag sie einfach kein Schweinefleisch essen, oder die treife Küche schmeckt fade. Auf jeden Fall ist sie ein hübsches Mädchen. Und da werde ich sie doch mal ein bisschen anschauen dürfen.«

»Hmf«, war alles, was Mashel dazu zwischen zwei Löffeln Suppe zu sagen hatte.

15:30 Uhr

Schon bevor Kommissar Kiliszewski den Speisesaal des Hotel Nord in der Auswandererstadt betrat, hatte Jan Nowak ihn aus dem Augenwinkel bemerkt. Das gehörte schließlich zu seiner Arbeit. Nicht umsonst war er mit Ende dreißig von der HAPAG als Maître des Hotel Nord eingestellt worden, nachdem er sich zuvor knapp achtzehn Jahre lang für die Schifffahrtsgesellschaft auf ihren Überseedampfern vom Schiffsjungen bis zum Schiffssteward hochgearbeitet hatte. Seine ruhige und bedachte Art, die stets an den Tag gelegte Höflichkeit sowie seine Fremdsprachenkenntnisse hatten ihm zusammen mit seinem Fleiß, seiner Loyalität und seinem besonderen Gespür für das, was gerade um ihn herum geschah, seinen beruflichen Weg geebnet. So schaute Nowak auch jetzt nicht sofort zu der Flügeltür, die den Speisesaal mit der Rezeption verband, sondern kontrollierte weiter den Zustand des Bestecks und der Gläser, die der Lehrling hatte polieren sollen. Erst als Kiliszewski drei Schritte auf ihn zugemacht und sich leise, aber vernehmlich geräuspert hatte, drehte Nowak sich um, stellte das Glas ab, das er soeben begutachtet hatte, und deutete eine höfliche Verbeugung an.

»Guten Tag, Herr Nowak, gut, dass ich Sie hier antreffe. Haben Sie einen Augenblick Zeit für mich?«

Nowak strich mit einem zur Angewohnheit gewordenen Handgriff seine weiße Uniformjacke mit dem HAPAG-Wappen glatt und nickte höflich. »Guten Tag, Herr Kommissar Kiliszewski. Ja, selbstverständlich. Womit kann ich Ihnen dienen?«

Kiliszewski drehte sich noch einmal um, als wollte er kontrollieren, ob er wirklich allein mit Nowak im Saal war. »Ich fürchte, ich brauche einmal mehr Ihre Hilfe, Herr Nowak. Der Polizeipräsident persönlich hat mich heute nach dem Frühstück angerufen und mich eindringlich gebeten, die Kontrolle der hier eintreffenden Auswanderer dahingehend zu überprüfen, ob sich revolutionäre Elemente unter ihnen befinden. Aus Berlin sind wohl besorgniserregende Nachrichten gekommen, dass vermehrt mit solchen Subjekten aus Russland zu rechnen ist, nachdem dort die Polizei energischer gegen die Sozialisten vorgeht.« Kiliszewski machte eine kurze Pause und schaute Nowak direkt in die Augen. »Ich weiß, Herr Nowak, dass Sie keine Sympathien für die Sozialisten und ihre revolutionären Agitationen hegen. Darum wende ich mich an Sie.«

»Und was kann ich da konkret für Sie tun, Herr Kommissar?«

»Sie wissen ja, dass meine Männer und ich die Auswandererstadt so gut wie möglich überwachen und die Reisenden dahingehend kontrollieren, ob sie die Auswanderung nur als Vorwand nehmen, tatsächlich aber ihre politisch fragwürdige Agitation nach Deutschland tragen wollen.«

Nowak verharrte, ohne eine Miene zu verziehen, und wartete, dass Kiliszewski auf den Punkt kam.

»Wir können unsere Augen und Ohren aber nicht überall haben. Gerade hier, im Hotel, dürften viele der Gäste es als sehr störend empfinden, wenn die Polizeipräsenz zu hoch wäre. Aber wie wir wissen, sind viele der sozialistischen Agitatoren keineswegs arm und mischen sich kaum unter das arme Volk. Vielmehr dürfte man sie bei Ihnen im Hotel vermuten.« Kiliszewski schaute sich noch einmal nach allen Seiten um. »Sie würden mich und die Sache der Hamburger Polizei, letztlich die Sache des sozialen Friedens in der Stadt, sehr unterstützen, wenn Sie die Augen offen hielten und mich über suspekte Personen informierten.«

Nowak zeigte noch immer keinerlei Regung. Insgeheim aber schmunzelte er. Spionieren sollte er also für die Hamburger Polizei. Grundsätzlich verstand er ja deren Sorge. Revolutionärer Aufruhr unter den Arbeitern führte selten zu einem guten Ende. Die Leute waren einfach zu impulsiv und zu wenig gesprächsbereit. Aber das war nicht seine Angelegenheit. Sollte sie zu seiner werden, musste Kiliszewski, der alte Fuchs, schon etwas zu bieten haben.

»Ihre Unterstützung würde natürlich honoriert werden. Für jeden Tag, den Sie Ihre Augen und Ohren in unserem Sinne offen halten, bezahlen wir Ihnen fünfzig Pfennige, für jeden entlarvten Sozialisten vier Mark Belohnung.«

Nowak verzog immer noch keine Miene, rechnete derweil aber im Geist geschwind nach. Das wären ohne große Umstände fünfzehn Mark mehr im Monat. Ein Handgeld, das ihm durchaus zupasskam, um seine Rücklagen aufzupolstern, schließlich wollte er irgendwann weg von hier und …

»Also gut, fünf Mark für jeden entlarvten Revolutionär.«

»Zählen Sie auf mich, Herr Kommissar.«

Kiliszewski streckte ihm die Hand hin, damit er einschlagen konnte. »Ich wusste, dass ich mich auf Sie verlassen kann, Herr Nowak, wo wir doch die gleichen Vorfahren haben.«

Nowak verbeugte sich leicht und schlug ein, ging aber nicht weiter auf Kiliszewskis Anspielung auf ihrer beider polnische Herkunft ein. Zu viel trennte die Männer, um daraus ein wirklich verlässliches Fundament zu gießen.

19:30 Uhr

SATT UND ZUFRIEDEN trug Dascha das Gepäck in die Baracke, die man ihnen als Schlafsaal zugewiesen hatte. In den eigentlichen Pavillons der Auswandererstadt war kein einziges Bett mehr frei gewesen, und auch die Baracken waren schon sehr voll. Hier waren allerdings die Betten nicht nummeriert, sodass sie sich selbst einen Schlafplatz suchen mussten. Aber das machte Dascha wenig aus. Sie war so froh, endlich wieder ein richtiges Bett für sich zu haben, dass sie leichten Fußes durch die Gänge lief und Ausschau hielt. Am Ende der Baracke, unweit der Tür zu den Latrinen, wurde sie schließlich fündig. Ein Stockbett mit drei Etagen war noch frei. Prüfend schaute sie sich noch einmal nach einem besseren Platz um. Das gute halbe Dutzend anderer freier Betten lag sämtlich auf der obersten Etage und keine zwei von ihnen dicht beieinander. Das wollte sie ihrer Mutter nicht zumuten. So legte sie schließlich ihr Gepäck auf die beiden unteren Betten des Stockbettes, um sie zu reservieren.

»Danke, Dascha, so ist es gut.« Müde ließ sich Ljuba auf das untere Bett nieder und streckte ihre Beine aus. »Was für ein Tag, mein Kind. Aber jetzt sind wir endlich in Hamburg.«

»Und sehr bald schon, Mamotschka, sind wir in New York.« Daschas Gesicht strahlte bei dem Gedanken an das Ende ihrer langen und beschwerlichen Reise. Daran, wie mühsam sie bisher gewesen war, mochte sie überhaupt nicht zurückdenken. Es zählte nur der Augenblick, und der schenkte ihnen gerade drei Mahlzeiten am Tag, zwei frisch bezogene Betten und die Aussicht auf eine ungestörte Nachtruhe. Sie streckte sich, um das Gepäck ihrer Mutter in einem Netz zu verstauen, das am Fußende des Bettes befestigt war. Obwohl der Schlafsaal keineswegs leer war, spürte sie auf einmal die Anwesenheit von jemandem hinter ihr. Eine kleine, rundliche Frau mit zu dicken Schnecken aufgerolltem weißen Haar stand im Gang und lächelte sie freundlich an.

»Ist das Bett dort oben noch frei?«

»Ja, Mütterchen, das ist es.«

»Gut, dann nehme ich es.«

Dascha schaute die Frau neugierig an. Sie war bestimmt schon über sechzig Jahre alt, aber ihre hellgrünen Augen leuchteten lebhaft und auch ihr Gesicht strahlte eine gesunde Frische aus.

»Nein, das geht nicht, Mütterchen.«

»Warum nicht?«

»Du kannst als alte Frau doch nicht immer bis ganz nach oben klettern. Nimm das mittlere Bett. Ich werde oben schlafen.« Ohne weiter zu überlegen, warf Dascha ihre Sachen auf das oberste Bett und kletterte geschickt die schmale Leiter hoch.

Die Alte lächelte still und nickte. Dann beugte sie sich zu Ljuba. »Was für eine gute Tochter du hast. Nicht nur hübsch ist sie, sondern freundlich und umsichtig. Darf ich mich vorstellen, mein Name ist Lika.«

»Und ich bin …«

»Raissa«, ließ sich Dascha von oben vernehmen. »Meine Mutter heißt Raissa. Und ich heiße Bascha.«

Die Alte lächelte erneut und kletterte dann auf ihr Bett, um ihre Habseligkeiten im Gepäcknetz zu verstauen. Es waren noch weniger als Ljuba und Dascha mit sich führten. Aber vielleicht hatte sie, im Gegensatz zu den beiden, ihr großes Gepäck in der Gepäckhalle untergebracht und nur das Nötigste bei sich behalten, so wie es die Hausordnung der Auswandererhallen eigentlich für alle Gäste vorschrieb.

Als Dascha von ihrem Bett herunterkam, hatte Ljuba die Augen geschlossen. »Ruh dich aus, Mamotschka«, flüsterte Dascha ihr leise ins Ohr. »Ich gehe ein bisschen hinaus und schaue mich um.«

Ljuba griff sanft Daschas Hand. »Aber sei vorsichtig, mein Kind.«

Dascha nickte und lief leichtfüßig durch den Schlafsaal hinaus ins Freie. Die Luft war drückend heiß und die Sonne dachte noch gar nicht daran unterzugehen. Das zarte Grün der jungen, frisch gepflanzten Bäume hing schlaff herab, als sehnte es sich nach einer kühlen Erfrischung. Die Baracke, in der sie untergekommen waren, befand sich dicht neben einer großen Baustelle, auf der neue Pavillons entstehen sollten. Dascha warf einen kurzen Blick hinüber, entschied sich aber, in Richtung des Kirchturms zu gehen, den sie über die Dächer der Auswandererstadt hinausragen sah. Die ausgetretenen Wege um die provisorischen Baracken waren aus gestampftem Lehm, der durch die Sonne steinhart geworden war und das Gehen beschwerlich machte. Das Kopfsteinpflaster begann erst rund um die festen Pavillons. Überall standen und saßen Leute herum, unterhielten sich angeregt, einige spielten Karten oder Schach, andere lasen konzentriert in kleinen Heften. Dascha fühlte sich wie berauscht von all den Menschen, die genau wie sie in ein neues Leben starteten. Woher sie wohl kamen? Manche russische Wortfetzen hörte sie heraus, die das Alltägliche der Gespräche erahnen ließen. Die meisten Leute trugen alte, abgetragene Sachen, zwischen denen die Tücher und Kleider einiger Frauen bunt und freundlich hervorstachen. Je näher sie dem Platz bei der Kirche kam, desto voller wurde die Straße. Familien standen beieinander und versuchten, ihre Kinder davon abzuhalten, in alle Richtungen auszuschwirren, um sich den Übermut aus den Gliedern zu spielen. Zwei Frauen, die auf einer Bank am Rande des Treibens gesessen hatten, erhoben sich gerade, als Dascha vorbeiging. Sie ergriff sofort ihre Chance und setzte sich. Einige Männer hatten trotz der Hitze schwarze Pelzkappen auf dem Kopf. Jenseits der Kirche schienen ihr die Menschen besser gekleidet zu sein. Die Frauen trugen hübsche Hüte, die Männer Melonen. In Amerika würde die Menschenmenge sicherlich noch viel bunter und aufregender sein als hier, an der letzten Station vor der Neuen Welt.

Daschas Herz schlug heftig. Ein neues Leben in Amerika – seit ihre Mutter das erste Mal davon gesprochen hatte, tobten in ihrer Brust abwechselnd die Angst vor dem großen Wagnis sowie ihre Freude und Neugier auf ein besseres, freieres Leben. Noch keine drei Monate war es her, als ihre Mutter mit ihr am frühen Morgen die Bauernkate in Raskulizy verlassen und verraten hatte, dass sie nun nach Amerika gehen würden. Seitdem war in Daschas Leben nichts mehr wie vorher. Es kam ihr vor, als wäre ein düsterer, staubiger Vorhang von ihr abgefallen, und erst jetzt zeigte sich ihr das wirkliche Leben in all seiner Pracht. Doch einfacher war es seitdem nicht geworden. Ganz im Gegenteil. Viele Wochen lang wussten sie am Morgen weder, wo sie abends schlafen, noch, ob sie genug zu essen haben würden. Die ersten Wochen hatte sie noch die Angst ihrer Mutter geteilt, dass man sie suchen, sie verfolgen würde. Aber je weiter Raskulizy hinter ihr lag und je mehr der Frühling die Lebensgeister wachküsste, desto schwächer wurde Daschas Angst, und ihre Freude auf ein neues Leben gewann die Oberhand. Amerika. Sie wusste nicht viel darüber. Gerade einmal, dass es jenseits eines großen Meeres lag, die Menschen dort Englisch sprachen, frei waren und gehen durften, wohin sie wollten. Im Hause der Orlows, in dem Dascha zunächst an der Schürze ihrer Mutter gehangen und später, als sie schon mit anpacken konnte, selbst als Kleinmädchen gearbeitet hatte, war manchmal von Amerika gesprochen worden. Flüsse voller Gold sollte es dort geben und Wilde, Indianer, die noch gefährlicher sein sollten als die Wilden in Sibirien. Das hatte ihr Lehrer in der Dorfschule einmal erzählt. Vor allem aber gab es dort keinen Adel, der die Bauern unterdrückte, und die Amerikaner hatten auch keinen Zaren, sondern einen Präsidenten. Was der Unterschied war, wusste sie zwar nicht genau, aber die Orlows schienen nicht viel von Präsidenten zu halten.

»Darf ich mich zu dir setzen?«

Erschrocken sah Dascha auf und direkt in die braunen Augen ihres Helfers vom Bahnsteig. Wie ein Magnet hielten sie ihren Blick, schienen sie zu durchdringen und durchfluteten sie mit einer unbekannten Wonne. Wie lange, wusste sie nicht. Erst als ein Mann räuspernd drohte, sich auf den freien Platz zu setzen, besann sie sich.

»Gerne, setz dich.«

»Fährst du auch nach Amerika?«

Dascha schmunzelte. Was für eine banale Frage im Vergleich zu dem, was aus seinen Augen sprach.

»Ja, nach New York. Und du?«

»Mein kleiner Bruder und ich fahren auch nach New York, zu unserer Tante. Die lebt dort schon seit siebzehn Jahren.«

Dascha nickte, noch immer im magnetischen Bann seines Blicks gehalten. Siebzehn. So alt war sie gerade dieses Frühjahr geworden.

»Hast du auch Verwandte drüben?«

»Nein, ich reise mit meiner Mutter zusammen.«

Ihr Retter nickte, aber seine Augen ließen ihre nicht los. »Ich heiße David, und du?«

»Dascha … das heißt …«

»Ja? Was heißt das?«

Dascha wurde schwindelig. Sie hatte gar nicht Dascha, sondern Bascha sagen wollen, jenen Namen, der auf ihren Papieren stand. Aber spielte das hier und jetzt eine Rolle? »Das heißt Darja.«

»Oh, ein griechischer Name. Die Bezwingerin. Das passt zu dir. Mich hast du schon bezwungen.« Ein erstauntes Lächeln über seinen eigenen Wagemut umspielte Davids Lippen, derweil sein Blick nicht von ihr abließ.

»Nein, nein, ich bezwinge niemanden. Außerdem nennen mich alle immer nur Dascha.«

»Von woher kommt ihr? Seid ihr schon lange unterwegs?«

Dascha zögerte. »Aus Petersburg, und ihr?«

»Aus Kischinjow.« Ein Schatten zog über Davids Blick. »Aber den Winter haben wir in Berlin verbracht.«

»Aha.«

»Ist Petersburg so schön, wie die Leute immer erzählen?«

Dascha errötete. Tatsächlich war sie noch nie in Sankt Petersburg gewesen, sondern kannte es nur aus den Erzählungen ihres Vaters, die nicht gerade den Eindruck erweckten, als ob es ein Paradies wäre. Zumindest nicht, wenn man als Fabrikarbeiter ein Bett mit zwei weiteren Schichtarbeitern in einer schmutzigen Absteige in der Vorstadt teilte. »Wenn man in einem Stadtpalais auf dem Newski-Prospekt lebt, bestimmt.«

David lachte. Voll und warm war sein Lachen und legte sich um Dascha wie ein weiches Tuch.

»Und Kischinjow? Ist es eine schöne Stadt?«

Davids Blick verfinsterte sich wieder. »Früher war es einmal eine schöne Stadt. Aber jetzt nicht mehr.«

»David? Wo bist du?«

»Oh, mein Bruder ruft mich. Mashel, hier bin ich.« David winkte seinen kleinen Bruder heran, der ihn ängstlich zwischen den herumstehenden Menschen gesucht hatte. »Darf ich dir Mashel vorstellen?« David drehte sich zu dem Jungen, dessen abweisender Blick Dascha traf.

»Guten Tag, Mashel. Ich bin Dascha. Wir waren zusammen im Zug, nicht wahr?«

Mashel nickte und zog dann an Davids Ärmel. »Komm mit, ich möchte dir etwas zeigen.«

Unschlüssig schaute David zwischen Dascha und Mashel hin und her, sichtlich unwillig, der Aufforderung seines kleinen Bruders zu folgen.

»Geh nur«, half ihm Dascha. »Wir sehen uns bestimmt

noch einmal. Ein paar Tage sind wir ja noch in der Auswandererstadt.«

»Das hoffe ich sehr. Morgen? Nach dem Frühstück? Vor dem Speisesaal?«

Dascha musste lächeln. »Du bist aber ungeduldig.«

»Ich habe ja auch nur wenig Zeit.«

23:50 Uhr

VORSICHTIG WÄLZTE SICH LJUBA aus ihrem Bett, um die anderen nicht zu wecken. Sie schlüpfte in ihre Schuhe, legte sich ihr Schultertuch um und lauschte noch einmal in die Schlafgeräusche des Saales, bevor sie leise aus dem schmalen Gang zwischen den Stockbetten heraustrat und zur hinteren Tür schlich, die zu den Latrinen führte. Sie zwängte sich hindurch, schloss sanft die Tür und sah sich um. Alles war ruhig hier draußen, keine Menschenseele weit und breit. Von den nahen Latrinen zog ein unangenehmer Geruch in ihre Richtung. Sie ging an ihnen vorbei und folgte dem schmalen Gang, der zwischen den Baracken und dem Bretterzaun verlief, welcher die Auswandererstadt von der richtigen Stadt trennte. Im fahlen Licht des Mondes suchte sie ihren Weg hinaus auf die Hauptgasse in der Hoffnung, einen einigermaßen bequemen Platz zum Verweilen zu finden. Schlafen konnte sie auch diese Nacht nicht. Aber draußen in der frischen Luft schaffte sie es vielleicht, den Bildern zu entfliehen, die sich nachts in ihrem Kopf jagten. Sie sah den toten Mitja im blutgesprenkelten Schnee liegen. Trauern tat sie nicht um ihn. Zu wenig hatte die beiden verbunden, als dass sein Tod ein schmerzlicher Verlust für sie gewesen wäre. Er war nicht wirklich schlecht zu ihr gewesen, eher gleichgültig. Geschlagen hatte er sie nur anfangs, als sie noch nicht jeden seiner Wünsche vorausgeahnt hatte. Auch als sie das erste Mal schwanger war und vor Übelkeit kaum stehen konnte, hatte er sie einmal verprügelt. Das Kind kam viel zu früh, war gerade einmal faustgroß. Ein Junge. Er tat nie einen Atemzug. Danach schlug Mitja sie nie wieder. Dafür der Bolschak später umso mehr. Nach Mitjas Tod schlug er sie wie toll. Und zugleich gierte er Dascha hinterher. Das hatte Ljuba den Schlaf geraubt. Sie hatte ihre Tochter fortschaffen müssen aus Raskulizy, damit sie woanders neu beginnen und ein besseres Leben führen konnten. Amerika wurde zu ihrer Sehnsucht und ihrer großen Hoffnung. Doch tatsächlich bis hierher, nach Hamburg, zu kommen – sie hätte es sich nicht träumen lassen, als sie das erste Mal an diese große Reise dachte. Nun lag nur noch die Überfahrt, für die sie bereits einen Fahrschein hatte, zwischen ihr und Amerika.

Im Mondlicht entdeckte Ljuba eine Holzkiste, die an einer Wand stand, und setzte sich, den Rücken an die Wand gelehnt. Sie schaute in den schwarzblauen Nachthimmel hinauf, an dem unendlich viele Sterne glitzerten. Tief atmete sie die abgekühlte Luft ein. Von Weitem hörte sie Menschen in einer fremden Sprache ruhig miteinander sprechen. Hier störte sie sich nicht daran, war nicht mehr von Angst getrieben wie während der langen Wochen der gefährlichen Reise. Dauernd hatte sie gefürchtet, im vorbeifahrenden Wagen säßen die Häscher des Bolschak, ausgeschickt, um sie und Dascha zurückzuholen. Ljuba hatte dem Bolschak nicht nur sich selbst entzogen, sondern auch die Schulden zurückgelassen, die sie, als sie gerade mal neunzehn Jahre alt war, mit dem Tod ihres Vaters geerbt hatte. So fühlte sich die Befreiung der russischen Bauern an, die Zar Alexander II. vor nunmehr fünfzig Jahren eingeführt hatte: Aus der Leibeigenschaft war für die meisten Bauern eine Schuldknechtschaft geworden. Denn jeder russische Bauer hatte mit der Abschaffung der Leibeigenschaft so hohe Schulden vom Staat für das Land aufgeladen bekommen, dass sie sich in nur einem Leben niemals abbezahlen ließen. Wollte man fort, musste man zunächst die Schulden für das Land abbezahlen, auf dem man recht und schlecht lebte. Nur wenige Bauern waren ohne Schulden und konnten sich einen bescheidenen Wohlstand leisten. Was hatte ihr dieses Land schon für Qualen bereitet! Nur des Landes wegen hatte Iwan Antonow sie damals vor neunzehn Jahren als Frau für seinen jüngsten Sohn ausgewählt. Sie war das einzige Kind von Lew Michailow, hatte sein Land und seine Schulden geerbt und beides mit in die Ehe eingebracht. Das Land und alles, was mit ihm erwirtschaftet wurde, hatte der Bolschak an sich gerafft, wie es ihm als Vorstand des Hauses seit Urzeiten zustand. Die Schulden aber ließ er auf Ljubas Schultern. Dabei standen die Martows in Raskulizy gar nicht so schlecht da. Der Bolschak verstand es zu wirtschaften, allerdings durfte man nicht fragen, auf wessen Kosten. Keine neun Monate nach der Nachricht von Mitjas Tod hatte der Alte einen Bräutigam für Dascha ausgehandelt. Kolja, ein kräftiger junger Mann, aber so brutal, wie er dumm war. Geschwister hatte Kolja keine. Doch der Boden, den er wohl bald erben würde, hatte gute Erde und grenzte direkt an das Land der Martows. Zu Pfingsten hätte die Hochzeit stattfinden sollen. Damit hätte der Bolschak zwei Fliegen mit einer Klappe geschlagen und die Kosten für das Fest klein gehalten. Zu Mariä Verkündigung stahl sich Ljuba mit Dascha davon. Anstatt in die Kirche nach Klopizy zu gehen, wie sie es vorgegeben hatte, liefen die beiden in ein Wäldchen nahe Wolossowo, durch das die Eisenbahnstrecke von Sankt Petersburg nach Reval führte. Die wenigen Habseligkeiten, die sie mitnehmen konnten, hatte Ljuba schon vorher heimlich auf dem Weg versteckt, sodass ihr morgendlicher Aufbruch keinerlei Verdacht weckte. Auch Dascha hatte Ljuba bis zum Aufbruch nichts verraten. Sie hatte sie nicht unnötig belasten, nicht in die Gefahr der Mitwisserschaft bringen wollen, wäre der Plan gescheitert. Die beiden versteckten sich an der Böschung des Bahndammes, wo die Züge wegen einer engen Kurve stets langsam fuhren. Als der Zug Richtung Reval kam, war es

Dascha gelungen, auf das Trittbrett eines Güterwagons aufzuspringen. Sie hatte Ljubas Arm gepackt, die wegen ihres Beines nicht so schnell laufen konnte, und sie mit all ihrer Kraft und der Unterstützung der heiligen Himmelskräfte, zu denen Ljuba jede Nacht um Gnade und Hilfe betete, zu sich hinaufgezogen.

Die leisen Stimmen hinter ihr waren verklungen und Ljuba lauschte dem Zirpen der Grillen, die im trockenen Gras ihr Nachtkonzert gaben. Nun waren sie beinahe am Ziel, konnten das Meer in der Ferne schon fast riechen. Mochte dic heilige Mutter ihnen weiterhin beistehen. Sie wusste schließlich, wie unendlich die Liebe eines Mutterherzens war und welche Qualen es bereit war, auf sich zu nehmen, um sein Kind zu retten.

Freitag, der 29. Juni 1906

6:50 Uhr

»WELCHE VORKOMMNISSE GIBT ES seit gestern Abend zu berichten, Männer?«

Die beiden Polizisten Jahnke und Kotremba schauten einander kurz an, um sich wortlos abzustimmen, wer vortragen sollte, Schreibstube oder Nachtwache.

»Unruhig, Herr Kommissar«, ließ sich Kotremba, der Nachtwache gehabt hatte, schließlich vernehmen und hielt sich die Hand vor den Mund, um sein Gähnen zu verbergen.

»Zwei Anzeigen wegen Diebstahls, eine Rauferei bei den hinteren Baracken und dann noch ein neuer Gast zur Nacht, der auf eine Extrabehandlung bestand«, ergänzte Jahnke, der bis 23 Uhr in der Schreibstube des Wachlokals Dienst getan hatte.

»Extrabehandlung? Was wollte er denn?«

»Er wollte noch spät abends ins Hotel, war nicht bereit, wie alle anderen im Schlafsaal auf der unreinen Seite zu übernachten.«

»Ja, aber der Nachtzug hat doch nur Wagons der vierten Klasse. Von denen steigt doch üblicherweise niemand im Hotel ab.«

»Ja, Herr Kommissar. Aber der Herr kam nicht mit dem Nachtzug, sondern mit der Fähre von den Landungsbrücken. Eigentlich wollte er sich wohl bei Zipkin in der Woltmannstraße einquartieren, aber das Zimmer, das man ihm dort bot, sei voller Wanzen gewesen und die Bettwäsche schmutzig.«

»Zipkins Herberge ist eben nicht das Hotel Vier Jahreszeiten«, kommentierte Kiliszewski trocken. »Aber mit Wanzen wird der Herr sich bei uns zumindest nicht herumärgern müssen, dafür dürfte der Desinfektionseifer der HAPAG schon sorgen.« Kiliszewski kannte Zipkins Herberge gut. Sie war eine jener Absteigen in Hamburg, in der sich ausschließlich jüdische Auswanderer aus Russland oder Österreich einquartierten. Bevor die Auswandererhallen gebaut worden waren, war das Haus fast immer bis aufs letzte Bett belegt gewesen, häufig auch maßlos überbelegt. Früher war er öfter wegen Streitereien und Diebstahlsdelikten dorthin gerufen worden. Aber seit es die Auswandererstadt gab, ging es mit den Geschäften der innerstädtischen Herbergen steil bergab. Die wenigsten Wirte waren bereit, in ihre Unterkünfte zu investieren. Und mit den Preisen der HAPAG konnten sie nicht mithalten. Einzig, dass man dort nicht nach Geschlecht getrennt logieren musste und auch problemlos in die Stadt gehen konnte, hatten sie noch als Vorteil zu bieten, aber gerade Ersteres zog nicht unbedingt die sittsamen Gäste an.

»Sehr wohl, Herr Kommissar«, riss Kotremba Kiliszewski aus seinen Gedanken. »Auf jeden Fall kehrte erst Ruhe ein, als Jakusz und ich auf unserem Abendrundgang in die Eingangshalle kamen und dem Mann als Alternative zum Schlafsaal unsere Arrestzelle vorschlugen.«

Jakusz schnaubte hämisch. »Na, das wäre doch was gewesen für den feinen Herrn.«

»Also ist er jetzt doch im Schlafsaal geblieben, oder was, Kotremba?«

»Jawohl, Herr Kommissar.«

Kiliszewski schüttelte müde den Kopf. »Und die Diebstähle? Um was ging es dabei?«

»Ein Reisender aus Krakau gab an, dass ihm seine Geldbörse gestohlen worden sei mit fünfundachtzig Mark darin.«

»Das ist eine ganz schöne Summe. Warum hat er so viel Geld denn nicht bei der Verwaltung deponiert, wie es allen Reisenden immer wieder dringend empfohlen wird?«

»Das hatte er wohl, aber da er heute Vormittag eingeschifft wird, holte er das Geld gestern Nachmittag ab, um noch einige Besorgungen zu erledigen. Er war davon überzeugt, dass ihn der Täter dabei beobachtete und später gezielt die Geldbörse stahl. So gab er es zumindest zu Protokoll.«

»Na, da werden wir dem armen Mann wohl nicht groß helfen können, wenn er schon heute auf die ›Pretoria‹ eingeschifft wird. Oder reist er mit der ›Albano‹ von der Sloman-Union-Linie?«

»Nein, er ist HAPAG-Kunde und nimmt die ›Pretoria‹. Das gab er zumindest zu Protokoll, damit wir, sollten wir die Geldbörse rechtzeitig sicherstellen können, sie ihm nachschicken können.«

»Sehr unwahrscheinlich«, erwiderte Kiliszewski kurz. »Und der andere Diebstahl?«

»Ein Wolltuch.«

»Hm. Und die Rauferei?«

»Eine blutige Nase und ein blaues Auge. Wir haben die beiden Streithähne auf unserem Rundgang ertappt und getrennt, ihre Namen zu Protokoll genommen und sie ermahnt, dass sie, sollte sich so etwas wiederholen, aus der Auswandererstadt ausgewiesen würden.«

»Nun gut. Jahnke, haben Sie die Anzeigen schon niedergeschrieben?«

»Jawohl, Herr Kommissar.«

»Sehr gut, dann werden wir beides wohl schon bald ad acta legen können, insofern die Besitzerin des Wolltuchs heute auch abreist.«

»Sie reist am Sonntag mit der ›Bulgaria‹ ab, Herr Kommissar.«

Kiliszewski nickte kurz. »Gut, Kotremba, ab nach oben, legen Sie sich hin, Jakusz und Schmidt, rüber zum Speisesaal. Nach dem Frühstück verlassen gut eintausendfünfhundert Gäste die Auswandererstadt. Da sind Ihre wachsamen Augen gefragt.«

»Jawohl, Herr Kommissar.« Stühlerücken, Stiefelknarzen, Türenknallen. Dann trat Ruhe ein in der Wachstube, wo Kiliszewski allein zurückblieb.

Müde schenkte er sich noch einen Becher Kaffee ein, in der Hoffnung, dass dieser den dumpfen Kater vertreiben würde, der seinen Kopf fest im Griff hatte. Er hatte es geahnt gestern Abend, mit jedem Bier und jedem Kurzen dazu, dass die Schmerzen nicht ausbleiben würden. Aber selbst der übelste Kater war angenehmer als jene Schmerzen, die er versucht hatte, im Alkohol zu ertränken. Gestern war sein Hochzeitstag gewesen. Zwanzig Jahre war es her, dass er die schönste Frau Hamburgs, das fröhlichste, lieblichste Wesen, das ihm je begegnet war, geheiratet hatte. Den ganzen Tag über hatte er es erfolgreich verdrängt, den Sorgen des Polizeipräsidenten, den Dringlichkeiten des polizeilichen Tagesgeschäftes, den Bedürfnissen seiner Mitarbeiter und auch den Hilfegesuchen der Reisenden in der Auswandererstadt mehr Raum gegeben als seinen eigenen Seelennöten. Erst abends, als er allein sein Abendbrot in der kleinen Dienstwohnung im hinteren Trakt des Verwaltungsgebäudes zu sich genommen und dabei aus dem Fenster geschaut hatte, hatte er die Flut der Erinnerungen nicht mehr zurückhalten können. Unten auf dem kleinen Platz bei der Kirche hatte er ein junges Mädchen gesehen, deren Haare den gleichen satten Honigton wie Hildes hatten, und auch ihr Lachen klang durch das geöffnete Fenster hindurch genau so frei und unbeschwert, ja, glücklich wie das seiner Frau. Damals, vor zwanzig Jahren. In der offenen Hochzeitskutsche, extra für jenen Tag gemietet, hatte Hilde seine Hand gedrückt, »Ich liebe dich« gehaucht und dann gelacht, so frei und herzlich, bis ihr Freudentränen über die Wangen gerollt waren. Das Lachen hallte in seinem Kopf wider, auch nachdem das Mädchen, das unten auf der Bank gesessen hatte, schon lange fort war. Er konnte es nicht zum Schweigen bringen, genauso wenig, wie er den Schmerz abstellen konnte, der seine Brust zusammenschnürte. So hatte er seine Melone vom Hutständer genommen und war zur Fähre geeilt. Von den Landungsbrücken war es nicht weit bis zum »Schellfischposten«, einer Seemannskneipe in der Altstadt von Altona. Altona war nicht Hamburg, und im Dienst war er auch nicht. Also suchte er sich einen ruhigen Platz in einer Ecke und trank wortlos, bis er auch keine Worte mehr hätte sagen können. Eine halbe Stunde bevor die letzte Fähre zurück auf die Veddel fuhr, hatte ihm der Wirt eine Portion Rührei mit Bratkartoffeln und einen Kaffee mit den Worten »Das Leben geht weiter, Herr Kommissar« vorgesetzt, und sein Sohn hatte Kiliszewski auf dem Weg zurück zur Fähre gestützt.

Am Nachmittag fand das wöchentliche Treffen mit dem Hafenarzt statt. Bis dahin blieb es hoffentlich ruhig.

Leise öffnete sich die Tür und Jahnke steckte seinen nahezu kahl geschorenen Schädel in die Wachstube. »Herr Kommissar? Der Herr Verwalter Allen bittet Sie, zu ihm zu kommen und mit ihm die Lage auf dem Gelände zu erörtern, damit der Bericht an den Senator Stahmer fertiggestellt werden kann.«

Kiliszewski stöhnte leise. »Danke, Jahnke. Sagen Sie Herrn Allen, dass ich in einer Stunde zu ihm komme.«

Wenigstens eine Stunde Ruhe musste er sich noch gönnen.

8:30 Uhr

NOCH HUNGRIG NACH EINEM EHER KARGEN FRÜHSTÜCK, das aus gesüßtem Tee und etwas Weißbrot bestanden hatte, verließ Mashel zusammen mit David den Speisesaal und trat hinaus auf die Straße. Große Unruhe und Aufregung lagen in der Luft, untermalt von den musikalischen Klängen eines kleinen Blasorchesters, das oben auf dem Musikpavillon stand und deutsche Volksweisen schmetterte. Die Leute machten sich zur Abfahrt bereit. Überall standen Koffer und Taschen herum, Eltern riefen nach ihren Kindern, alle drängten sich langsam in Formation, um sich auf den Weg zum großen Dampfer zu machen. Das Tor hinaus auf die Chaussee stand weit offen, sodass die Menschenflut hindurchströmen konnte.

Mashel blieb wie gebannt neben der Tür des Speisesaals stehen. So viele Menschen, so viel Lachen, Aufregung und Freude umgaben ihn, dass ihm ganz warm ums Herz wurde. War es vielleicht doch gut, nach Amerika zu fahren? Würde dort sein Leben besser, freudvoller werden? Aus der Wärme wurde ein Weh. Es hieß Abschied nehmen, wie damals, im Frühjahr 1903. Die Blumen auf den Gräbern waren noch nicht welk, da machten sich bereits Hunderte Juden auf, Kischinjow zu verlassen. Sie verkauften, was sie nicht mitnehmen konnten. Möbel, Wohnungen, Häuser. Allein aus seiner Klasse gingen fünf Kinder sowie zwei Lehrer seiner Schule. Während die einen schon packten, räumten die anderen noch auf. Eingeschlagene Scheiben galt es zu ersetzen, zertretene Türen zu reparieren. Gebrochene Arme und Beine mussten geschient, Platzwunden genäht, Prellungen unter Salbenverbänden verborgen werden. Die gemarterten Seelen aber ließen sich nicht so leicht heilen. Jede Nacht hörte er durch die dünne Wand seine Mutter schluchzen, sah am nächsten Morgen ihre verweinten Augen. Sein Vater schwieg, vergrub sich in seine kleine Riemenschneider-Werkstatt und arbeitete, so viel er nur konnte. Nur David, der sich auf seine Abschlussprüfungen für die Mittelschule vorbereitete, fand immer wieder Zeit, um Mashel eine kleine Geschichte zu erzählen oder ihn einfach nur tröstend in den Arm zu nehmen. Auch als der Sommer schon zu Ende ging, zogen die Menschen immer noch fort. Geschäfte standen leer, mancherorts auch ganze Häuser. Die Großmutter drängte den Vater, er solle auch auswandern, nach New York zu seiner Schwester, aber Aaron Zusmann wollte nicht fort aus Kischinjow. »Wenn wir jedes Mal die zarten Triebe aus der Erde reißen und an einem anderen Ort zum Blühen bringen wollen, dann werden wir niemals Wurzeln schlagen. Die Russen werden zur Vernunft kommen, wir müssen nur ein bisschen Geduld mit ihnen haben.« Die Mutter schwieg und David besuchte weiterhin das Gymnasium.

Unter den Reisenden entdeckte Mashel wieder die Familie, neben der er am vorigen Mittag im Speisesaal gesessen hatte. Das Mädchen schaute zu ihm hinüber und drehte ihm eine lange Nase. Mashel wandte sich ab und suchte nach der Hand seines Bruders. David stand einige Schritte von der Tür entfernt und redete mit dem Mädchen, vom dem er schon am Abend kaum abgelassen hatte.

»David, kommst du? Ich will zurück zum Pavillon«, rief er seinem großen Bruder unwirsch zu.

»Geh schon mal vor, Mashel. Ich komme gleich nach.«

Noch nicht einmal zu ihm umgedreht hatte sich David. Mashels Innerstes zog sich zusammen, ein kalter Schauer überkam ihn und er fühlte sich furchtbar verlassen. All die fremden Menschen in Aufbruchsstimmung, die fröhlich zum Tor hinaus auf die große Chaussee in Richtung Grasbrook zogen, bereiteten ihm auf einmal Angst. Er vergrub seine Hände tief in den Taschen seiner kurzen Hose, zog die Schultern hoch und lief mit kleinen eiligen Schritten los. Immer entlang der Hauswände schob er sich an den Leuten vorbei, den Blick zu Boden gesenkt, die Zähne zusammengebissen. Er wollte zurück. Zumindest in sein Bett, die Decke über den Kopf ziehen und einfach nur fort sein. Endlich stand er vor der Tür zu seinem Schlafsaal, griff die Klinke und drückte sie nach unten. Aber die Tür war verschlossen. Wütend, mit Tränen in den Augen rüttelte er an der Klinke, als ob er sie dadurch zum Öffnen zwingen könnte.

»Mach nicht so einen Krach, Junge.« Ein großer, kräftiger Mann mit einer Schiebermütze stand an die Wand des Pavillons gelehnt und rauchte eine Papirossa. »Die Schlafsäle der Männer sind tagsüber geschlossen. Benimm dich also wie ein Mann, du kleiner Hosenscheißer, oder kriech wieder deiner Mutter unter den Rock und schlaf bei ihr im Bett.«

Kraftlos löste sich Mashels Hand von der Klinke und sein Kinn sank auf die Brust. Was gäbe er dafür, wenn er das nur könnte?

10:55 Uhr

ROUTINIERT STIEG JAN NOWAK in die dunkelblaue Hose mit scharfer Bügelfalte, streifte seine weiße Uniformjacke über und schloss die goldenen Knöpfe mit aufgeprägtem Anker, ohne hinzusehen. Dann verriegelte er seinen Spind in dem kleinen Aufenthaltsraum für das Personal des Hotel Nord und ging hinaus ins Foyer. In wenigen Minuten begann sein Dienst, die zwölfstündige Spätschicht bis elf Uhr nachts. Obwohl die Schichtarbeit ihn vor allem im Winter anstrengte, war die Arbeit doch deutlich angenehmer als früher auf dem Schiff. Als er 1884 bei der HAPAG als Schiffsjunge anheuerte, fuhr er die ersten zwei Jahre auf den Dampfern der B-Klasse, die nur Zwischendeckspassagiere beförderten, also jene, die kein Geld für gar nichts hatten und in engen Schlafsälen im Zwischendeck der Paketdampfer mitreisten, nur unwesentlich komfortabler als die Pakete und die andere Fracht, die die HAPAG Woche für Woche zwischen Hamburg und New York hin- und herschiffte. Damals gab es keine Schichten, sondern durchgehend Dienst. Schlafen konnte er da nur, wenn auch die Leute auf ihren Pritschen zur Ruhe gekommen waren. Aber mit sechzehn, siebzehn war ihm das egal und allemal besser als die Arbeit in den Kohlegruben des Ruhrpotts, in denen sein Vater schuftete und sein Bruder zu Tode gekommen war. Nach zwei Jahren als Schiffsjunge in der B-Klasse schaffte er auch den Sprung zum Kabinensteward der zweiten Klasse auf die Dampfer der P-Klasse. Die Arbeit war dort leichter und das Umfeld angenehmer, auch hatte er geregelte Pausenzeiten, aber der Ort der Erholung, der ihm zugewiesen war, ließ zu wünschen übrig: eine Holzpritsche in einer Kabine, die er sich mit acht anderen teilte, weit unter der Wasserlinie im dunklen Bauch der großen Riesen. Sich nach der Arbeitszeit an Deck aufzuhalten, war dem Personal nicht gestattet. Selbst als er später in der ersten Klasse bediente, kam er meist nur an die frische Luft, wenn er den Herrschaften ihre Getränke an die Liegestühle brachte.

Jetzt fuhr er wenigstens jeden Tag auf der Fähre quer über die Elbe von seiner kleinen Wohnung an der Englischen Planke direkt beim Michel hinüber auf die Veddel, und nach der Arbeit zurück. In den Wochen der Spätschicht musste er sich häufig sputen, damit er nachts die letzte Fähre erwischte, die die Stadtbummler zurückbrachte. Oft waren auch Auswanderer unter ihnen, Deutsche oder Österreicher, meist eher Gäste aus einem der Hotels der Auswandererstadt, die sich frei bewegen konnten. Nicht wie die Russen, meist Juden, die nicht aus den Auswandererhallen herausdurften, aus Angst, dass sie ansteckende Krankheiten in die Stadt einschleppten. Aber seitdem der Generaldirektor Albert Ballin für alle HAPAG-Reisenden das Duschen und Desinfizieren sowie regelmäßige medizinische Kontrollen zwangsverordnet hatte, sollte dieses Problem ja eigentlich vom Tisch sein. Tatsächlich lag die Angst der Menschen vor den Fremden mit ihrer ungewohnten Kleidung und ihrer unverständlichen Sprache, die kein Geld hatten, um es in den Hamburger Geschäften auszugeben, sicherlich noch etwas tiefer vergraben. Nowak hatte in seiner Kindheit selbst viele Ressentiments der Deutschen am eigenen Leib erfahren. Seine Eltern waren 1865 mit seinem älteren Bruder nach Westpreußen gekommen, sein Vater hatte Arbeit auf einer Zeche in Essen gefunden. Sie lebten mit polnischer Nachbarschaft in einer kleinen Zweizimmerwohnung in einem Hinterhaus. Während der Vater täglich in die Grube hinabfuhr, kümmerte sich die Mutter um die Kinder, die Jahr um Jahr mehr wurden. Jan war das vierte Kind. Dazu, wirklich Deutsch zu lernen, kam seine Mutter nicht. Der Vater konnte nur ein paar unbedingt notwendige Floskeln. Seine Kumpels sprachen alle Polnisch. Erst als sein großer Bruder in die Schule kam, kehrte die deutsche Sprache langsam bei den Nowaks ein. Als Jan endlich im Jahr der Reichsgründung 1871 in die Schule kam, konnte er es kaum erwarten, richtig Deutsch zu lernen. Aber für seinen Lehrer blieb er immer einer der kleinen Polaken, ganz gleich wie gut seine Leistungen waren. Erst als er in Hamburg bei der HAPAG anheuerte, wurde sein fließendes Polnisch geschätzt. Denn im Gegensatz zu vielen anderen konnte er sich mit den Reisenden in den Zwischendecks verständigen. Und daran hatte sich bis heute nichts geändert. Vielmehr verstand er nach all den Jahren auch leidlich das Jiddische und Russisch. Sein Englisch war ebenfalls recht manierlich. Inzwischen bezahlte ihn nicht nur die HAPAG für seine Sprachkenntnisse. Wie Kiliszewski erst am Vortag zum Ausdruck gebracht hatte, wusste auch die Polizei sie zu schätzen. Nowak ließ seinen Blick durch das kleine Foyer des Hotel Nord streifen. Alles schien an seinem Platz, alles in bester Ordnung. Zwei Herren standen neben der Eingangstür und warteten auf ihre Damen, die noch ihre Hüte in der Garderobe richteten. Fräulein Meier war an der Rezeption und kümmerte sich um einen Gast, der ihm gestern Abend auf der Fahrt hierher aufgefallen war. Ja, den Kommissar hatte er auch gestern Abend von der Fähre kommen sehen. Vielmehr torkeln. Er wankte sogar so sehr, dass Nowak für einen Moment versucht war, seine Fähre fahren zu lassen und stattdessen lieber Kiliszewski heil zu seiner Wohnung in der Auswandererstadt zu bringen. Aber dann hatte er sich dagegen entschieden. Denn Kiliszewski gab sich immer unnahbar, verbrüderte sich mit niemandem. Ihn in so einer desolaten Situation zu ertappen, könnte sich im Zweifelsfall eher negativ auf Nowaks kleinen Nebenverdienst auswirken. Warum also den Mann brüskieren und das schöne Geld riskieren? Er würde die dreihundert Meter schon schaffen, auch wenn er etwas länger brauchte.

»Sind Sie der Hoteldirektor?«

Ein Mann von vielleicht dreißig Jahren in einem schon etwas abgetragenen grauen Anzug, aber wohl ausrasierten Koteletten an den Wangen und einer runden Nickelbrille wippte vor Jan Nowak nervös von einem Fuß auf den anderen.

»Nein, mein Herr, ich bin der Maître des Hotels und vertrete den Herrn Direktor in seiner Abwesenheit. Womit kann ich Ihnen dienen?«

»Mit einem Frühstück können Sie mir dienen. Und zwar jetzt.«

Nowak musste nicht zur großen Wanduhr schauen, um zu wissen, dass inzwischen elf Uhr durch und die Frühstückszeit des Hotels seit zwei Stunden vorbei war. »Da fürchte ich, den Herrn enttäuschen zu müssen. Das Frühstück im Speisesaal des Hotel Nord wird zu den gleichen Zeiten wie in den Speisesälen für die Gäste in den Pavillons serviert, also zwischen halb acht und neun Uhr morgens.« Demonstrativ deutete er auf die Wanduhr und fügte hinzu: »Aber bereits in einer knappen Stunde wird das Mittagessen serviert. Wenn der Herr sich so lange gedulden mag?«

»Nein, ich mag mich überhaupt nicht gedulden. Erst will man mich gar nicht hereinlassen in diese famose Auswandererstadt, von der überall so geschwärmt wird, dann nimmt man mir im Voraus drei Mark fünfzig pro Tag in diesem Logierhaus ab, und nun verweigert man mir auch noch das bereits bezahlte Frühstück!«

Eine freundliche Ruhe beherrschte Nowaks Gesicht. Es war stets das Gleiche mit jenen Gästen, die sich mit dem Aufenthalt im Hotel mehr leisteten, als sie eigentlich verkraften konnten. Sie fanden immer etwas, um sich zu beschweren und so vielleicht noch den Preis zu drücken.

»Mein Herr, entschuldigen Sie bitte, aber wurde Ihnen tatsächlich heute früh das Frühstück verweigert? Das wäre wirklich eine Ungeheuerlichkeit.«

»Nein, jetzt verweigern Sie es mir! Und in der letzten Nacht wollte man mich gar nicht mehr hereinlassen in Ihr famoses Hotel.«

Nowak ließ den Akzent des Mannes auf sich wirken. Sein Deutsch war hervorragend, hatte aber die Klangtiefe und das gerollte »r« des Russischen. »Ich bedaure es sehr, mein Herr, dass Sie solche Unannehmlichkeiten erleiden müssen. Wenn ich Ihnen damit helfen kann, werde ich mich erkundigen, ob Sie noch eine Tasse Tee oder Kaffee bekommen können. Und wenn Sie Fräulein Meier an der Rezeption Ihre Zimmernummer sagen, wird sie gerne dafür sorgen, dass Sie morgen früh rechtzeitig geweckt werden.«

»Dann hätte ich erst mal gerne ein anständiges Zimmer in diesem Haus. Aber ohne Bettwanzen, wenn ich bitten darf. Und den Tee bitte mit schön viel Zucker.«

Nowak nickte kurz und deutete auf die Rezeption. »Fräulein Meier wird Ihnen mit dem Zimmer weiterhelfen, der Herr.« Als der ungehaltene Gast sich zur Rezeption umdrehte, warf Nowak der jungen Frau am Tresen ein aufmunterndes Augenzwinkern zu und setzte seinen

Weg in den Speisesaal fort, um zu prüfen, ob der Lehrling mit dem Eindecken für das Mittagessen zurechtkam, und um einen Tee in Auftrag zu geben.

11:05 Uhr

Ljubas Herz raste. Sie wusste nicht, wie lange sie sich schon an die kühle Wand des Pavillons drückte, das Gesicht von dem Platz mit der Kirche abgewandt, das kleine Bündel schmutziger Wäsche, das sie eigentlich im Waschhaus waschen wollte, mit beiden Händen fest an die Brust gedrückt, damit ihr das Herz nicht zersprang. Sie hatte ihn sogleich wiedererkannt. Sein energischer Gang, die nach hinten federnden Schultern. Zwar verdeckte die schwarze Melone seine Stirn, aber noch immer trug er die schmale Brille und die buschigen Koteletten. Von dem Bolschak und der ganzen Martow-Sippe abgesehen war er der einzige Mensch, den sie in ihrem Leben nie wiedersehen wollte, ja, es auch gar nicht riskieren konnte. Und nun war er hier, in Hamburg, in der Auswandererstadt. Dabei hatte er zu ihr gesagt, damals in Wolossowo, dass er nach Petersburg gehe, um an der Universität zu lehren. Als Professor. Das hatte er gesagt. Was wollte er hier? Etwa auch nach Amerika? Oder suchte er sie? Hatte er ihre Spur gefunden, in den Registrierungslisten in Eydtkuhnen? Oder etwa schon hier, in der Liste der Auswandererstadt? Ljubas Kehle war ganz trocken, ihr Herz raste immer noch. Sie musste sich verstecken. Er durfte sie nicht finden. Ob er sich an den Namen erinnerte, unter dem sie reiste? Zum Glück waren die Schlafsäle nach Geschlechtern getrennt. Dort würde er nicht hineinkommen. Und er ging ja auch zu dem Hotel. Da käme er doch gar nicht bis zu den hinteren Baracken, in denen sie mit Dascha schlief. Dascha! Ljubas Herz schlug nun mit so viel Kraft gegen ihre Brust, dass es in ihren Ohren dröhnte. Sie musste zu Dascha! Sie musste mit ihr reden, ihr endlich die Wahrheit sagen. Er durfte auch Dascha nicht entdecken. Aber wo war sie bloß? Sie wollte sich den Auszug der Auswanderer anschauen und ihnen ein Lebewohl mit auf die Reise geben. Zusammen mit dem jungen Mann aus dem Zug. Ljuba schüttelte hektisch den Kopf. Das hätte sie nicht erlauben dürfen. Wie hatte sie nur so leichtsinnig, so unachtsam sein können? Das Kind musste bei ihr bleiben, damit sie es beschützen konnte. Sie musste Dascha sofort suchen, bevor er sie entdeckte und alles vorbei war.

11:10 Uhr

Erbarmungslos hallte das durchdringende Trompetensignal in Kiliszewskis Kopf wider und ließ seinen bohrenden Kopfschmerz erneut anschwellen. Das Signal kündigte die tägliche medizinische Kontrolle der Auswanderer an, für die sich jeder an seinem Schlafplatz einzufinden hatte. Heute waren die Ärzte spät dran. Reflexartig zog Kiliszewski die Schultern hoch, als ob er damit den Ton verdrängen könnte. Allen hatte den Kommissar zu sich gebeten, weil in der vergangenen Nacht Material von der Baustelle verschwunden war. Vier Stahlträger waren abhandengekommen. Absurd eigentlich. Wer sollte diese schweren Teile heimlich fortschleppen können? Darum hatte Kiliszewski Allen auch deutlich dazu geraten, die Angelegenheit vorerst noch als Missverständnis zu betrachten und einen Suchtrupp über die Baustelle zu schicken, der nochmals jeden Winkel überprüfen sollte. Aber Allen war nervös, denn für Samstagnachmittag hatte sich der Generaldirektor der HAPAG, Albert Ballin, persönlich für einen Inspektionsbesuch angekündigt. Das neue Bauvorhaben kostete die HAPAG schließlich einige Hunderttausend Reichsmark. Allein die jährliche Pacht der zusätzlichen dreiundvierzigtausend Quadratmeter lag schon bei zwölftausend Reichsmark. Das wusste er von Senator Stahmer persönlich. Ein Schnäppchen, wie dieser meinte. Aber Ballin war für seinen versierten Umgang mit Zahlen gut bekannt. Seit er der HAPAG vorstand, erzielte diese fast jährlich neue Rekordgewinne. So munkelte man zumindest. Und dass der Verwalter Allen nicht derjenige sein wollte, der diese Gewinnsträhne abreißen ließ, war nur zu verständlich. Trotzdem hatte Kiliszewski andere Sorgen, als sich um verschwundene Stahlträger zu kümmern. Herr Laskar, der Vorsitzende des Komitees für russische Juden in Hamburg, hatte sich schon um acht Uhr gemeldet und darüber beschwert, dass es in der Auswandererstadt immer wieder zu diskriminierenden Ausschreitungen gegen seine Schützlinge kam. Kiliszewski kannte seine Beschwerden schon. Tatsächlich waren fast fünfzig Prozent der Gäste in der Auswandererstadt Juden. Und auf ihre speziellen Bedürfnisse wurde sehr stark eingegangen. Sie hatten ein eigenes Gebetshaus, einen eigenen Speisesaal und sogar eine eigens für sie eingerichtete koscher kochende Küche samt einem vom Rabbiner bestellten Essensbeschauer. Albert Ballin, der selbst mosaischen Glaubens war, hatte darauf ein besonderes Augenmerk gerichtet und damit Hamburg einen echten Vorteil im Auswanderergeschäft verschafft. Der konkrete Anlass von Laskars Anruf war allerdings, dass sich die Verwaltung der Auswandererhallen am frühen Morgen wieder einmal geweigert hatte, von den USA zurückgewiesene Auswanderer bei sich aufzunehmen. Der Streit um die Unterbringung Zurückgewiesener schwelte nun auch schon seit Wochen und führte immer wieder zu handgreiflichen Auseinandersetzungen zwischen den Zurückgekehrten und dem Personal der Auswandererhallen. Wenn es hart auf hart kam, wurden Kiliszewskis

Leute auch noch involviert. Und wenn Jakusz austeilte, hing meistens auch gleich die Krankenabteilung mit drin. Kiliszewski musste dringend noch mal ein ernstes Wort an seine Männer richten, um für Deeskalation zu sorgen. Aber zuerst musste er zur Baustelle und sehen, ob der Suchtrupp die Träger schon gefunden hatte. Wenn er jedoch ehrlich zu sich war, brauchte er am allernötigsten noch ein Aspirin.

Ein leiser Seufzer entwich Kiliszewski, während er seinen Blick schweifen ließ, um die Spannung im Kopf etwas zu lösen. Da sah er sie wieder. Ihr honigblonder Zopf hing über ihrer rechten Schulter und sie lächelte verträumt einen jungen Mann mit dunklen Locken an. Der erklärte ihr etwas mit eindringlicher Mimik und forsch gestikulierenden Händen. Die beiden standen eng beieinander, schienen sich fast zu berühren. Kiliszewski versetzte das Bild einen Stich. Einfach nur die Hand eines geliebten Menschen halten und ihn fühlen. Bei dieser Vorstellung zog sich sein Innerstes zusammen. Er riss sich von dem Anblick los und setzte seinen Weg zur Baustelle fort. Hinter ihm erklang ihr helles, warmes Lachen.

11:20 Uhr

»Sie sind so hoch, dass man meint, ihre Dächer kratzen am Himmel. Darum nennen die Amerikaner sie auch skyscraper – Wolkenkratzer.«

»Was für ein unglaublicher Name. Ich habe noch nie ein so hohes Haus gesehen. Wie bekommen sie bloß all die Steine so hoch?«

David begann sofort, von den gigantischen Baugerüsten und gewaltigen Stahlträgern zu erzählen. Aber Dascha hörte ihm kaum zu, denn ihr Herz schlug so laut, dass es in ihren Ohren vibrierte. Wie schön er war. Seine Lippen so wunderbar geschwungen, dass sie am liebsten mit ihren Fingern darübergefahren wäre. Sie wurden von hübschen Grübchen gerahmt. Und seine dunklen Augen strahlten durch die dichten Wimpern hindurch. Seine Finger waren schlank und wunderschön geformt. Dabei auch kräftig. Wie seine Arme und Schultern. Wie gerne hätte sie ihn berührt, gestreichelt, liebkost. Aber sie musste los. Das Trompetensignal kündigte die medizinische Untersuchung an. Und sie hatte ihrer Mutter versprochen, rechtzeitig dafür zurück zu sein. Behutsam griff Dascha nach Davids gestikulierender Hand, hielt sie sanft zwischen ihren Händen, als wäre sie ein wunderschöner Schmetterling.

»Ich muss los. Meine Mutter wartet.«

David umhüllte ihre Hände mit seiner anderen und

sah ihr tief in die Augen. So tief, dass sie meinte, in ihn, in sein Innerstes hineinsehen zu können. »Wann sehe ich dich wieder, Dascha?«

»Beim Mittagessen?«

»Beim Mittagessen.«

Zögerlich löste Dascha ihre Hände aus Davids. Dann raffte sie sich auf, sprang von der schattigen Bank auf und lief zurück in Richtung ihrer Schlafbaracke. An der Ecke zum Hauptweg hielt sie inne und wandte sich noch einmal lächelnd zu David um. Er saß noch genauso dort und hielt sie mit seinem Blick. Als sie sich wieder umdrehte und eilig weiterlaufen wollte, stieß sie auf dem überfüllten Weg mit einem Mann so heftig zusammen, dass ihm seine Melone vom Kopf rutschte.

»Oh, verzeihen Sie vielmals, ich habe Sie gar nicht gesehen«, murmelte Dascha, während der Mann seine Melone zurechtrückte, ihr einen abschätzigen Blick zuwarf und ohne ein weiteres Wort seinen Weg fortsetzte. Verdutzt hielt Dascha inne. Sie kannte das Gesicht. Der Mann sah aus wie Michail Semjonow, ihr Lehrer in der Dorfschule in Wolossowo. Aber was sollte er hier wollen? Er war doch inzwischen bestimmt Professor in Sankt Petersburg. Unschlüssig, ob sie dem Mann hinterherrufen oder weiter zu ihrer Mutter und der medizinischen Untersuchung eilen sollte, entschied sich Dascha schließlich für Letzteres. Wenn es wirklich Semjonow war, würde sie ihn ja vielleicht noch einmal treffen. Ihre Mutter war sicherlich schon in heller Aufregung über ihre Verspätung.

Kurz darauf erreichte sie die Baracke und drängelte sich zwischen all den Frauen, Kindern, Taschen und Beuteln durch bis zum hintersten Bett, an dem ihre Mutter schon sichtlich nervös und ungeduldig auf sie wartete.

11:30 Uhr

»Der braune Koffer direkt im Fach über Ihrem Kopf ist meiner.« Ein wenig ungeduldig deutete Michail Semjonow auf einen mittelgroßen Koffer, dessen Riemen schon abgeschabt waren. Der Wärter der Gepäckaufbewahrung hob den Koffer umständlich aus seinem Fach, legte ihn vor Semjonow auf die Theke und schob ihm einen Quittungsblock hinüber.

»Bitte einmal hier unterschreiben, der Herr«, murmelte er monoton, »dass Sie Ihr Gepäck ordnungsgemäß und vollständig erhalten haben.«

Semjonow zögerte einen Moment, ob er dem Mann erklären sollte, dass er für diese Unterschrift erst einmal den Inhalt seines Koffers auf Vollständigkeit zu prüfen habe, besann sich dann aber eines Besseren, um endlich in sein Zimmer zu kommen und sich von den Strapazen der langen Reise auszuruhen. Schwungvoll setzte er sein Kürzel auf das Papier, so wie er es schon Hunderte Male gemacht hatte, griff seinen Koffer, wuchtete ihn auf den Boden und machte sich auf den Rückweg zum Hotel Nord.

In den wenigen Minuten, die er in der Gepäckaufbewahrung zugebracht hatte, hatte sich die Hauptstraße quer durch die Auswandererstadt noch dichter gefüllt. Scheinbar ziellos liefen die Menschen hin und her, riefen einander etwas zu oder fielen einander sogar in die Arme. Jiddisch, Polnisch, Russisch, Deutsch mit der gefälligen Melodie des Habsburger Reiches vermischten sich in seinen Ohren zu einem undurchdringlichen Gewirr, obwohl er all diese Sprachen beherrschte. Aber jetzt war er einfach nur müde und sehnte sich nach Ruhe.

Ein zwirbelnder Schmerz in seinem rechten Oberschenkel, gefolgt von dem schrillen Aufschrei eines Kindes riss ihn aus seinen Gedanken. Ein Fußball prallte von seinem Bein zurück in die Menschenmenge und hinterließ einen staubigen Abdruck auf seiner dunkelgrauen Hose.

Erst die Melone, dann die Hose, was für ein Ort! Der kleine Rotzlöffel sah aus wie eines der vielen Kinder, die Semjonow in den letzten Jahren unterrichtet hatte. Tag ein, Tag aus hatte er versucht, ihnen Disziplin, Respekt und Anstand beizubringen. Bei den meisten war es ein nutzloses Unterfangen geblieben. Angst war das Einzige, was diese kleinen Quälgeister wirklich in Schach hielt. Doch Angst verschloss nicht nur die Herzen, sondern auch den Verstand, sodass aller Unterricht für die Katz war. Entweder verstummten die Kleinen dann vollständig, oder sie verschwanden aus der Schule wie die kleine Dascha. Das Mädchen, das in ihn hineingestolpert war, hatte ihn an die Tochter von Ljuba, einem der Hausmädchen der Orlows aus Wolossowo erinnert. Semjonow schüttelte den Kopf. Ljuba war auch so ein angstverzehrtes Geschöpf gewesen. Immer huschte sie durch die Gänge des großen Hauses, schaute kaum auf, geschweige denn in das Gesicht ihres Gegenübers. Sie tat, was man ihr sagte. Das wusste Semjonow nur zu genau. Ihre Tochter Dascha war da schon anders. Neugierig und intelligent. Er hatte sie in der Dorfschule unterrichtet. Doch auch das lag schon Monate zurück. Oder waren es gar Jahre? Die Geister der Vergangenheit verfolgten ihn. Jeden Tag, seit Semjonow aus Petersburg aufgebrochen war, meinte er, überall die Gesichter alter Bekannter zu entdecken. Eben genau jener Menschen, denen er nicht wieder begegnen wollte. Die Mitglieder des anarchistischen Untergrund-Bundes, mit denen er sich jeden Donnerstagabend in einem schäbigen Hinterzimmer einer Schänke am Petersburger Heumarkt getroffen hatte. Den Dekan der Philosophischen Fakultät der Petersburger Universität, der ihm mit einem breiten Grinsen mitgeteilt hatte, dass die Juden-Quote an der Universität bereits übererfüllt und für ihn kein Platz mehr sei. Die Hausmeisterin in der Minsker Gasse 7, die zu allen Räumen einen Schlüssel hatte und mit Sicherheit seine Habseligkeiten durchschnüffelte, wenn er nicht in seinem kleinen Zimmer war. Tanja Sokolowa, die ihn für einen Beamten der vierten Rangstufe verlassen hatte, obwohl der ein Idiot war. Aber mit festem Einkommen und einem Adelstitel.

Alles, was ihm einst wichtig gewesen war, hatte er zurückgelassen. Und das war ihm nicht leicht gefallen. Er hatte ausdauernd und hart für seine Ideale gekämpft. So lange, dass er beinahe täglich damit rechnen musste, von den Männern der dritten Abteilung, der russischen Geheimpolizei, gefasst und eingebuchtet zu werden. In die Peter-und-Paul-Festung, wie so viele andere Revolutionäre vor ihm. Auch Pjotr Kropotkin, der große Anarchist, hatte dort eingesessen. Und er wäre dort sicherlich auch elendig zugrunde gegangen, wenn seine Freunde ihm nicht zur Flucht verholfen hätten. Aber wer hätte ihm, einem jüdischen Intellektuellen, schon geholfen? … Er hatte sich selbst helfen und um sein Wohlergehen kümmern müssen, wie schon immer im Leben. So auch hier in dieser Auswandererstadt. Sei es um sein Zimmer und sein Frühstück im Hotel, um seinen Koffer, oder aber um den Staub auf seiner Hose, den ihm der Lausebengel beschert hatte. Entschlossen klopfte Semjonow sich den Schmutz ab und setzte seinen Weg zum Hotel fort.

11:35 Uhr

Der Schlafsaal war überfüllt. Frauen und Kinder warteten ungeduldig bei ihren Betten auf die Visite des Arztes. Der schritt zusammen mit der Krankenschwester gerade erst durch die fünfte von zehn Bettreihen, fühlte hier den Puls eines Kindes, zog dort einer alten Frau mit routinierter Handbewegung das linke Augenlid herunter.

Dascha schlängelte sich durch die auf dem Boden spielenden Kinder und eilte quer durch die Baracke zur hintersten Reihe.

»Was kommst du so spät, Kind? Ich habe mir Sorgen gemacht. Du kannst doch nicht einfach da draußen herumlaufen, während ich hier auf dich warte!«

»Nun bin ich ja da, Mamotschka«, versuchte Dascha, ihre Mutter zu beruhigen, die nervös den Zipfel ihres Kopftuches um ihren Zeigefinger auf- und wieder abwickelte.

»Siehst du, Ljuba, ich habe dir doch gesagt, dass dein Töchterchen rechtzeitig zur Visite hier ist.« Lika, die Alte, der Dascha am Vortag ihr Bett überlassen hatte, tätschelte Ljubas Schulter und zwinkerte Dascha verstohlen zu.

»Nun, wenigstens das. Aber ich will einfach nicht, dass du allein durch diese Auswandererstadt läufst. Es ist zu gefährlich!« Ljuba rieb sich über die Augen, als wollte sie etwas fortwischen.

»Ich habe nur dem Auszug der heute Abreisenden

zugeschaut. Was für ein Spektakel, Mamotschka! Und in ein paar Tagen werden wir auch so zu unserem Schiff aufbrechen.«

»Nicht, wenn noch etwas vorher passiert, Kind.«

»Was soll schon passieren, Mamotschka? Wir sind hier im Hafen, wir haben unsere Reisepapiere, und in ein paar Tagen fährt auch unser Schiff ab.« Dascha lächelte ihre Mutter aufmunternd an und griff nach ihren Händen. Wie kalt sie waren! »Was ist denn los, Mama? Du hast ja ganz kalte Hände. Und du zitterst. Fühlst du dich nicht gut?«

»Deine Mutter hat sich einfach nur große Sorgen um dich gemacht, Kind«, raunte Lika ihr zu.

»Ja, ich bin nervös! Und ich möchte nicht mehr, dass du hier allein herumläufst. Du bleibst bei mir!«

»Aber Mamotschka, ich bin siebzehn Jahre alt und kann schon sehr gut auf mich aufpassen. Und so groß ist es hier ja auch nicht, als dass ich mich verlaufen könnte.«

»Darum ja, Kind, weil es hier so eng ist, dass jeder dich sehen kann.«

Bevor Dascha noch etwas erwidern konnte, hatten sich der Arzt und die ihm folgende Krankenschwester vor die drei Frauen gestellt und unterbrachen mit einem kurzen scharfen Räuspern ihr Gespräch.

»Gesundheitskontrolle. Ihre Papiere bitte.«

Mit unsicherer Hand reichte Ljuba der Schwester die Kontrollkarten, die sie bei der Registrierung bekommen hatten, während der Arzt bereits Dascha musterte und ihr Kinn von links nach rechts drehte, um ihre Augen besser sehen zu können. Dann nickte er der Krankenschwester zu, die Daschas Karte abhakte.

»Was ist denn mit deinen Augen los, Mütterchen? Die sind ja ganz rot.« Mit beiden Händen umfasste der Arzt Ljubas Kopf und zog mit den Daumen die Augenlider hinunter. »Brennen sie?«

Ljuba zuckte ängstlich mit den Schultern, schüttelte dann vorsichtig den Kopf.

»Hm«, grunzte der Arzt. »Das könnte der Beginn einer trachoma favus sein. Die Frau beobachten wir«, raunte er der Krankenschwester zu, die daraufhin ein dickes Ausrufungszeichen auf die Kontrollkarte kritzelte.

Ljuba schluchzte auf, als sie das sah, und schlug die Hände über dem Gesicht zusammen.

»Es ist doch alles in Ordnung, Mamotschka«, versuchte Dascha, ihre Mutter zu trösten. Ljuba aber schubste sie mit ihren Ellenbogen weg und drehte sich stöhnend zur Wand. »Wir müssen dem Arzt einfach nur erklären, dass du geweint hast. Dann versteht er schon, warum deine Augen rot sind. Es gibt hier bestimmt jemanden, der gut genug Deutsch kann, um zu übersetzen.«

Ljuba schüttelte nur unwillig und schweigend den Kopf.

»Doch, Mamotschka, bestimmt. Ich weiß auch, wer. Eben gerade, als ich hierher zurücklief, sah ich unseren Dorfschullehrer aus Wolossowo, Michail Abramowitsch. Er spricht doch fließend Deutsch und wird bestimmt gerne für dich übersetzen.«

Kreidebleich drehte sich Ljuba zu ihrer Tochter um, doch ihre Knie gaben nach und sie brach auf dem Bett zusammen.

»Was ist denn, Mamotschka? Was hast du?« Hilfesuchend drehte sich Dascha nach allen Seiten um. Wo war nur Lika? Eben war sie doch noch da gewesen. Und jetzt, wo sie gebraucht wurde, schien sie wie vom Erdboden verschwunden. Dascha kniete neben ihrer Mutter nieder und strich ihr sanft eine blonde Haarsträhne aus dem Gesicht. »Mama, so sag doch etwas …« Eine kleine Hand schob Dascha sanft zur Seite und Likas gebräuntes Gesicht kam zum Vorschein. Sie hielt Ljuba ein kleines braunes Fläschchen unter die Nase und flüsterte leise: »Tief einatmen, Liebes.«

Hustend riss Ljuba die Augen auf und starrte zuerst Lika, dann ihre Tochter an.

»Bete zu Gott, dass er dich nicht erkannt hat.«

16:00 Uhr

»SPRINGER AUF B8 und dein Läufer ist raus.« Mit einem zufriedenen, geradezu triumphierenden Grinsen schob Mashel seinen schwarzen Springer auf B8 und griff mit spitzen Fingern den weißen Läufer von den Figuren seines Bruders. Schachspielen war eine der Lieblingsbeschäftigungen der Brüder. David war auch schon lange nicht mehr »der Große«, da Mashel inzwischen so manche meisterhafte Partie auf dem Brett absolviert hatte. Tatsächlich fühlte er sich beim Schach mit seinem Bruder auf Augenhöhe. Mochte er zwar älter und stärker sein, auf dem Schachbrett machte David Mashel schon lange nichts mehr vor.

»Ach, Mashel, ich bin heute einfach nicht bei der Sache.«

»Das merke ich. Schach!«

Unwillig zog David seine Dame vor seinen König, um den Angriff von Mashels Turm abzuwehren. Doch der setzte nach. »Turm gegen Dame tausche ich heute gerne.«

»Dein kleiner Bruder zieht dir aber ganz schön die Hosen runter«, kommentierte ein grauhaariger, untersetzter Mann grinsend das Spiel der beiden.

»Ja, ich habe es ihm zu gut beigebracht«, scherzte David zurück und beugte sich quer über das Brett, um mit seiner linken Hand durch Mashels Haare zu wuscheln. »Dafür spreche ich aber besser Englisch als er, und damit habe ich spätestens in New York wieder das Sagen.«

»Na, mal sehen, wie lang dir der Vorsprung reicht, Junge.«

Mashel strich sich die zerwühlten Haare aus dem Gesicht und musterte den Mann. Er war schätzungsweise um die vierzig Jahre alt, hatte breite Schultern und kräftige kurze Finger. In denen hielt er ein kleines Heftchen, auf dessen Deckblatt in fetten Versalien »HOW TO BECOME AN AMERICAN CITIZEN« gedruckt war.

»Was ist das für ein Heft, das Sie da haben?« Mashel verdrehte neugierig den Kopf, um auch das kleiner Gedruckte unter der Überschrift lesen zu können.

Der Mann hielt Mashel das Heftchen entgegen. »Verstehst du Englisch, Kleiner?«

»Hm«, murmelte Mashel und entzifferte zugleich die nächste Zeile: »CONTENTS OF THIS BOOK«.

»Was bedeutet ›Citizen‹?«, fragte er den Mann.

Der grinste breit. »›Bürger‹ heißt das, mein Junge. Das ist etwas, was wir in Russland nicht haben. Bürger sind Menschen mit Rechten. In Amerika haben die Bürger die Macht. Dort gibt es keinen Zaren, keinen Adel und auch keine Untertanen. Dort gibt es nur Bürger.«

Mashel nickte stumm. Die folgenden Zeilen waren noch kleiner gedruckt, sodass er sie kaum entziffern und noch weniger verstehen konnte.

David beugte sich nun ebenfalls vor, um sich das Heft genauer anzusehen. »Das hört sich interessant an. Haben Sie schon darin gelesen? Worum geht es?«

»Da steht alles drin, was du brauchst, um den Einwanderungstest zu bestehen.«

»Einwanderungstest? Muss man so etwas machen?«

»Inzwischen muss man das, Junge. Jedes Jahr drängen mehr Menschen nach Amerika. Und jetzt nehmen die Amerikaner nicht mehr jeden.«

»Na, vielleicht nicht jeden, aber gesunde junge Männer werden sie doch wohl nehmen, oder?«

»Klar, wenn sie Geld haben. Dollars sind dort sowieso das A und O. Und gut ist auch, wenn du etwas kannst, ein vernünftiges Handwerk. Tischler, Schmied, Schlachter, Bäcker.«

David zuckte mit den Schultern. Er beherrschte kein Handwerk. Nur Sprachen, die dort wohl keiner brauchte.

Russisch und Hebräisch, ein paar Brocken Deutsch und wenigstens auch etwas Englisch. Und Zigaretten verkaufen konnte er. Vielleicht auch andere Dinge. »Und wie steht es mit Händlern? Brauchen die Amerikaner Händler?«

Der Mann lachte auf. »Ja, wir Juden sind alle Händler. Was anderes dürfen wir hier ja auch nicht sein.« Dann beugte er sich vor und raunte David zu: »Weißt du, man sagt, die Amerikaner wollen keine Juden mehr. Zumindest keine ohne Geld. Man sagt, sie hätten schon zu viele von uns. Darum sind sie bei den Juden besonders streng, prüfen alles zweimal. Alte und Kranke wollen sie gar nicht, genauso wenig Krüppel.« Er verzog sein Gesicht zu einer Grimasse und krümmte seine Schulter, als ob er einen Buckel hätte.

Mashel spürte einen schmerzhaften Stich im Herzen.

»Allein reisende junge Frauen wollen sie auch nicht, aus Angst vor Prostitution und Syphilis.« Er zwinkerte Mashel zu.

»Nun, wir sind weder Frauen noch alt noch krank. Außerdem haben wir Verwandte in New York.«

»Na, dann sieht's ja schon ganz gut für euch aus. Habt ihr auch Geld?«

Mashel hielt den Atem an. Was fragte der Kerl sie so aus? David zögerte zum Glück mit der Antwort, zuckte schließlich mit den Schultern. Mashel nutzte die Gelegenheit und fragte mit unschuldiger Miene: »Darf ich mir das Heft mal ansehen?«

»Na gut, Kleiner.«

»Q: What form of government is that of the United

States? A: It is a Republic. Q: What do you understand by a Republic? A: A Republic is a government in which all authority is derived from the people.« Verwirrt schaute Mashel seinen Bruder an. »Hast du etwas verstanden?«

»Gib mal her.« David nahm Mashel das Heftchen aus der Hand und blätterte darin. »Q: What is the Declaration of Independence? A: The Declaration of Independence is a document in which the original colonies renounced their allegiance to Great Britain, and set forth their reasons therefore.«

»Was bedeutet ›allegiance‹?«

»Keine Ahnung, Mashel. Aber ich glaube, wir brauchen auch so ein Heft, damit wir das alles hier auswendig lernen können. Wenn die uns bei der Einreise ausfragen …«

»Da kannst du Gift drauf nehmen, dass sie genau das auf Ellis Island machen werden. Und wenn du keine Ahnung hast, kannst du entweder zahlen, oder pfiiit …«, pfiff der Mann durch seine vom Kautabak braunen Zähne, »ab zurück zu Väterchen Zar.«

»Wo kann man so ein Heft kaufen? Hier in der Auswandererstadt?«

»Ja, drüben in dem Kiosk. Da kannst du es für einen amerikanischen Vierteldollar kaufen. Oder für zwei Deutsche Mark.«

»Danke. Komm, Mashel. Wir holen uns so ein Heft.«

»Lass uns zuerst die Partie zu Ende spielen. Das Heft läuft doch nicht weg.«

»Aber vielleicht gibt es bald keine mehr. Und die Partie hast du sowieso gewonnen. Ohne meine Dame bin ich verloren.«

Widerwillig folgte Mashel seinem Bruder hinaus aus dem Männertrakt auf die heiße Straße. Der blickte sich ständig nach allen Seiten um, obwohl der Weg zum Kiosk einfach nur geradeaus ging. Aber Mashel spürte deutlich, dass es nicht nur der Kiosk mit den Heftchen war, der seinen Bruder aus dem Männertrakt gelockt hatte, sondern auch das Mädchen, diese Dascha.

23:50 Uhr

Mit äusserster Vorsicht stieg David über die auf dem Boden vor den Betten verstreuten Schuhe, seine eigenen in der Hand. Jetzt bloß nicht stolpern, Lärm machen und Mashel wecken! Dann kam er hier nicht mehr hinaus. Zumindest nicht allein. Im unteren Bett hustete ein Mann. David hielt den Atem an und huschte so schnell wie möglich aus der engen Bettgasse auf den breiteren Flur zwischen den Stockbetten. Dann links den Gang hinunter und hinaus zur Tür. Als er die quietschende

Klinke langsam losgelassen hatte, atmete er erleichtert auf. So, und jetzt nichts wie hin zu der Baracke, in der Dascha schlief. Sie hatte versprochen, um Mitternacht hinauszukommen.

Eilig bückte er sich, schlüpfte in seine Schuhe und band die Schnürsenkel zu. Dann lief er den Hauptweg der Auswandererstadt entlang Richtung Baustelle. Sein Herz schlug schneller vor Aufregung, ja, vor Liebe. Etwas anderes konnte dieses umwerfende Gefühl gar nicht sein, das ihm den Atem nahm, den Appetit sowieso, und sein Herz sich ausdehnen ließ, als wollte es bis in seinen Kopf hinein schlagen. Ja, er fühlte seine Herzschläge sogar in seinen Ohren. Da-scha – Da-scha – Da-scha.

Plötzlich ertönte hinter David ein kurzer Pfiff. Erschrocken blieb er stehen und sah sich um. Ob es Mashel war? Den Weg, der zum Haupttor führte, kamen zwei Schutzmänner entlang. David drückte sich an die Wand des Pavillons. Die beiden brauchte er nun wirklich nicht zu treffen und sich eine Zurechtweisung über die nächtliche Sperrstunde anzuhören. Es reichte ihm schon, dass sein Bruder tagsüber wie eine Klette an ihm hing, sodass er kaum atmen konnte. Natürlich verstand er, dass Mashel Angst hatte und am liebsten zu Hause in Kischinjow wäre. Aber Angst war nun einmal einfach kein guter Ratgeber.

Ganz ruhig verharrte David im nächtlichen Schatten der Wand, während seine Gedanken ihn forttrugen, zurück nach Kischinjow. Dort gab es nach dem Tod ihrer Eltern keine Zukunft mehr für sie. Das hatte ihre Großmutter ihnen mehr als deutlich gesagt, als sie sie auf den Karren setzte und unter Tränen rief: »Wehe, ihr dreht um! Wehe, ihr kommt hierher an diesen verfluchten Ort zurück! Ich will von euch erst wieder hören, wenn ihr in New York bei eurer Tante Rahel seid. Aber dann schickt ihr mir sofort ein Telegramm, verstanden!« Mashel hatte nur geschluchzt, aber David hatte gefühlt, dass seine Großmutter recht hatte und für sie beide nur das Beste wollte. Und wenn man etwas wirklich will, muss man fest daran glauben. Das hatte ihm sein Großvater immer gesagt und es auch gelebt. Er hatte weder Angst vor dem Zaren noch vor dessen korrupten Beamten gehabt. Er hatte die Riemenschneiderei aufgebaut, die Davids Vater fortgeführt und vielleicht auch David übernommen hätte. Aber die widerwärtigen, blutrünstigen Pogrome hatten das Leben in der Stadt unmöglich gemacht und seine Eltern das Leben gekostet. Immerhin hatte die Riemenschneiderei eine ansehnliche Mitgift für Davids Tante Rahel erwirtschaftet, wie auch das Schulgeld für David und Mashel. Und wie sein Großvater wollte auch David keine Angst haben vor dem, was in der Zukunft auf ihn wartete. Nein, er wollte eine glänzende Zukunft, ein Leben in Freiheit, in dem er von seiner Umwelt mit Anstand und Respekt behandelt wurde. Und wenn er dafür Berge versetzen musste. Oder das Meer teilen, wie Moses. Er wollte das Meer teilen, um Mashel und sich ein neues, ein besseres, ein einfach wundervolles Leben zu ermöglichen. Ein Leben voller Freude und Liebe. Dascha …

Vorsichtig schaute David sich nach den beiden Schutzmännern um. Sie waren in die andere Richtung abgebogen und kaum noch zu erkennen. Schnell lief er die Hauptstraße weiter auf die Baracken zu. Der Mond trat hinter zarten Quellwolken hervor und tauchte den Weg in silbernes Licht. Dann sah er sie. Sie lehnte an der Bretterwand der letzten Baracke, gleich beim Bauzaun. Den ganzen Nachmittag hatte er gehofft, sie zu sehen, sie aber nirgends erblickt. Nun stand sie hier mitten in der Nacht vor ihm. Es sollte so sein, es musste so sein. Er nahm sie in die Arme und küsste sie.

Samstag, der 30. Juni 1906

4:30 Uhr

»Daschenka, mein Täubchen, bist du wach?«, flüsterte Ljuba leise in den schon vom Morgenlicht durchfluteten Schlafsaal. Angestrengt lauschte sie, hörte aber nur eine Kakophonie von Atemgeräuschen um sich herum. Sie schlug die Decke zurück und richtete sich auf. Der Schmerz in ihrer linken Hüfte pochte dumpf in ihren Körper hinein. Die letzten Wochen waren einfach zu viel für das Bein gewesen. Sie brauchte unbedingt etwas Ruhe. Aber auch hier in der Auswandererstadt fand sie die kaum. Nicht nur, dass die Schlafsäle tagsüber abgeschlossen und die Leute somit gezwungen waren, sich irgendwie auf den Beinen zu halten, auch die Angst raubte ihr jegliche Muße.

»Dascha.« Ljuba zog sich am Bettgestell hoch und tastete suchend mit der Hand in das oberste Bett. Um hineinzusehen, war sie zu klein. Ihr Kopf reichte gerade einmal bis zum mittleren Bett, in dem die alte Frau still mit geschlossenen Augen auf dem Rücken lag. Ljuba spürte das kalte Laken, nicht aber die Decke, noch weniger ihre Tochter. »Dascha, bist du da?«, flüsterte sie. »Dascha, sag doch was!« Plötzlich bemerkte Ljuba den Blick der Alten auf sich.

»Weißt du, ob meine Tochter in ihrem Bett liegt? Hast du sie gesehen? Ist sie weg?«

Lika schlug langsam die Augenlider nieder und wieder auf.

»Ja? Nein?« Ljuba trat einen Schritt zurück, um einen besseren Winkel aufs Bett zu haben.

»Sie ist nicht da«, flüsterte Lika.

Ljuba riss die Augen auf und schlug die Hände vor ihr Gesicht. Ein Schluchzen rann durch ihre Finger und ihre Schultern bebten. Wo war sie? Hatte er sie gefunden? War ihr etwas geschehen? Dann wäre alles vorbei. Alles sinnlos. Alles …

»Setz dich hierher.« Eine Hand umschloss mit festem Griff Ljubas Arm und zog sie zurück auf ihr Bett. Lika setzte sich neben sie.

»Ob sie vielleicht nur zu den Latrinen gegangen ist?«

»Sie ging vor Mitternacht.«

»Ja, aber …« Ljuba schluchzte erneut auf. »Dann … dann … warum? … oh mein Gott, wenn er sie hat …!«

»Wer?«

Ljuba schüttelte verbissen den Kopf. Alles drehte sich. So lange war Dascha schon weg. Bestimmt hatte er sie, zwang sie zu furchtbaren Dingen, quälte sie, verletzte sie …

»Sprich. Sonst frisst es dich auf.«

»Was?«

»Das, was dich so quält, dass du kaum noch ruhig atmen kannst.«

Ljuba starrte in Likas helle, klare Augen. Was wusste die Frau von ihr? War sie vielleicht auch …?

»Du sprichst im Schlaf.«

»Was?«

»Keine Sorge. Es ist kaum zu verstehen. Eher ein Wimmern, ein Flehen. Aber wenn du es weiter versteckst, wird es dich in deinen Träumen auffressen.«

»Es ist ein Mann. Ich ... ich habe Angst, dass er Dascha hat.«

Lika nickte schweigend und hielt still Ljubas zitternde Hand. »Er kommt aus dem Dorf, in dem ich gearbeitet habe. Er kennt uns, weiß alles. Wenn er will, dann ...«

»Dann kann er dir schaden?«

»Ja. Mehr noch. Er kann alles zerstören.«

»Und er ist hier in der Auswandererstadt?«

»Ja, ich habe ihn gesehen. Gestern.«

»Vor der Arztvisite.«

»Ja. Woher weißt du ...?«

»Du hattest geweint, hattest Angst.«

»Ja.«

»Warum kann er dir schaden?«

»Er ... er weiß um mich. Um uns.«

Lika nickte. »Und jetzt hast du Angst, dass er dich erpresst.«

»Das hat er schon. Aber Dascha ... wenn er nun Dascha ...«

»Was hat er?«

»Mich gezwungen, ihm zu Gefallen zu sein«, flüsterte Ljuba tonlos. Plötzlich stand sie wieder in der kleinen Kammer in der Mansarde des Sommerhauses der Orlows, die dem Hauslehrer Semjonow sowohl zum Schlafen als auch als Studierzimmer diente. Sie spürte, wie er sich mit gierigen Fingern an ihrer Bluse zu schaffen machte, stöhnend ihre Brüste knetete, sein Knie zwischen ihre Beine drückte und sie zurück auf sein Bett schob. Sie hörte sein Schmatzen, roch seinen nach Tabak stinkenden Atem und den staubigen Geruch seines schlecht gebürsteten Rocks. Noch bevor sie lag, hatte er schon ihren Rock hoch und seine Hüften in den heruntergelassenen Hosen zwischen ihre Schenkel geschoben. Heftig und gierig drang er in sie ein. Immer wieder. Dabei knurrte er: »Das gefällt dir doch, nicht wahr? Ich spüre doch, dass es dir gefällt.«

Von weit her drang Likas ruhige Stimme in ihr Ohr. »Wofür war das der Preis?«

»Für die Fahrkarten ...« Ljubas Stimme brach und Tränen rollten ungehemmt über ihre Wangen. Lika streichelte ihren Arm. »Er war der Dorfschullehrer. Nebenbei hat er mit Passagen für jüdische Auswanderer gehandelt. In Petersburg.«

»Du hast die Fahrkarten, du hast bezahlt. Du bist frei.«

»Nein! Du weißt es doch selbst: Wir russischen Bauern sind niemals frei. Und schon gar nicht wir Frauen.«

»Ich bin keine Russin.«

»Was?«

»Ich komme aus Sibirien. Dort sind die Bauern frei.«

»Alle?«

»Wenn sie keine Verbannten sind, ja. Aber von denen gibt es dort, wo ich herkomme, nur wenige.«

»Und woher kommst du?«

Lika zögerte. »Aus dem westlichen Tiefland Sibiriens. Aus einem kleinen Dorf, Kemerowo. Es liegt nur ein paar Tagesmärsche von den Eisenbahnschienen entfernt.«

Ljuba nickte. »Aber wenn die Menschen dort frei sind, warum bist du dann weggegangen?«

Lika schwieg. »Es sollte wohl so sein«, antwortete sie schließlich mit ruhiger, fester Stimme.

»Für Dascha und mich musste es so sein. Es gab keinen anderen Weg. Gibt immer noch keinen.« Sie holte zitternd Atem. »Darum ist es auch so entsetzlich, dass … dass …«

»… der Mann hier in der Auswandererstadt ist?«

»Ja. Wenn er Dascha etwas antut, sie bedrängt …«

»Warum sollte er das tun?«

»Weil … weil er nicht genug kriegen kann. So gierig ist er.«

Lika streichelte schweigend Ljubas bebende Schultern.

»Ich muss hinaus und sie suchen. Ich …« Ljuba versuchte, sich hochzudrücken, aber Übelkeit und heftiger Schwindel ließen sie beinahe die Balance verlieren.

»Was hast du?« Lika hielt die Schwankende fest und half ihr, sich wieder hinzulegen.

»Ich … ach, mir ist nicht gut. Ich muss mich ausruhen …«

»Ja, ruh dich aus«, murmelte sie und musterte die kleine, zitternde Frau nachdenklich.

5:30 Uhr

»SEI GANZ LEISE! Mucksmäuschenstill!« Kaum atmen kann er. So leise ist er. Aber das Blut pocht so laut in seinen Ohren. Wenn sie das auch hören, dann ist alles verloren. Durch das Wabenmuster der Schranktür dringt das Licht ein. Beißend grell. Es brennt in seinen Augen. Er möchte sie schließen, kann es aber nicht. Er muss hinsehen. Muss sie sehen. Die Falten ihres Rockes zittern. »Mucksmäuschenstill.« Es kracht und poltert. Männerstimmen fluchen. Schwere Stiefel schieben sich vor das Licht. Vor den zitternden Rock. Ihr Schrei zerrt an seinem Trommelfell. Ein dumpfes Krachen. Knacken, so, als ob der Nussknacker eine Walnuss aufbricht. Sie stürzt zu Boden. Der Rock fällt in sich zusammen, färbt sich rot. Eine große kalte Hand packt ihn an seiner Schulter, rüttelt ihn.

»Wach auf, Junge, du schreist ja den ganzen Saal zusammen.« Dunkle Augen starrten ihn an und der Geruch von Tabak drang in seine Nase. Die Hand ließ seine Schulter langsam los. In seinem Schoß war es ganz warm. Und nass. Tränen füllten seine Augen. Sein Mund war so trocken, dass kein Laut herauskam. Mucksmäuschenstill.

»Oleg, mach dem Kleinen nicht noch mehr Angst. Lass ihn in Ruhe.«

»Wo ist denn sein Bruder? Jemand muss sich doch um ihn kümmern?«

Mashel blinzelte den über ihn gebeugten Mann ängstlich an. Sein Blick tastete die Umgebung ab und langsam kamen die Erinnerungen zurück. Im Schlafsaal der Auswandererstadt. Im Hafen von Hamburg. Wo war David? »David?«

»Der ist wohl gerade austreten, Kleiner, kommt bestimmt gleich wieder. Du hast ein bisschen wild geträumt. Aber jetzt schlaf weiter.« Der Mann wendete sich mit einem ächzenden Geräusch ab und kroch zurück unter seine Decke im Nachbarbett.

Bis über die Ohren zog sich Mashel seine Bettdecke. Die Tränen liefen und liefen, über die Wangen und durch die Nase. Er bekam kaum noch Luft. Wo war David? Warum hatte er ihn allein gelassen? Er hatte ihm doch versprochen, ihn niemals allein zu lassen. Das hatte er versprochen! Er konnte nur noch durch den Mund atmen, die Nase war voll mit Schnodder. Seine Schenkel klebten und das Laken wurde langsam kalt und klamm. Warum waren sie nur hier? Und warum mussten sie so weit weg von zu Hause? Nur weil die Großmutter es befohlen hatte? Wie es ihr wohl ging? Sie war jetzt ganz allein in dem Haus in der Sennengasse. Wie würde sie allein das Holz vom Hof in die Küche bringen? Und das Wasser? Es war nicht mehr viel drin im Haus. Die Möbel alle zerschlagen, die Federbetten aufgeschlitzt. Wo schlief die Großmutter denn jetzt? Mashel zitterte am ganzen Körper und seine Zähne klapperten. Er hatte so entsetzliches Heimweh. Zu Hause wusste er wenigstens, wo er sich verstecken konnte. Aber hier?

»Mashel? Ist alles in Ordnung?« Vorsichtig versuchte David, die Decke zurückzuschlagen, aber Mashel hielt sie krampfhaft fest und fing an, mit den Füßen zu strampeln. Das fühlte sich unangenehm an auf dem nassen Laken.

»Mashel, hör doch auf. Ich bin ja da. Ich war doch nur bei den Latrinen. Und nun bin ich wieder da.« Mashel spürte Davids große Hand sanft über seinen Kopf streicheln. Er wollte sie abschütteln, hielt aber inne.

»Du hast versprochen, mich niemals allein zu lassen. Du hast gelogen.«

»Ich musste austreten, Mashel. Ich kann doch nicht ins Bett ...« David verstummte. Bestimmt hatte er es gerochen. Mashel zog die Decke noch fester über sich. Er wollte nicht aufstehen. Er wollte nicht hier sein. Er wollte nirgendwo sein. Er wollte zu seiner Mamele.

11:30 Uhr

»Dascha, bleib hier bei mir.«

»Ich möchte nur lesen, was auf dem Zettel dort vorne am Baum steht.«

»Was soll da schon Wichtiges draufstehen? Ich möchte, dass du bei mir bleibst.«

Dascha verdrehte angestrengt die Augen. »Nun, es könnte etwas Wichtiges draufstehen. Vielleicht ist es eine Anzeige, dass es wieder die Heftchen zu kaufen gibt, in denen alles steht, was man für die Einreise nach Amerika wissen muss.«

»Wie kommst du denn darauf?«

»Das hat mir David erzählt, der junge Mann aus dem Zug.«

Ljuba schüttelte unwirsch den Kopf. »Der, der dir schöne Augen macht. Und du ihm nicht minder.«

Dascha verzog den Mund, behielt ihre Antwort aber für sich. Was gab es darauf auch zu antworten? Dass sie jetzt nirgendwo lieber wäre als bei David? Dass es schwer genug gewesen war, sich heute früh von ihm loszureißen, um noch einigermaßen rechtzeitig wieder im Bett zu liegen? Und dennoch war sie zu spät gekommen, hatte die Mutter mit Tränen in den Augen und Lika an der Hand vorgefunden. Und jetzt durfte sie sich keine zwei Schritte weit entfernen, lief schon seit drei Stunden neben ihrer Mutter her wie ein kleines Mädchen. Dabei war sie bereits eine Frau. Das hatte sie heute Nacht mit jeder Zelle ihres Körpers gefühlt. Sie war nicht nur eine Frau, sie war eine liebende Frau. Ein warmer Schauer streifte bei diesem Gedanken Daschas Körper. Ihre Mutter musste das doch auch sehen. Deshalb war sie bestimmt so streng mit ihr.

»Ich glaube, dass so ein Heftchen wichtig für uns ist, Mutter. Wenn wir in New York sind, müssen wir bestimmt eine ganze Menge Fragen beantworten. Und die stehen alle in dem Heftchen. Zusammen mit den Antworten.«

»Hm. Dafür müssen wir erst einmal nach New York kommen, Kind. Und wenn du dich weiter so herumtreibst, kann das noch schwierig werden.«

Wütend holte Dascha Luft, um sich zu wehren. An die zehn Wochen war sie jetzt mit ihrer Mutter unterwegs. Sie war ihr gefolgt, ohne zu wissen, wohin die Reise führte. Sie war mit ihr auf einen fahrenden Zug aufgesprungen, hatte sich durch fremde Städte, in denen fremde Sprachen gesprochen wurden, hindurchgefragt, hatte sich um ihre Mutter gesorgt, darauf geachtet, dass sie ihr schwaches Bein nicht zu sehr strapazierte. Sie hatte sich darum gekümmert, dass sie immer etwas zu essen und frisches Wasser hatte. Aber Antworten auf ihre Fragen hatte Dascha bisher kaum von ihrer Mutter bekommen. Wieso hatten sie sich so plötzlich auf und davon gemacht? Wollte der Großvater Dascha wirklich verheiraten, wie die Mutter behauptete? Woher hatte sie das Geld für die Reise? Woher hatte sie die Fahrkarten? Woher wusste sie überhaupt, wie man nach Amerika kam? Warum hatte sie solche Angst, dass der Großvater sie verfolgte? Und jetzt: Warum hatte sie solche Angst vor dem Lehrer? Für wen hielt sie Dascha überhaupt? Für ein kleines, dummes Mädchen, das nichts bemerkte? Das Hinken der Mutter war so schlimm geworden in den letzten zwei Wochen, dass es fraglich war, ob man sie damit überhaupt nach Amerika fahren lassen würde. Dort wollte man nämlich keine Krüppel. Das hatte sie in den letzten Wochen oft genug von den anderen Reisenden erfahren. Die Amerikaner wollten gesunde, kräftige Menschen, die genug Geld hatten, um sich in Amerika eine eigene Existenz aufzubauen. Und all das konnten ihre Mutter und sie nicht bieten. Ihrer Mutter fehlte es an Gesundheit und ihnen beiden an Geld.

»Da vorne ist eine Bank frei. Lass uns dort einen Augenblick hinsetzen, Dascha, mein Täubchen.« Ljuba steuerte zielstrebig auf eine im Schatten einer Baracke frei gewordene Bank zu, Dascha an der Hand hinter sich herziehend. Der blieben die aufsteigenden Worte im Halse stecken. So war es meistens. Ihre Mutter schwenkte von einer Stimmung zur nächsten. Vor allem, wenn sie spürte, dass ein Streit im Anzug war. Aber was sollte es auch? Streit brachte sie nicht weiter. Das hatte Dascha schon als Kind gelernt. Am meisten Freiraum hatte sie stets gehabt, wenn ihre Mutter sich ihrer sicher war. Aber gerade die Verlässlichkeit wurde bei einem Streit ja in Frage gestellt. So setzte sie sich mit einem leichten Seufzer neben Ljuba und schaute den vielen Menschen nach, die in einem schier endlos scheinenden Strom an ihnen vorüberzogen. Vielleicht käme ja auch David hier vorbei. Auf einmal erspähte Dascha Lika. Sie glitt ganz unscheinbar und gelassen mit dem Menschenstrom den Hauptweg entlang. Dascha musste zweimal hinschauen, bis sie sicher war, auch wirklich die alte Frau zu erkennen. Dann winkte sie diese aber umso deutlicher zu sich heran.

»Lika, komm zu uns und ruhe dich ein bisschen auf dieser schattigen Bank aus.«

Lika schaute zu den beiden Frauen hinüber, lächelte und nahm das Angebot dankend an.

»Was für ein schönes Plätzchen ihr beide hier gefunden habt. Da lässt es sich bei dieser sommerlichen Hitze gut aushalten.«

»Ja, nicht wahr?«, nickte Ljuba, die sich sichtlich freute, ihre Bettnachbarin wiederzutreffen. »Wir können uns ja noch nicht einmal über Mittag in die Schlafsäle zurückziehen. Das ist bei diesem Wetter eine Zumutung. Man kann doch nicht den ganzen Tag durch dieses Lager laufen und den Leuten im Wege stehen.«

»Ach, wenn wir erst mal auf dem Schiff sind, wirst du dich bestimmt freuen, wenn du ein paar Schritte an der frischen Luft tun kannst, Mamotschka.«

Noch bevor Ljuba antworten konnte, wandte sich Dascha an Lika. »Und du, Lika, du reist ganz allein nach Amerika? Erwartet dich dort jemand?«

Die Alte lächelte Dascha zu. »Immer wartet irgendjemand irgendwo.«

»Hast du Familie in Amerika? Kinder?«

»Nein.«

»Woher kommst du überhaupt?«

»Aus einem Dorf im sibirischen Tiefland. An die dreitausend Werst östlich von Moskau.«

»Das ist weit weg«, staunte Dascha. »Und hast du dort noch Familie?«

»Nein.«

Dascha nickte und ließ eine Weile schweigend verstreichen.

»Wie ist das Leben in Sibirien? Man hört so Schreckliches über die Verbannten, die dort überall leben.«

»In dem Dorf, in dem ich gewohnt habe, gab es kaum Verbannte. Die wenigen, die doch über die Jahre zu uns geschickt wurden, fügten sich meist schnell in den Alltag ein, denn sie mussten mit anpacken, wenn sie Essen oder Brennholz für den Winter haben wollten. Und dann fielen sie schon kaum noch auf.«

»Sind die sibirischen Winter wirklich so kalt?«

Lika nickte lächelnd. »Sechs Monate Frost sind keine Seltenheit. Ohne einen guten Ofen und Jagdglück kann das Leben da schwierig werden.«

»Hast du auch gejagt?«

»Nein. Ich habe gefischt. Fleisch habe ich manchmal von den Nachbarn bekommen. Als Dank.«

»Als Dank? Wofür?«

»Wenn ich geholfen habe, ein Kind auf die Welt zu bringen, eine hartnäckige Erkältung zu lindern oder Wunden zu versorgen.«

»Bist du eine Hebamme oder gar eine Heilerin?«

Lika zuckte mit den Schultern. »Ich verstehe mich auf das Leben. Auf die Pflanzen und Pilze.«

»Das hört sich aber ganz wundervoll an. Sich auf das Leben verstehen. Das möchte ich auch einmal können«, erwiderte Dascha. Lika musterte sie kurz mit einem eindringlichen Blick und nickte kaum merklich.

»Du bist doch sicherlich eine geachtete Frau in deinem Dorf. Warum hast du es dann verlassen?«

»Der Grat zwischen Achtung und Ächtung kann sehr schmal sein. Manchmal ist es ratsam, den Zeichen der Zeit zu folgen, um im Strom des Lebens zu bleiben.«

Dascha spürte den festen Griff ihrer Mutter auf ihrem Arm und drehte sich mürrisch zu ihr um. Sie war kreidebleich und starrte in die Menschenmenge.

»Lika, ich bitte dich, bring meine Tochter ungesehen von hier fort. Schnell!«

11:45 Uhr

ENTSPANNT UND GUTER DINGE schlenderte Semjonow über die Hauptallee der Auswandererstadt. Nach einem ausgiebigen Frühstück im Hotel hatte er die Synagoge besucht. Schließlich war Shabbat und wegen der vielen Menschen gab es einen Gottesdienst nach dem anderen. Schon lange war er nicht mehr in der Synagoge gewesen, war regelrecht ungeübt in den verschiedenen Ritualen. Aber jetzt, so kurz vor der Abreise in die Neue Welt, ja, in ein neues Leben, tat es gut, sich der Unterstützung Gottes zu versichern. Hatten ihn doch die anderen Unterstützer im Stich gelassen. Die politischen Kampfgenossen genauso wie die Orlows, deren Kinder er jahrelang, neben seiner Tätigkeit als Lehrer der Dorfschule, unterrichtet hatte. Als es ihnen zu ungemütlich wurde in Wolossowo, weil die Menschen nicht mehr so spurten, wie sie es Jahrhunderte lang gewohnt waren, hatten sie einfach ihre Sachen gepackt und das Hauspersonal angewiesen, nach ihrer Abreise die Fensterläden zu schließen und sich selbst zu entlassen. Seine Hoffnung, an der Universität als Lehrer aufgenommen zu werden, hatte der Dekan zunichte und aus seinem Hass gegen Juden dabei keinen Hehl gemacht. So blieben nach so vielen Bemühungen, die er unternommen hatte, um im gebildeten Bürgertum Fuß zu fassen, lediglich sein Wissen und Können, die ihm die nötigen Mittel zur Auswanderung verschafft hatten, sowie die Juden und ihr Gott, der auch seiner war und ihm als Einziger auf dieser Reise beistand.

Wieder schickte sich der Tag an, schwül zu werden wie schon die letzten Tage. Anstrengend war das. Da konnte es auf dem Meer nur besser werden. Wenigstens durfte er dort mit einer frischen Brise an Deck rechnen. Sein Ticket zweiter Klasse erlaubte ihm ausgiebige Spaziergänge auf dem Promenadendeck. So versprach es zumindest der Prospekt des Express-Dampfers »Augusta Victoria«. Schon in fünf Tagen würde er auf ihm von Cuxhaven aus in See stechen. So lange musste er noch an diesem überfüllten und stickigen Ort aushalten und sich eine angenehme Beschäftigung zum Zeitvertreib suchen. Er kam an den Tischen der Schachspieler vorbei, die scheinbar unermüdlich eine Partie nach der anderen spielten. Vielleicht wäre das eine gute Abwechslung. Oder einfach mit einem Buch auf einer schattigen Bank sitzen und die Gegenwart um sich herum vergessen. Schräg vor sich erspähte er eine geeignete Bank, von der sich gerade drei Frauen erhoben und sich in verschiedene Richtungen zerstreuten. War die kleine Blonde nicht …? Ja, aber natürlich! Die Frau war Ljuba Martowa aus Raskulizy, eines der Hausmädchen der Orlows. Er erkannte sie sogleich an ihrem leichten Hinken wieder. Wie war sie nur hierher, nach Hamburg gekommen? Woher hatte sie das Geld, um auszuwandern? Ihr Mann war doch tot, und der alte Martow dachte mit Sicherheit nicht daran, Russland zu verlassen, wo er doch drauf und dran war, sich als wahrer Kulak in seinem Dorf zu etablieren.

Semjonow machte ein paar Schritte auf Ljuba zu, doch die versuchte, an ihm vorbeizuhuschen, wie sie es auch stets auf den langen Fluren des adligen Landsitzes getan hatte. Aber schon damals hatte er gewusst, wie er sie sich schnappen und in ein Gespräch verwickeln, ja, sogar ins Bett bekommen konnte.

Schnell sprang Semjonow drei Schritte vor, schnitt ihr den Weg ab und packte sie am Unterarm.

»Ljuba Martowa, sehe ich recht? Du hier in Hamburg. Welch eine Überraschung.« Mit festem Griff drehte er die Frau zu sich herum. Ihre graublauen Augen starrten ihn voller Entsetzen an, eine Strähne ihres blonden Haares klebte auf ihrer schweißnassen Stirn. Semjonow kannte diesen Blick von ihr genau. So hatte sie ihn auch angeschaut, als er sie zum ersten Mal in seine kleine Kammer gezogen, ihr Mieder aufgeknüpft und ihre Brüste geknetet hatte. Ihr Entsetzen hatte sich bald mit einem lustvollen Stöhnen vermischt und ihren ganzen Körper in gierige Zuckungen versetzt. Das wäre genau der richtige Zeitvertreib für diese letzten schwül-heißen Tage in der Alten Welt.

»Bist du auch auf dem Weg nach New York? Wandern die Martows aus? Hast mich ja häufig genug über die Reise nach Amerika gelöchert. Dabei habt ihr Martows doch genügend Land für die ganze Sippe.« Semjonow musterte Ljuba mit einem schiefen Lächeln. »Oder bist du etwa ganz allein unterwegs?«, setzte er nach. Dabei machte diese Frau doch kaum einen Schritt allein. Wenn die Martow-Sippe sie nicht in ihren Klauen hielt, so hatte ihr ihre Tochter am Rockzipfel gehangen. Schon deshalb hatte sie immer so entsetzt dreingeschaut, wenn er sie in seine Kammer holte, vor lauter Angst, dass die Kleine gleich hinterherkäme.

»Seien Sie gegrüßt, Michail Abramowitsch. Das ist wirklich eine unerwartete Überraschung, Sie hier zu treffen.« Ljubas Stimme klang wie ein altes Reibeisen. Gar nicht das huschige Zwitschern, das Semjonow noch aus dem letzten Sommer in Wolossowo im Ohr hatte. »Ja, ganz allein bin ich unterwegs«, setzte sie tonlos nach.

»Ach, nein, das glaube ich dir nicht. Habe ich nicht gestern deine Tochter auch hier gesehen? Ich habe sie zunächst gar nicht wiedererkannt. Ein hübsches Ding ist sie geworden. Ganz die Mutter.«

Ljubas graublaue Augen wurden noch größer und Semjonow spürte, wie ihr Körper unter seinem Griff erstarrte.

11:50 Uhr

Jan Nowak schloss die Tür von Herrn Allens Amtsstube und trat hinaus in das gleißende Sonnenlicht. Die Lagebesprechung mit der Verwaltungsleitung und Kommissar Kiliszewski hatte sich unerwartet in die Länge gezogen. Der für den Nachmittag angesetzte Besuch des Direktors der HAPAG und Gründers der Auswandererstadt, Albert Ballin, war kurzfristig abgesagt worden. Offenbar zog Ballin es bei dieser Hitze vor, das Wochenende auf seinem Landsitz zu verbringen. Das war gut zu verstehen. Auch Jan Nowak hätte lieber einen freien Sonntag gehabt. Da der Besuch auf Montagvormittag verschoben worden war, musste er nun hier Überstunden schieben. Eigentlich wäre der kommende Montag Nowaks freier Tag gewesen. Aber da sich der Direktor des Hotel Nord in der Sommerfrische an der Ostsee befand, musste Nowak nun natürlich auch am Montag arbeiten, um bei Ballins Besuch anwesend zu sein. Angenehm war das nicht bei dieser Hitze. Ein entspannter Tag am Elbstrand mit einem kühlen Bad würde ihm auch mal wieder guttun. Und seine kleine Wohnung verstaubte langsam, da er seit Wochen nur noch zwischen Küche und Bett wandelte. Da fiel ihm ein, dass er keinen Kaffee mehr zu Hause hatte, und auch das Brot war aufgegessen. Vielleicht könnte er in der Küche nach einem Kanten und etwas

Kaffeepulver fragen, denn vor Dienstag würde er kaum zum Einkaufen kommen.

Es war nicht so einfach, wenn man allein wohnte. Alles musste er selbst erledigen, niemand nahm ihm etwas ab. Und es gab niemanden, der auf ihn wartete, wenn er nach einer langen Schicht nach Hause kam. Allein zu essen, machte keine Freude. Häufig aß er darum in der Restaurantküche. Es blieben oft genug Reste übrig. Und meistens gab es dort Gesellschaft. Die einsamen Nächte warteten dennoch auf ihn in der kleinen Wohnung unterm Dach gleich gegenüber dem Michel. Es war nicht so, dass er kein Mädchen hätte finden können, das ihm die Nächte versüßte. Er sah schließlich gut aus, hatte ein sicheres Auskommen und wusste sich auch zu benehmen. Aber so einer war er nicht. Ohne ernste Absichten wollte er keine Frau zu sich locken. Es musste schon die richtige sein. Eine, die nicht nur hübsch aussah, sondern auch lebenstüchtig wäre. Auch kein junges Ding, das nur an neue Kleider und Tanzvergnügen dachte. Schließlich war er mit seinen achtunddreißig Jahren auch nicht mehr der Jüngste. Sein Blick streifte die vielen Frauen, die lachend und schwatzend auf den Bänken in der Sonne saßen. Er erahnte ihre Hoffnungen und Träume. So viele hatte er schon gehört von all den Auswanderern, die er in den vergangenen Jahren kennen gelernt hatte. Auch er hatte mal überlegt auszuwandern, war sogar einige Wochen in New York gewesen, weil sein Schiff wegen Quarantäne nicht zurück nach Hamburg konnte. Er hatte Glück gehabt und war nicht an Bord gewesen, als der an Typhus Erkrankte bemerkt wurde. So bekam er für die Zeit der Quarantäne ein Besuchervisum und ein Bett in einer Unterkunft am Hafen zugewiesen. Einen guten Einblick hatte er in den Wochen in die oft schwierigen Lebensumstände in New York gewonnen. Und für sich entschieden, dass die Neue Welt nichts für ihn war. Vor allem in New York gab es einfach zu viele Menschen, die alles daran setzten, zu Geld zu kommen, um endlich ihren Traum von einem besseren Leben zu verwirklichen. Rücksicht auf andere oder gar ein Miteinander hatte Nowak dabei selten erlebt. Jeder nahm, was er kriegen konnte. Hinzu kam, dass viele Leute dort schlichtweg entwurzelt waren. Ohne Familie, ohne bewährte Freunde. So wurde jeder zu seines Glückes Schmied. Und wer es nicht schaffte, seine Eisen im Feuer zu halten, landete schnell in einer der Gossen der riesigen Stadt. Das gefiel Nowak nicht. Lang genug war er auf sich allein gestellt gewesen, um den Preis eines solchen Daseins schmerzlich zu spüren. Da brauchte er nicht noch ein ganzes Land, das danach lebte.

Nein, Jan Nowak hatte einen anderen Traum. Er wollte eine Pension eröffnen in Cuxhaven. Ein kleines Haus, das Reisenden ein erstes oder auch letztes Obdach in Europa gab. Mit gutem Essen, sauberen Betten und gediegener Gastfreundschaft. Wozu sprach er so viele Sprachen? Wozu hatte er so viel erlebt und gehört aus der Welt der Auswanderer, wenn er damit nicht andere unterstützen konnte? Sei es durch einen guten Ratschlag, sei es mit Verständnis für ihre Gefühle. Zwei bis drei Schiffe in der Woche gingen in Cuxhaven vor Anker.

Die meisten Gäste der ersten und zweiten Klasse bestiegen erst dort die Dampfer. Die hatten auch das Geld für ein, zwei Nächte in einer Pension, um die Strapazen der Reise klein zu halten. Selbst im Winter fuhren die Linienschiffe von dort, sodass es auch dann genug zu tun gäbe. Mit der richtigen Frau an seiner Seite und der kleinen Pension als Lebensgrundlage – das war es, wovon er träumte. Kochen müsste sie können, und ein Haus führen. Um das Geschäftliche würde er sich schon kümmern. Mit den Händlern vom Markt um gute Ware feilschen, einen sicheren Gepäcktransport organisieren. Das würde ihm gefallen. Aber so eine Frau fand man nicht in einer Hamburger Kneipe und auch kaum am Elbstrand. Hier in der Auswandererstadt liefen zwar einige herum, die das richtige Format für so ein Leben hätten. Aber die träumten ja alle noch den Traum von Amerika. Und die meisten von ihnen waren sowieso verheiratet.

Nowak wollte gerade die Hauptallee in Richtung des Hotel Nord überqueren, als ihm die vor Angst geweiteten Augen einer Frau auffielen, die auf der anderen Straßenseite von einem Mann am Arm gehalten wurde. Unwillkürlich blieb er stehen, um diskret die Lage zu prüfen. Das Gesicht der Frau kam ihm bekannt vor. Aber das konnte bei all den Gesichtern, in die er hier täglich schaute, natürlich täuschen. Ihr blondes Haar hatte sie zu einem Zopf geflochten und ein Tuch nach russischer Art locker um den Kopf gebunden. Doch, er hatte sie schon einmal hier gesehen. Vor ein paar Tagen in der Ankunftshalle. Sie hatte nachzahlen müssen und er hatte für sie übersetzt. Sie war Russin. Zumindest sprach sie

Russisch. Eine hübsche Erscheinung war sie. In diesem Moment aber wirkte sie völlig verschreckt. Schon in der Ankunftshalle hatte sie einen sorgenvollen, um nicht zu sagen fluchtbereiten Zug an sich gehabt. Doch jetzt stand ihr die Panik geradezu ins Gesicht geschrieben. Nowak spürte, wie die Aufregung in ihm hochkochte. Er konnte es nicht gut ertragen, wenn Menschen gequält wurden. Aber er zwang sich zu Ruhe und Besonnenheit. Auch das hatte er in all den Jahren auf den Auswandererschiffen gelernt. Sich in die Angelegenheiten anderer Leute einzumischen, war selten eine gute Idee, vor allem, wenn man mit seinen eigenen Problemen genug beschäftigt war. Und oft war etwas auch nicht so, wie es auf den ersten Blick aussah. Die kleine blonde Frau gefiel ihm. Und irgendetwas in ihm sagte, dass es diesmal richtig wäre, wenn er ihre zu seiner Angelegenheit machte. Der Mann, der ihren Arm hielt und eindringlich zu ihr sprach, trug einen dunklen Anzug und eine Melone. Nowak machte einen Schritt rückwärts zur Seite, um das Gesicht des Mannes sehen zu können. Es war ein Gast aus dem Hotel. Jener, der am Tag zuvor einen solchen Aufstand wegen seines Frühstücks gemacht hatte. Was wollte er von der Frau? Ob sie verheiratet waren? Sie war doch allein, ach nein, mit ihrer Tochter hier angereist. Und warum sollte er im Hotel, sie aber in den Baracken wohnen, wenn sie verheiratet wären? Nowak trat noch zwei Schritte zurück, um besser die Mimik des Mannes beobachten zu können. Während dieser ununterbrochen auf die Frau einredete, drückten seine Gesichtszüge gemeines Vergnügen aus. Er schien Gefallen an ihrer Angst zu finden und sie noch weiter nähren zu wollen. Seine Augen musterten ihren Körper abschätzend. Sein Griff grub sich in ihren Arm und hielt sie fest.

Nowak holte tief Luft und überquerte mit ruhigen, kraftvollen Schritten die Allee auf die beiden zu. Gut drei Schritte war er noch von ihnen entfernt, als sich die Frau mit einmal aus dem Griff des Mannes losriss und nach hinten wegstolperte, geradezu in Nowaks Arme hinein.

»Ist alles in Ordnung? Brauchen Sie Hilfe?«, fragte er sie auf Russisch, während er sie auffing. Sie starrte ihm ins Gesicht wie ein weidwundes Tier. »Ja ... Nein ... Danke.« Sie löste sich aus seinen Armen und lief fort. Nowaks Blick schwenkte zu dem Mann hinüber. Der schüttelte grinsend den Kopf und ein leises »tsts« entwich seinen Lippen. Dann parierte er Nowaks stechenden Blick mit einem Zucken seiner Brauen und tippte zum Gruß mit zwei Fingern an seine Melone, bevor er sich abwandte und fortging.

Nowak drehte sich erneut nach der Frau um. Er sah, wie sie sich zwischen den Menschentrauben hindurchdrängte. Dabei hinkte sie und zog ihr linkes Bein mühevoll hinter sich her. Hatte sie sich verletzt?

15:30 Uhr

Kommissar Kiliszewski nahm seinen Hut vom Haken und schloss die Tür der Polizeiwache hinter sich, um sich auf seinen nachmittäglichen Rundgang zu begeben. Diese Neuerung hatte er im Frühling eingeführt. Er nutzte den Spaziergang durch die Gassen der Auswandererstadt gerne, um einen Blick auf den Zustand der Einrichtungen zu werfen und die Stimmung der Menschen zu beobachten. Schließlich war es wichtig, dass er sich selbst einen Eindruck vom Leben hier in den Hallen verschaffte und nicht nur auf die Berichte seiner Wachmänner baute. Außerdem bot ihm der Gang an der frischen Luft auch die Gelegenheit, die Papiere und die vielen Probleme, die sie in sich trugen, für eine Weile zu vergessen. Das war oft bitter nötig. Besonders heute. Die Absage von Generaldirektor Ballin hatte für reichlich Unruhe und Missstimmung gesorgt. Sämtliche Bedienstete der Verwaltung, der Polizeiwache und auch alle Angestellten der Auswandererhallen hatten sich auf den Besuch an diesem Nachmittag eingerichtet, ihre Dienstpläne entsprechend ausgerichtet, ihre Garderobe in Ordnung gebracht, alles gründlichst gereinigt und aufgeräumt. Und nun kam der Herr Generaldirektor nicht. Ohne besonderen Grund. Eine wichtige Angelegenheit sei ihm dazwischengekommen, hatte sein Sekretär lapidar am Telefon verlauten lassen. Was konnte an einem

Samstagnachmittag wohl wichtiger sein, als die Auswandererstadt zu inspizieren und sich den dringlichen Fragen und Nöten der Leute hier anzunehmen? Vielleicht eine überraschende Einladung zu einem schönen Gartenfest in einem der Landhäuser in den Elbvororten? Oder einfach nur das Bedürfnis des Herrn Generaldirektors nach etwas Ruhe und Familienleben in seinem eigenen Landhaus in Hamfelde bei Trittau, das er sich gerade erst hatte bauen lassen? Kiliszewski war ernsthaft verärgert. Jeden Tag standen Hunderte Bedienstete hier in der Auswandererstadt bereit, um pflichtgetreu ihren Dienst zu erfüllen. Sechs Tage die Woche, fünfzig Wochen im Jahr. Sie kümmerten sich um die ordentliche, ja, verantwortungsvolle tägliche Betreuung Tausender Menschen aus fremden Ländern, die hier angespült wurden wie Muscheln an den Strand. Sie mussten gewaschen, bekocht, medizinisch versorgt und seelisch betreut werden. Ihr Gepäck musste desinfiziert, verstaut, wieder hervorgeholt, auf Lastkarren und schließlich auf die großen Ozeandampfer geladen werden. Über fünftausend Mahlzeiten wurden in dieser Stadt jeden Tag zubereitet, die Hälfte von ihnen koscher, nach den strengen religiösen Vorschriften der Juden. All die Lebensmittel mussten täglich hierher geschafft werden, Gemüse aus den Vierlanden, Fleisch aus den Hamburger Schlachthöfen im Karolinenviertel. Auch musste die ganze Auswandererstadt peinlichst sauber gehalten werden, um Seuchen zu verhindern. Die Latrinen für all die Menschen, knapp zweitausend waren an diesem Wochenende hier, mussten regelmäßig gereinigt werden, die Schlaf-

und Speisesäle ebenfalls, wie auch die Empfangshalle und die Aufenthaltsräume. Es gab immer etwas zu tun für die Bediensteten der Auswandererstadt. Sich bei all der Arbeit noch auf den lange angekündigten Besuch des Generaldirektors persönlich vorzubereiten, war ein Extra, das jedem Einzelnen hier etwas abforderte. Den freien Tag mit der Familie, Überstunden, um die persönlichen Arbeitsbereiche auf Vordermann zu bringen, einen Gang zur Wäscherei, um die Uniform ordentlich zu haben. Auch Kiliszewskis Leute schoben allesamt Überstunden. Keiner hatte sich freinehmen können, ganz gleich, wie viele Nächte sie schon hier Wache geschoben hatten. Und das bei diesen Temperaturen. Er griff in seine Hosentasche und holte ein großes, zerknautschtes Taschentuch hervor, um sich den Schweiß von der Stirn zu wischen. Es war schon nachzuvollziehen, warum es dem Herrn Generaldirektor besser passte, an so einem heißen Nachmittag in einem schattigen grünen Garten zu verweilen, als über staubige Straßen zu gehen, die Einrichtungen zu prüfen und die Baustelle zu inspizieren. Viele Menschen hier, um nicht zu sagen Tausende, würden den heutigen Nachmittag wohl lieber im kühlen, schattigen Grün verbringen. Auch all die Menschen, die hier auf ihre Überfahrt warteten. Sie schlichen schon beinahe über die staubige Hauptallee, Ausschau haltend nach einem der wenigen schattigen Plätzchen auf den raren Bänken. Sie durften diesen Ort nicht verlassen, ob es ihnen passte oder nicht. Die Gefahr, dass sie Krankheiten nach Hamburg einschleppten, bestand jederzeit. Und Kiliszewski hatte mit seinen Leuten darüber zu wachen, dass sich alle an die Regeln hielten. Montagvormittag sollte nun die Inspektion von Ballin stattfinden. Bis dahin würden hier alle ausharren müssen. Die Auswanderer, da erst Montagmittag das nächste Schiff auslaufen würde, und all die Angestellten, da sie am Sonntag ja alles wieder zurechtmachen durften für den hohen Besuch am Montag.

Vom Musikpavillon tönte Blasmusik herüber. »Am Brunnen vor dem Tore« spielte die Kapelle. Heute waren natürlich die besten Musiker gekommen. Für den Herrn Generaldirektor. Kiliszewski schnaubte tief und lang seinen Missmut aus und schritt hinüber zum Pavillon. Es half ja alles nichts. Er war Staatsbeamter und hatte zu tun, was ihm befohlen wurde. Und jetzt hatte er seinen Inspektionsrundgang zu machen. Da könnte er ja auch einfach mal die Menschen inspizieren, die jetzt der Blasmusik lauschten, zumindest so lange, bis er sich wieder beruhigt hatte.

18:05 Uhr

»Komm, Mashel, dort vorne sind noch zwei Plätze frei.« Ohne auf das Maulen seines kleinen Bruders einzugehen, zog David ihn hinter sich her quer durch den Speisesaal zu jenem Tisch, an den sich gerade Dascha zusammen mit ihrer Mutter und einer alten Frau gesetzt hatte. Die Suppe auf seinem Teller schwappte bedenklich, aber er wollte den Platz unbedingt erreichen, bevor ihn ein anderer einnehmen könnte. Schließlich war es eine wunderbare Gelegenheit, sich Daschas Mutter vorzustellen und einen guten Eindruck zu machen.

»Nicht so schnell, meine Suppe schwappt gleich über!«

David ließ Mashels Hand los. »Dann komm einfach nach. Wir setzen uns dort vorne an den Tisch.«

»Hier ist doch auch was frei.«

»Keine Widerrede. Wir essen dort vorne!«

Kaum hatte David den Tisch erreicht, lächelte er Dascha zu und verbeugte sich dann höflich vor den beiden anderen Frauen. »Guten Abend, die Damen. Sind diese beiden Plätze noch frei?«

Ljuba musterte ihn kritisch, doch bevor sie antworten konnte, war schon Daschas erfreutes »Ja, selbstverständlich, setzt euch doch« zu hören.

»Mamotschka, Lika, darf ich euch David und seinen Bruder Mashel vorstellen?«

Ljuba nickte kurz, doch ihre Miene blieb verschlossen. Lika schaute die beiden mit unverbindlicher Freundlichkeit an. Lächelte sie? David konnte es nicht mit Sicherheit sagen. Das Gesicht der Frau ließ sich nicht lesen. Ganz im Gegensatz zu Daschas Mutter. Hinter ihrer Reserviertheit war Angst zu spüren. David kannte solche Züge nur zu gut. In Kischinjow hatten sich in den letzten Jahren viele Menschen hinter solchen Masken versteckt. »Nur nicht auffallen«, schien ihnen auf die Stirn geschrieben.

»Es freut mich sehr, Sie kennenzulernen«, wandte David sich umso freundlicher an Ljuba. »Sie reisen nach New York, nicht wahr?«

Ljuba nickte stumm und musterte zugleich die Umgebung.

»Mein Bruder und ich fahren auch nach New York. Meine Tante lebt dort schon seit mehreren Jahren. Wir werden bei ihr unterkommen. Zunächst einmal wenigstens. Denn Mashel gehört ja noch in die Schule.« Liebevoll wuschelte David mit seiner linken Hand über Mashels Kopf, der sich beinahe an der Suppe verschluckte. »Ich möchte gerne Architektur studieren, sobald mein Englisch es erlaubt. In New York gibt es bestimmt eine geeignete Universität. Und Arbeit gibt es auch. Das schrieb mir meine Tante.« David aß ein paar Löffel seiner Suppe und schaute zu Dascha hinüber. Die lächelte ihm aufmunternd zu, sodass er wieder das Wort ergriff und die Runde weiter unterhielt. Er berichtete von Mashels und seiner Reise nach Berlin und ihrem Aufenthalt in der deutschen Hauptstadt. In bunten Farben schilderte er das abendliche Treiben auf den Boulevards, wo er zusammen mit Mashel Zigaretten verkauft hatte, und schmückte seine Erzählung mit kleinen komischen Anekdoten, die sogar Ljuba ein schmales Lächeln auf die Lippen zauberten.

»Dascha erzählte mir, dass Sie auch am Mittwoch aufbrechen. Wir auch! Das ist doch ganz famos. Dann können wir uns wunderbar die Zeit der Überfahrt miteinander vertreiben. Die Fahrt dauert schließlich eine Woche, wenn das Wetter mitspielt. Eine ganze Woche lang nur Wasser sehen. Das muss man sich einmal vorstellen! Ich habe noch nie das Meer gesehen, und Sie?«

»Oh nein, wir auch nicht. Petersburg ist schließlich noch ein ganzes Stück vom Meer entfernt, nicht wahr, Mamotschka?«

Ljuba zuckte nur zaghaft mit den Schultern, während Lika still lächelte und ihr Geschirr zum Aufbruch zusammenräumte.

»Oh ja, es wird Zeit zu gehen«, beeilte sich auch Ljuba zu sagen und stapelte Daschas Teller gleich mit auf.

»Lass nur, Mamotschka, ich räume das Geschirr weg. Auch deins, Lika. Wir treffen uns dann draußen bei unserer Baracke.«

»Nein, Dascha, ich warte vor der Tür auf dich. Du sollst hier nicht allein herumlaufen.«

»Aber Mamotschka ...«

»Machen Sie sich keine Sorgen, ich begleite Dascha zurück zu Ihrer Baracke.«

Mashel verdrehte die Augen und stand auf.

18:45 Uhr

Wo blieb sie? Unruhig, ängstlich suchte Ljuba immer wieder mit ihren müden Augen den Weg zur Baracke nach Dascha ab. So lange konnte es doch nicht dauern, ein paar Teller wegzustellen. Warum musste Dascha nur so trödeln und ihr solche Sorgen bereiten? Mechanisch strich sie sich über ihr schmerzendes linkes Bein. Die Bank vor der Baracke war hart und hatte nur eine sehr schmale Sitzfläche. Der ganze Tag war verstrichen, ohne dass Ljuba überhaupt einen klaren Gedanken hätte fassen können. Nach der Begegnung mit Semjonow war ihr so schlecht geworden, dass sie sich hatte übergeben müssen. Und danach kam der Schwindel. Sie hatte den ganzen Tag über im Aufenthaltsraum ihrer Baracke auf einem Korbstuhl herumgedämmert, während in ihrem Kopf ihre Gedanken kreuz und quer schossen, ohne dass sie irgendeinen Ausweg aus dieser entsetzlichen Situation fand. Semjonow war hier und würde sie erpressen. Sie fühlte es ganz genau. Er konnte sie anzeigen und dann wäre alles vorbei. Wie sollte sie ihm und seinen Forderungen nur entgehen? Und wenn er Dascha wollte? Ljubas Herz schlug immer schneller und Schweißperlen traten ihr auf die Stirn. Ihr kleines Mädchen. Niemand durfte ihrem kleinen Mädchen etwas antun, es verletzen, beschmutzen. Ihr Atem ging keuchend, die Luft drang schon kaum noch bis in die Lungen. Wo blieb Dascha?

»Mamotschka, was ist denn los? Ist dir nicht gut? Du bist ja ganz bleich.«

Wie durch einen Schleier sah Ljuba ihre Tochter sich von der Hand des jungen Mannes lösend, ihn mit einem Lächeln verabschiedend, bevor sie auf sie zukam.

»Wo bleibst du auch so lange? Ich mache mir solche Sorgen!«

Dascha seufzte und schüttelte den Kopf. »Warum nur? Du hast mich schon den ganzen Nachmittag gezwungen, hier in der Baracke zu bleiben. Dabei gibt es keinen vernünftigen Grund für deine Angst. Wir sind hier in der Auswandererstadt, deren Tore geschlossen sind. Hier kann niemand einfach so rein oder raus. Was soll mir also passieren? Du übertreibst es einfach.«

»Ich übertreibe nichts! Wir sind in größter Gefahr! Du bist in größter Gefahr!«

»Nein, Mamotschka. Ich bin in gar keiner Gefahr. David passt auf mich auf. Wir gehen gleich noch spazieren. Du brauchst dir keine Sorgen zu machen.«

»Du bleibst hier!« Ljubas Stimme wurde schrill und sie griff nach Daschas Arm. Doch die wich zurück und schüttelte erneut den Kopf. »Nein. Ich gehe. Du redest von irgendwelchen Gefahren, sagst aber nie, was eigentlich los ist. Ich bin doch kein kleines Kind mehr. Ich lasse mich nicht länger so von dir behandeln.«

Blitzschnell war Ljuba aufgesprungen und verpasste Dascha eine schallende Ohrfeige. »Du weißt nicht, was du sagst!«

Dascha wischte sich mit ihrer Hand über die vor Schmerz glühende Wange. »Und du weißt nicht, was du tust.«

20:30 Uhr

Bis ans Kinn zog sich Mashel die Bettdecke, obwohl es im Schlafsaal warm und stickig war. Er wollte einfach nur für sich sein. Das Abendessen lag ihm schwer im Magen. Und selbst jetzt, Stunden später, schmeckte er in seinem Mund noch die Reste der Suppe, so wie seine Gedanken noch um die Szenerie von vorhin kreisten. David hatte unbedingt bei dieser Dascha sitzen wollen und ihn mit an den Tisch gezogen, wo sie mit ihrer Mutter und einer alten Frau zusammensaß. Und dann hatte er ohne Pause parliert, ganz so wie in Berlin, wenn er den älteren Damen noch ein paar Extrazigaretten verkaufen wollte. Nur diesmal wollte er sich wohl gleich selbst verkaufen. Als sie endlich aufgestanden waren, den Speisesaal verlassen und diese Dascha im Schneckentempo zu ihrer Baracke begleitet hatten, hatte David Mashel hinter sich hergeschleppt wie ein Gepäckstück, der Koffer für die Reise, den man mitnehmen musste, ob man wollte oder nicht. So fühlte er sich auch. Wie ein schweres Anhängsel, eine Last geradezu. Dabei wollte er einfach nur nach Hause. Er wollte einfach nur seine Arme um den Hals seiner Mamele legen und sein Gesicht in ihren weichen Busen drücken, ihren Duft nach Heublumen und Milch einatmen und ihre liebe, sanfte Stimme hören. Das war wirklich alles, was er wollte. Er rollte sich zur Wand und zog seine Knie an den Bauch, machte sich so klein es ging.

Seine Hände legte er auf die Ohren. Ganz fest, damit kein Geräusch mehr durchdrang und er nur noch das Rauschen in seinem Kopf hörte. Dann summte er die Melodie von »Schlaf, mein Prinzelein«, sodass es in seinem ganzen Kopf widerhallte, bis hinein in sein Herz, das laut in seiner Brust pochte. Immer tiefer kroch er in die Melodie hinein, hörte schon die sanfte Stimme seiner Mamele, wie sie aus seiner Erinnerung aufstieg und ihn ganz und gar ausfüllte. Und dann sah er sie. Seine Mamele. Sie lächelte ihm zu in ihrem geblümten Sommerkleid mit den kleinen Rüschen am Ausschnitt. Es war ihr Lieblingskleid. Sie reichte ihm die Hand. Er brauchte nur zuzugreifen. Er streckte seinen Arm aus. Seine Finger konnten ihre schon beinahe berühren. Nur ein kleines Stückchen fehlte noch. Ein winziges Stückchen …

Sonntag, der 1. Juli 1906

4:30 Uhr

Wohlig streckte sich Dascha unter dem dünnen Laken aus. Auf ihren Lippen schmeckte sie noch Davids Gute-Nacht-Kuss. Er hatte sie bis zu ihrer Baracke begleitet, um ja keine Sekunde mit ihr zu verschenken. Es war alles so wunderbar. Er war einfach so wunderbar. Sie hatten sich gefunden. Hier, auf der letzten Station der Alten Welt, genau rechtzeitig zum Aufbruch in die Neue Welt, in ein neues Leben. Mit ihm gemeinsam wollte sie es verbringen. David war der Mann ihres Lebens. Es war Schicksal. Gottgewollt. Auf ihrer Haut spürte sie noch immer seine Hände, die sie zärtlich liebkosten. Kein einziges Fleckchen ließen sie aus, bis in ihre tiefsten und geheimsten Winkel drangen sie sanft vor. Ihr ganzer Körper, einfach alles bebte unter ihrem liebevollen Streicheln. Davids Duft hing noch in ihrer Nase. Ja, selbst jetzt konnte sie ihn noch riechen. Frisch und männlich. Sein Körper war muskulös und fest, seine Haut ganz weich. Auch ihre Hände hatten ihn erkundet, Ungeahntes ertastet, von seinem sanften Stöhnen ermutigt, immer weiter zu forschen. Schon die Erinnerung daran reichte aus, um erneut Wellen der Ekstase durch ihren Körper fluten zu lassen. Sie biss sich auf die Lippen, um ein Stöhnen zu unterdrücken. Denn wenn sie jetzt etwas nicht gebrauchen konnte, dann waren es die bohrenden Fragen ihrer Mutter. Allein der Gedanke an sie vertrieb die Wonne aus Daschas Körper. Was war nur los mit ihr? Warum triezte sie Dascha ununterbrochen mit ihrem Verfolgungswahn? Während der Reise, vor allem am Anfang, hatte Dascha es ja noch verstanden. Aber jetzt waren sie in Hamburg, weit über tausend Werst von Raskulizy entfernt und es war einfach undenkbar, dass der Bolschak Iwan Antonow oder irgendjemand sonst hier auftauchte, um sie zu holen. Und wegen des Lehrers Semjonow brauchte sie sich nun wirklich nicht solche Sorgen zu machen. Der war doch ein netter, anständiger Mensch. Seit Jahren kannten sie ihn, ihr hatte er in der Dorfschule lesen und schreiben beigebracht, für ihre Mutter immer ein freundliches Wort übrig gehabt, wenn sich ihre Wege auf dem Anwesen der Orlows kreuzten. Aber ihre Mutter schien ganz zerfressen von ihrer Angst zu sein. Anstatt erleichtert darüber zu sein, es bis in die Auswandererstadt geschafft zu haben, und sich auf das neue Leben in Amerika zu freuen, verkrampfte sie immer schlimmer. Mit der Ohrfeige hatte sie eine Grenze überschritten. Dachte sie wirklich, Dascha wüsste nichts, begriffe nichts? Natürlich ahnte Dascha, dass ihre Mutter Geheimnisse vor ihr hatte. Bedeutsame Geheimnisse, was diese Reise anging. Woher hatte sie die Fahrkarten? Woher all das Geld für die Reise? Warum reisten sie unter falschem Namen? Und wie stand es um ihr Bein? Die amerikanischen Einreisebestimmungen waren ausgesprochen streng, was Krankheiten, aber auch Verkrüppelungen anging. Wer nicht arbeiten konnte, wurde nicht genommen. Das pfiffen hier sogar die Spatzen von den Dächern. Sollte sie Dascha auch nur noch ein einziges Mal so gängeln, dann würde sie ihr einmal die Leviten lesen. Und Antworten auf all diese Fragen einfordern. Das Maß war voll! Schließlich ging es auch um Daschas Zukunft.

7:15 Uhr

»MASHEL, DU SCHLAFMÜTZE, wach auf.« David wuschelte kräftig durch die Locken seines kleinen Bruders. Der regte sich nicht, aber seine Stirn glühte und auch seine Wangen waren fieberrot.

»Mashel, wach auf!« David schlug die Decke zurück. Der ganze Körper des Jungen war heiß. Was sollte er nur tun? Den Arzt rufen? Dann kam Mashel in die Krankenbaracke und aus wäre es mit der Überfahrt. Nein, keinen Arzt. Er hatte Fieber, das konnte auch wieder vergehen. Er war ja noch ein Kind. Und Kinder hatten schließlich öfter mal Fieber. Fieber – was hatte seine Mutter bei Fieber gemacht? Wadenwickel! Er brauchte Tücher und kaltes Wasser. Hastig sah David sich um. Handtücher wären gut. Am Fußende des Bettes hing Mashels Handtuch. David griff es und lief eilig zur Wassertonne am

Eingang des Schlafsaals. Mit der Kelle schöpfte er Wasser und begoss das Tuch, so lange, bis es triefend nass war. Dann wrang er es aus.

»Was machst du für einen Schweinkram, Junge. Wring den Lappen draußen aus, nicht hier im Gang!« Ein älterer Mann rümpfte kopfschüttelnd die Nase. David scherte sich nicht darum, sondern lief zurück zum Bett seines Bruders und wickelte das ihm zugewandte Bein mit dem nassen Handtuch ein. Mashel rührte sich immer noch nicht.

»Ist er krank, der Kleine?«, fragte der Mann, der David beobachtet hatte.

»Hm«, antwortete David abweisend.

»Dann muss er auf die Krankenstation. Hier will sich schließlich keiner anstecken.«

»Ist schon gut. Er hat nur ein bisschen erhöhte Temperatur. Das wird schon.« David deckte Mashel behutsam wieder zu.

»Das wird schon, mein Kleiner«, flüsterte er seinem Bruder leise ins Ohr und streichelte ihm die heiße Stirn. »Alles wird wieder gut. Hab keine Angst.«

Schal schmeckten die Worte auf seinen Lippen. Doch David schluckte sie hinunter, zusammen mit den Bildern, die drohten, am Horizont seiner Erinnerung aufzutauchen. Er stand auf und wühlte auf der oberen Pritsche unter seiner Bettdecke sein Handtuch hervor und lief erneut zum Wasserfass. Vorsichtig beträufelte er das Tuch und trug es zum Auswringen vor die Tür, um nicht wieder abgemahnt zu werden. Dann lief er zurück zu Mashel und legte ihm das kühlende Tuch auf Stirn und Wangen. Er setzte sich neben ihn auf die Bettkante und streichelte sanft die Hand seines Bruders. Der Kleine. Was musste er ihm jetzt solche Sorgen bereiten? War es nicht schon genug, dass er immer wieder in die Hosen machte, kaum einen Schritt allein gehen mochte und für Amerika nur einen Schmollmund übrig hatte? Mashel – Asher, wie er richtig hieß, hatte dabei einen so schönen Namen. »Der Glückliche« bedeutete er. Aber glücklich war sein Bruder schon lange nicht mehr. Nur noch selten huschte mal ein Lächeln über sein Kindergesicht. Wenn sie nur endlich in New York bei ihrer Tante Rahel wären. Dann würde alles besser werden. Dann begann das neue Leben. In einem neuen Land, einer Neuen Welt. In einer Welt, in der Juden Juden sein durften, ohne sich dafür schämen zu müssen, ohne verfolgt und verprügelt zu werden. Ein Leben in einem Land, in dem sie endlich tun und lassen durften, was anderen Menschen auch gestattet war. Frei von den Verordnungen, Regelungen und all den Verboten, die sich die Beamten des Zaren Monat für Monat neu erdachten. So weit waren sie schon gekommen. Den Hafen von Hamburg hatten sie bereits erreicht. Nur noch ein winziges Stückchen trennte sie vom gelobten Land. Nur ein paar Schritte noch bis zum Schiff, nur ein paar Tage noch über das Meer, und dann waren sie auch schon da. Endlich da.

Ein leises Stöhnen riss David aus seinen Beschwörungen.

»Durst«, flüsterte Mashel.

»Ja, mein Kleiner, ich hole dir Wasser.« David sprang auf, griff den Blechbecher, der neben der Pritsche stand, und lief los.

»Na, du verbreitest heute früh aber Unruhe«, murrte ein alter Mann, der umständlich mit der Kelle hantierte, um seinen Becher aufzufüllen. David biss sich auf die Lippen und wartete, bis er an der Reihe war.

Nachdem Mashel gierig ein paar Schlucke getrunken hatte, sank er ermattet zurück auf die Pritsche. David tupfte ihm erneut die Stirn mit dem feuchten Lappen ab. Er war schon warm. Auch der Lappen um die Waden war warm. Er nahm beide, tränkte sie erneut mit kühlem Wasser und wickelte sie wieder um Wade und Stirn.

Inzwischen war der Schlafsaal von morgendlichem Treiben erfüllt. Die Männer schlurften den Gang entlang zu den Latrinen, Räuspern, Husten und Gesprächsfetzen waren zu hören. Der eine oder andere warf einen kritischen Blick auf David und seinen Bruder oder schüttelte missmutig den Kopf. Kranke waren im Schlafsaal nicht gern gesehen. Jeder hatte insgeheim die Furcht, durch eine Krankheit vor dem letzten Abschnitt der Reise aufgehalten zu werden. Wenn sich Mashels Zustand nicht bald änderte, würde irgendjemand mit Sicherheit den Arzt rufen. David brauchte Hilfe. Hatte nicht Dascha erzählt, dass die Alte, die in der Baracke unter ihr schlief, eine Heilerin war? Die wusste bestimmt Rat. Zumindest mehr als er.

»Mashel, mein Kleiner, hörst du mich? Ich hole Hilfe, ich bin gleich zurück.« Kaum war er fünf Schritte vom Bett entfernt, rannte David los. Den Gang entlang, raus auf die Gasse. Auch zu dieser frühen Stunde waren schon einige Menschen unterwegs. Von Weitem sah er die beiden Schutzmänner auf ihrem Patrouillengang. Sofort bremste er ab und fiel in einen zügigen Schritt. Die beiden musterten ihn kurz, nickten dann grüßend und setzten ihren Weg fort. Sobald er um die Ecke war, rannte er weiter. Zum Glück wusste er, wo Dascha schlief, hatte er sie doch erst vor wenigen Stunden bis zum Eingang ihrer Baracke gebracht. Er hetzte die Gasse entlang, vorbei an der Baustelle für die neuen Unterkünfte, und erreichte keuchend die Baracke. Vor dem Eingang standen einige ältere Frauen und plauderten in der frischen Morgenluft. Wie sollte er an ihnen vorbeikommen? Wie überhaupt hinein in dieses Frauenhaus? Darüber hatte er in seiner Sorge und Eile nicht nachgedacht. Er wischte sich mit dem Armrücken über die Stirn, ganz so, als ob sich damit auch alle Hürden beiseitewischen ließen. Dann ging er wortlos an den Frauen vorbei.

»Halt, junger Mann, wo willst du hin?« Eine der Frauen griff David am Arm und wollte ihn anhalten. Er riss sich los und ging wortlos weiter.

»Bleib stehen, du Bengel, oder wir rufen die Schutzmänner! Das ist eine Frauenbaracke. Hier haben nur Frauen Zutritt!«

David drehte sich zu den Frauen um und sagte, so ruhig er konnte: »Ich brauche Hilfe von einer Frau, die hier wohnt. Es geht um Leben und Tod.«

»Oho, um Leben und Tod! Das sind große Worte für so einen Grünschnabel wie dich«, feixten die Frauen und packten ihn wieder am Arm.

Mit einem energischen Ruck riss sich David los und schaute die Frauen der Reihe nach streng an. »Ich muss sofort mit einer Frau aus dieser Baracke sprechen. Habt ihr mich verstanden?«

»Ja. Aber du kannst hier nicht hinein. Hast du mich verstanden?«, entgegnete die kräftige Frau, die ein weiteres Mal nach seinem Arm griff. Doch bevor David sie erneut fortschlagen konnte, mischte sich eine ältere Frau in den Disput ein. »Wen musst du denn sprechen? Sag mir ihren Namen, dann können wir die Frau ja für dich hierher holen.«

David schloss für einen Moment die Augen. Den Namen der Heilerin wusste er nicht. Und Dascha war hier unter einem falschen Namen registriert, wie sie ihm verraten hatte. Was sollte er also sagen? Schweiß trat ihm auf die Stirn und sein Herz schlug noch heftiger gegen seine Brust.

»David? Was machst du denn hier?« Wie eine himmlische Erlösung klang Daschas Stimme in seinen Ohren. Dascha trat, gefolgt von ihrer Mutter, hinaus vor die Baracke und ging eilig auf ihn zu.

»Oh, Dascha, welch ein Glück, dass du herauskommst. Ich brauche deine Hilfe, vielmehr die der Heilerin. Mashel ist krank.«

»Krank? Was fehlt ihm denn?«

»Ich weiß es nicht. Er fiebert heftig. Ich dachte, dass die Heilerin vielleicht Rat wüsste.«

»Du meinst Lika?«

»Genau die.«

Daschas Mutter trat zu den beiden. »Lass uns zum Speisesaal gehen, Dascha, bevor es dort zu voll wird.«

»Mamotschka, Davids kleiner Bruder ist krank. Weißt du, wo Lika bleibt? Ah, da kommt sie ja.« Dascha ließ ihre Mutter stehen und lief auf die Alte zu. »Lika, David braucht deine Hilfe. Sein kleiner Bruder ist krank.«

Lika trat zwei Schritte auf David zu und sah ihm in die Augen.

»Was fehlt ihm?«

»Ich weiß es nicht. Er hatte heute früh auf einmal hohes Fieber. Ich habe ihm Wadenwickel gemacht, aber ich weiß nicht ...«

Lika nickte schweigend und griff Davids Hände, die er hilflos an den Hosenbeinen rieb.

»Wo sind eure Eltern?«

David senkte den Blick. »Tot«, flüsterte er.

»Wo kommt ihr her?«

»Aus Kischinjow.«

Lika drückte sanft seine Hände. »Aus der Schchitestot. Bring mich zu ihm.«

9:10 Uhr

Von der Elbe her stieg der salzig-würzige Geruch des Meeres in Kommissar Kiliszewskis Nase. Er hatte ein Handtuch, seinen Badeanzug sowie eine Butterstulle in seine kleine Ledertasche gepackt und eilte nun zum

Fähranleger, um wenigstens diesen Sonntag nicht auch noch hier in der stickigen Auswandererstadt verbringen zu müssen. Er wollte sich ein paar schöne Stunden im Strandbad von Oevelgönne gönnen. Er mochte die unbeschwerte und fröhliche Stimmung dort, die spielenden Kinder, ein erfrischendes Bad in der Elbe. Dieses Jahr hatte er es noch gar nicht dorthin geschafft, da seine Arbeit ihn dermaßen in Beschlag nahm. Aber heute würde er fahren. Schon aus Trotz wegen des verschobenen Besuchs von Ballin. Es war gut, wieder einmal unter Menschen zu kommen, die in ihm nicht nur den Herrn Kommissar sahen und schon von Weitem die Schultern hochzogen, wenn sie ihn erblickten. Im Gehen zog er seine Taschenuhr hervor. Die Fähre sollte in fünfzehn Minuten ablegen, da brauchte er nicht zu hetzen. Aus den weit geöffneten Türen des Speisesaals traten die letzten Frühstücksgäste hinaus auf die Allee. Sein Blick verfing sich an zwei Frauen. Die Jüngere von ihnen war ihm schon vor ein paar Tagen aufgefallen. Sie hatte honigblondes Haar und ihr Lachen hatte ihn weit fortgetragen in seinen Schmerz. Die Frau neben ihr, allem Anschein nach ihre Mutter, zog ihr linkes Bein nach. Ob sie sich auf der langen Reise bis hierher verletzt hatte? Für all diese Menschen war das Auswandern doch weit mehr als eine Reise. Das ging ihm immer wieder durch den Kopf, wenn er mit verzweifelten Menschen sprach, denen ihr Hab und Gut gestohlen worden war und denen er nur selten weiterhelfen konnte. Die Frau stützte sich auf den Arm ihrer Tochter, was dieser sichtlich unangenehm war. Sie wandte ihr Gesicht etwas zur

Seite und zog eine Grimasse. Was für ein Unterschied zu dem Bild, das sie an der Seite des jungen Mannes geboten hatte. Kiliszewski spürte förmlich die Spannung, unter der die junge Frau stand, zwischen folgsamer Tochter und aufblühender Geliebter. Zweiteres stand ihr besser. Auch wenn Ersteres ihre unabdingbare Pflicht war. Das wusste er selbst nur zu gut, hatte er sich doch jahrelang um seine alten, kranken Eltern gekümmert, war nach dem Dienst zu ihnen gefahren, um einzuholen, die kleine Wohnung in Ordnung zu halten und ihnen geduldig zuzuhören, wenn sie immer aufs Neue dieselben alten Geschichten erzählten und ihn erzürnt ansahen, wenn er sich nicht aufrichtig interessiert zeigte. Nun war er selbst schon neunundvierzig Jahre alt und nur noch wenige Jahrzehnte trennten ihn vom Greisenalter. Wer würde ihm eines Tages zuhören, wer ihm zur Hand gehen? In seinem Alter war es nicht mehr einfach, eine Frau zu finden. Noch schwieriger war dies, da die einzige wahre Liebe seines Lebens noch immer in seinem Herzen wohnte. Aber musste es denn immer Liebe sein? Ging es nicht auch, in Freundschaft zusammenzuleben? Doch auch dafür galt es zunächst, eine Frau zu finden. Jene, die sich dort vor ihm auf den Arm ihrer Tochter stützte, könnte sogar so eine sein. Allerdings nicht für ihn, sondern eher für einen all jener alleinstehenden Männer, die er hier hatte durchreisen sehen auf ihrem Weg in ein hoffentlich besseres Leben in Amerika als das, was sie in Europa zurücklassen wollten. Doch konnte man das? Ein Leben zurücklassen? Trug man sein Lebenspäckchen nicht immer auf dem eigenen

Rücken? Auch seine Eltern hatten ihre Jugend samt allen Erinnerungen nicht in Polen zurücklassen können. Bis aufs Totenbett trug sein Vater die schrecklichen Bilder seines 1831 in der Schlacht von Grochów verwundeten Vaters mit sich herum. Zusammen mit seiner Mutter hatte er den Verwundeten auf dem Handkarren mitten im Winter tagelang aus dem zusehends in Panik versinkenden Warschau fort in Richtung Posen gezogen. Denn von den Preußen versprachen sie sich eine bessere medizinische Versorgung und ein friedlicheres Leben. Und er selbst, Paul Kiliszewski, trug er nicht auch seit nunmehr vierzehn Jahren zwei geliebte Tote auf dem Rücken? Wie konnte man sich bloß von den Lasten seines Lebens befreien? Wer wusste wohl dafür einen Rat? Er wusste keinen. Nur, dass ihm zumindest für heute der Elbstrand mit den lachenden Kinderstimmen eine willkommene Ablenkung schenken würde. Mit einem Seufzer zog Kiliszewski seinen Schritt an und steuerte auf das Ausgangstor zu.

9:30 Uhr

Kalte Nässe umhüllte Mashels Waden. Im ersten Moment war es unangenehm, aber es ging schnell vorbei und fühlte sich nur noch nass an, nicht mehr kalt. Dann wurde die Decke zurückgeschlagen und jemand fuhr mit einem feuchten Tuch über seine Brust.

»Aaah«, stöhnte er und öffnete für einen Moment die Augen. Das lächelnde Gesicht einer alten Frau war über ihm. Ihre hellgrünen Augen zwinkerten ihm freundlich zu.

»Da bist du ja. Willkommen zurück, Asher.«

Niemand nannte ihn mehr Asher. Woher kannte sie seinen Namen? Wer war sie? Wo war er?

»Wer bist du?«

»Mein Name ist Lika, und ich bin seit einer guten Stunde damit beschäftigt, dein Fieber zu senken und dich sanft zu uns zurückzuholen.«

Mashel schloss die Augen. Fieber. Zurückholen. Von wo? In seinem Kopf drehte es sich. Wo war er? Wo war Mamele? Eben war sie doch noch hier gewesen, auf der Wiese, hatte kleine weiße Blumen gepflückt und mit ihm gelacht.

»Wo bin ich?«

»In deinem Bett in den Auswandererhallen in Hamburg.«

»Mamele?«

»Mamele ist nicht hier, aber dein Bruder David. Schau, er steht direkt hinter mir.«

Mashel hielt die Augen geschlossen und wiederholte: »Mamele.«

»Ist die Mamele bei dir, Asher?«

Er deutete ein Nicken an, dann glitt ein Lächeln über sein Gesicht. »Blumen«, flüsterte er, »ganz viele Blumen.«

Mamele lächelte ihm zu, drehte sich in ihrem hübschen Rüschenkleid auf der Wiese. Er wollte zu ihr hinlaufen, ihre ausgestreckten Arme greifen, doch ein kalter Lappen fuhr ihm unversehens über das Gesicht und gleich danach über die Brust.

»Bleib hier, kleiner Asher. Du wirst hier gebraucht. Dein Bruder braucht dich. Schau ihn an.«

Mashel drehte den Kopf zur Seite, blinzelte und erkannte verschwommen das Gesicht seines großen Bruders. Er sah ganz traurig aus, nirgendwo waren Blumen. »David. Ich will nach Hause zur Mamele.«

David nickte und ein tiefes Seufzen drang aus seiner Brust. »Sie ist doch nicht mehr zu Hause, Mashel«, stieß er schließlich leise hervor und strich seinem Bruder über die heiße Stirn.

»Auf der Wiese ist sie, David, auf der Wiese.« Mashel schloss die Augen und suchte die Mamele. Doch eine Hand fuhr unter seine Schulter, griff seinen Hinterkopf und hob ihn an.

»Du musst etwas trinken, mein Junge. Hier. Nimm einen Schluck Wasser.« Der Blechbecher drückte sich an Mashels Lippen und kühles Wasser benetzte sie. Er öffnete gierig den Mund und sog das Wasser ein. Mit jedem Schluck kam er mehr zurück auf seine Barackenpritsche. »Ich will nach Hause«, flüsterte er, bevor er erschöpft auf sein Lager zurücksank und erneut die Augen schloss. Wie durch eine Nebelwand hörte er die Alte zu David sagen: »Er braucht viel Ruhe und etwas für seine Nerven. Ich fürchte, die sind die Ursache für sein Fieber.«

»Du willst sagen, dass er Typhus hat?«, vernahm Mashel noch die erregte Stimme seines Bruders, bevor ihn ein sanftes Rauschen einhüllte und forttrug.

9:45 Uhr

Lika nahm Davids Arm und bedeutete ihm mit einer knappen, aber deutlichen Geste, still zu sein.

»Komm, wir lassen den Kleinen einen Augenblick ruhen und gehen vor die Tür.«

Ein Zittern wallte durch Davids Körper, aber er gehorchte der Alten und folgte ihr hinaus aus dem Schlafsaal. Als sie sich außer Hörweite der anderen Männer befanden, drehte sich Lika zu David um und musterte intensiv sein Gesicht und seine Augen, bis ihm regelrecht heiß wurde unter ihrem Blick.

»Ich glaube nicht, dass dein Bruder Typhus hat«, begann sie nach einer Weile, »ich kann es dir aber nicht versprechen. Wohl aber sehe ich, dass seine Seele weint. Er hat Dinge gesehen, die er nicht hätte sehen dürfen, er hat Dinge gehört, die er nicht hätte hören dürfen, er hat Ängste erfahren, die er nicht hätte erfahren dürfen.«

David starrte die Alte an und in seinen Ohren hallten ihre Worte vom Morgen wider: »Schchite-stot – Stadt des Schlachtens«. Sie vermischten sich mit dem, was sie nun von sich gab, und zerrten an dem Vorhang, den er so mühsam über die Bilder seiner Erinnerungen gespannt hatte. Sein Blick suchte irgendwo Halt, irgendwo jenseits ihres Blickes. An der Backsteinmauer dort vielleicht oder an dem Baum auf der anderen Seite der Straße, dessen Blätter ganz von Staub bedeckt waren. Wie seine Erinnerungen.

Komm, geh in die Stadt des Schlachtens, sollst
sehen mit deinen Augen,
sollst betasten mit deiner eigenen Hand
an Zäunen, Pfählen, Türen, Wänden,
an Gassensteinen und allen Hölzern
das schwarz getrocknete Blut mit den Gehirnen
von deiner Brüder Köpfen und Hälsen.

In Kischinjow war es gewesen, wo David diese Verse zum ersten Mal gehört hatte. Der Dichter Chaim Nachman Bialik war persönlich zu einer Dichterlesung gekommen, um den Menschen, die die Pogrome von 1903 überlebt hatten, seine Solidarität zu bekunden. Bialik war als Berichterstatter für eine jüdische Zeitung nach Kischinjow geschickt worden. Doch anstelle eines Berichtes hatte er ein Poem geschrieben: »In Schchite-Stot – In der Stadt des Schlachtens«.

Die Zeilen des Poems hatten sich mit den Bildern von Davids eigenen Erinnerungen verwoben und dem Grauen Worte geliehen.

»David, schau mich an!« Lika rüttelte an seinen Schultern. »Bleib du wenigstens hier, mein Junge. Dein Bruder braucht dich.«

Und schau dich ein in alle schwarzen Löcher –
das sind offene, schwarze, stumme Wunden,
die auf keine Heilung mehr warten in der Welt.

»Seid ihr schon lange fort aus der Stadt? Wann seid ihr aufgebrochen?«

»Drei Wochen nachdem sie sie totgeschlagen haben. Die Großmutter hat's verlangt. Sonst stirbt auch sie auf der Stelle, hat sie gesagt.«

»Wann war das?«

»Am 15. November.«

Lika nickte. »Wo habt ihr den Winter verbracht?«

»In Berlin. Von dort sind wir vor vielleicht zwei Wochen fortgegangen. Ich weiß es nicht genau.«

Du läufst? Zu Licht und Luft entläufst du?
Entlauf, entlauf – der Himmel lacht dich aus!

»Und jetzt wollt ihr zu eurer Tante. Habe ich das gestern richtig verstanden?«

David nickte. Sein Mund war trocken, die Lippen klebten aufeinander.

Entläufst du? Suchst ein Versteck
in einem Hof? – Umsonst!

Dort ist ein Haufen Mist!
Da hat man zwei geköpft: einen Juden
mit seinem Hund …

»Hör zu, David! Ich gehe jetzt zu meinem Lager und hole von dort eine Medizin, die deinem Bruder helfen kann sich zu entspannen, sodass das Fieber weichen kann. Die wichtigste Medizin aber bist du, mein Junge. Dein Bruder hat entsetzliche Angst dich zu verlieren. Er kann keinen Verlust mehr ertragen. Nicht den geringsten. Verstehst du mich?«

Und da und dort, aus allen schwarzen Löchern –
sieh Augen, Augen, stumme Augen schauen …
vertriebene, verstoßene Seelen,
die sich da im Winkel aneinander pressen,
erschrocken – und schweigen …

»Du gehst jetzt zu ihm zurück und bleibst bei ihm. Ich komme gleich wieder zu euch und bringe die Medizin.«

»Wie sollen wir denn nach Amerika fahren, wenn er krank ist? Wie kommen wir dann auf das Schiff?«

»Darum geh zu ihm und bleib bei ihm, mein Junge, damit er sich erholen kann. Nun geh schon!«

10:15 Uhr

Zäh war das Schweigen, das sich immer mehr zwischen Ljuba und ihre Tochter drängte. Sie saßen auf einer Bank im Schatten einer der Baracken und warteten. Auf die nächste medizinische Untersuchung, die sie in Kürze zurück in ihre stickige Unterkunft rufen würde. Auf die Rückkehr von Lika und Neuigkeiten von dem kleinen, fiebernden Jungen. Auch darauf, dass eine von ihnen das Schweigen brechen und Ljuba dann das Unaussprechliche in Worte fassen musste. Ja, sie wusste, dass es falsch gewesen war, ihre Tochter zu ohrfeigen. Darum hatte sie auch geschwiegen, als diese fortging zu dem jungen Mann, und hatte geschwiegen, als sie sie mitten in der Nacht hatte zurückschleichen hören. Natürlich war Ljuba wach gewesen. Kein Auge konnte sie zumachen vor Angst und Selbstvorwürfen. Aber was hätte sie auch sagen sollen?

Auch beim Frühstück hatte sie geschwiegen. Es war ihr einfach nicht als der richtige Moment erschienen, um mit dem Sprechen anzufangen. Denn mit dem Sprechen kamen die Fragen, und die Fragen verlangten nach Antworten. Doch wie sollte sie ihrer Tochter erklären, was sie getan hatte, um sie beide bis hierher zu bringen? Hatte sie nicht gerade all das getan, wovor sie ihre Tochter unbedingt schützen wollte? Sie hatte ihren Körper immer wieder hergegeben, um einen Weg hinaus aus der alltäglichen Hölle ihres Daseins zu finden. Bis ins Mark hatte sie sich dafür geschämt. Und ihre Scham hatte jegliches andere Gefühl ertränkt. Nur ein einziges Gefühl war stärker als ihre Scham: ihre Liebe zu ihrer Tochter. Und genau die brachte sie jetzt in die Sprachlosigkeit. Wie sollte sie sich erklären, ohne wie eine Hure dazustehen? Und wie sollte sie ihrer Tochter länger ein Vorbild sein, gäbe sie erst einmal ihre Verfehlungen preis? Wieder sah sie die weit aufgerissenen Augen der jungen Dascha vor sich, als der Bolschak Ljuba auf den Tisch geworfen und sich an ihr vergangen hatte. Wie sollte sie ihr erklären, dass das der Preis für ihr neues Leben in der Neuen Welt war?

Verstohlen blickte Ljuba Dascha von der Seite an. Wie hübsch sie war. Die vergangenen Monate hatten sie verändert, reifen lassen. Ihr Blick war klar und fest geworden, hatte das Schnelle, Huschende des Kindes verloren. Vor allem die letzten Tage hatten ein Leuchten in ihre Augen gebracht, das Ljuba noch nie zuvor bei ihr entdeckt hatte. Sie war kein Mädchen mehr, sondern schon eine richtige junge Frau. Doch in ihrer Miene sah Ljuba deutlich ihren Widerstand, spürte ihre Unzufriedenheit, hier neben ihrer Mutter sitzen und warten zu müssen. Warten darauf, dass sich das Schweigen auflöste. Darauf, dass endlich geklärt würde, was nicht zu klären war.

Ljuba räusperte sich. Ein zaghafter Versuch, einen Anfang zu finden. »Ich glaube, dass es an der Zeit ist, dir noch einige Dinge zu erklären.«

»Oh, ja, bestimmt. Es gibt einiges zu erklären.« Der schnippische Ton machte es Ljuba nicht leichter.

»Ich habe meine Gründe, warum ich nicht möchte, dass du dich hier allein herumtreibst.«

»Ich treibe mich nicht herum. Ich spreche mit David. Er weiß viel über Amerika. Viel mehr als ich. Er hilft mir, mich vorzubereiten auf die Einreise. Viele Fragen können da auf uns zukommen. Die Amerikaner haben einen ganzen Katalog an Fragen, die man beantworten muss. Und zwar auf Englisch. David hat ein Buch, in dem all diese Fragen stehen. Er hilft mir, sie zu verstehen und die Antworten zu lernen. Damit tue ich gerade sehr viel dafür, dass wir ohne Probleme nach Amerika einreisen können. Du hingegen …« Dascha schwieg trotzig und senkte ihren Blick auf ihre Schuhspitzen, mit denen sie Kringel in den staubigen Sand malte. Wie ein kleines Mädchen.

»Ich hingegen bemühe mich, dass wir überhaupt auf das Schiff kommen.«

»Ach, tatsächlich?«, ätzte Dascha. »Womit? Mit deinem Geheule, das dir die Augen so rötet, dass der Arzt sich schon Notizen macht? Als ob das immer stärker werdende Hinken nicht schon reichte. Ich tue, was ich kann, um dich zu unterstützen. Aber dich dann auch zu schonen, das kann ich dir nicht auch noch abnehmen.«

Ljuba schluckte die Unverschämtheiten ihrer Tochter hinunter und setzte erneut an. »Es geht um die Fahrkarten.«

Dascha blickte ihr direkt in die Augen. »Ja? Was ist mit ihnen? Woher hast du sie? Warum sind sie auf andere Namen ausgestellt? Du siehst: Ich bin nicht so klein und dumm, wie du mich vielleicht gerne hättest. Ich mache mir durchaus Gedanken. Doch ich vertraue dir, dass du alles gut und richtig gemacht hast. So wie ich auch erwarte, dass du mir vertraust, dass ich die Dinge, die ich mache, gut und richtig mache.«

Gut und richtig. Wie sollte Ljuba darauf antworten? War es gut und richtig gewesen, sich nicht dagegen zu wehren, dass Semjonow sie in seine Kammer gezogen und sie bestiegen hatte wie ein wilder Hengst? Sie hatte sich nicht gewehrt, weil sie wusste, dass er in der Lage gewesen war, ihr zu helfen, wenn er wollte. Oder aber dafür zu sorgen, dass sie ihre Arbeit im Haus der Orlows verlor.

»Die Fahrkarten sind von Michail Abramowitsch.«

Dascha starrte sie an. »Warum hast du dann solche Angst vor ihm? Hast du sie etwa geklaut?«

Ljuba senkte den Kopf und winkte ab.

»Hast du sie ihm abgekauft?«

Sie nickte.

»Warum hast du dann solche Angst vor ihm?«

»Weil nicht unsere Namen darauf stehen und er uns verraten kann«, flüsterte sie schließlich.

»Aber warum sollte er das tun? Er ist doch kein Unhold. Und wenn du die Fahrkarten bezahlt hast, dann ...« Dascha hielt inne und schaute ihrer Mutter direkt in die Augen. »Und womit hast du sie bezahlt?«

Ljubas Lippen klebten aneinander. Nein. Sie konnte es ihrer Tochter nicht sagen. Sie brachte es einfach nicht fertig. Sie würde sie verlieren. Ihr kleines Mädchen verlieren, ihr Ein und Alles. Die, für die sie immer alles getan hatte, was sie konnte, damit sie ein besseres Leben, eine bessere Zukunft haben würde als Ljuba. Denn Dascha würde sie verachten für das, was sie getan hatte. Als Lügnerin, als Diebin stünde sie da. Dascha würde sich abwenden von ihr. Sie würde sie verlassen. Wenn nicht schon gleich jetzt, dann, sobald es ihr möglich wäre. Schon der Gedanke daran, Dascha loslassen zu müssen, versetzte Ljubas Herz einen solchen Stich, dass sie zusammenzuckte.

»Und wieder antwortest du mir nicht.« Dascha zuckte mit den Schultern und stand enttäuscht auf. »Ich schaue nach David und dem kleinen Mashel. Doch keine Sorge. Bis zur Arztvisite bin ich zurück in der Baracke. Du brauchst dir also nicht wieder die Augen rot zu weinen.«

11:00 Uhr

»Los, Mashel, setz dich ein bisschen auf und trink noch mal hiervon.« Mashel verzog den Mund, ließ sich aber von seinem Bruder etwas aufrichten und den Becher mit der bitter-herben Flüssigkeit an die Lippen drücken. So unangenehm sie auch schmeckte, so schien sie ihm doch gutzutun. Zumindest hatten die ersten Schlucke dazu geführt, dass der Schwindel verging und er klarer bei sich, hier auf der Pritsche war. Hinter David stand die Alte, die schon vorhin mit ihm gesprochen hatte. Sie schaute ihn mit ihren hellen Augen an, als ob sie ihn lesen wollte. Aber merkwürdigerweise war es ihm nicht unangenehm, denn sie schien ihn nicht bestimmen zu wollen, sondern einfach sein zu lassen. Er trank brav den Becher leer und ließ sich dann zurück auf sein Lager gleiten.

»Gut gemacht, kleiner Bruder. Jetzt geht es dir bestimmt bald besser.« Mashel spürte Davids kühle Hand auf seiner Stirn. Es fühlte sich so gut an, dass er da war.

Auf einmal wurde es lauter um ihn herum und mehrere Männer traten dichter an seine Pritsche heran.

»Was hat er denn? Hast du schon den Arzt gerufen? Es geht doch nicht an, dass hier ein Kranker unter uns liegt und wohlmöglich noch andere ansteckt.«

»Er steckt niemanden an«, hörte Mashel die Alte antworten. »Er braucht nur etwas Ruhe.«

Missmutiges Brummen drang von den Männern zu ihm hinüber. David griff seine Hand. »Hab keine Angst, Mashel. Dir passiert nichts. Ich bin bei dir.« Mashel nickte und schloss erschöpft die Augen. Die Mamele war nicht mehr da. Es war einfach nur dunkel. Erschrocken riss er die Augen wieder auf. »Wo ist die Mamele?«

»Sie möchte, dass du hier bei David bleibst, Asher. Sie ist immer bei dir, in deinem Herzen. Sie möchte aber, dass du hier, in dieser Welt bleibst.« Die Alte sprach leise, direkt in sein Ohr und streichelte ihm zugleich über den Kopf. Er spürte, dass sie recht hatte, auch wenn es ihm nicht passte. »Mamele …«

»In deinem Herzen, Asher.« Seine Brust wurde ganz warm und er spürte seinen Herzschlag, vertraut und gleichmäßig. Er drehte seinen Kopf zu der Alten. Ihre

Augen trafen sich, und es schien ihm, als ob ein Licht in ihn eindrang, weiß, warm und sanft. Bewegungslos hielten sie den Blick. Alles schien stillzustehen.

»Macht Platz, Männer. Wo ist der Kranke?«

Jemand schob sich zwischen Mashel und die ihn haltenden Augen. Zwei dunkle Augen hinter einer Nickelbrille musterten ihn. Dann griff der Mann nach seinem Handgelenk.

»Hat er Typhus, Doktor?«

»Hm, Ruhe, ich messe den Puls.«

»Ich frag nur, weil uns das schließlich alle betrifft. Keiner will hier einen mit einer ansteckenden Krankheit im Schlafsaal haben.«

Mashel suchte mit seinen Augen die Alte, aber sie stand nicht mehr neben ihm. Dafür David. »Was wollen die, David?«

»Pscht«, machte der Arzt und warf Mashel einen strengen Blick zu. »Der Kleine hat Fieber.« Mit routinierter Handbewegung hob der Arzt Mashels Kopf etwas an, zog seine Augenlieder hoch und drückte ihm anschließend den Kiefer auf. »Steck mal die Zunge heraus und sage ›Ahhhh‹!«

Das langgezogene »Ahhh« kam bei dem Druck ganz allein aus Mashels Mund und Tränen füllten seine Augen. »David ...«

»Wo ist der Vater?« Der Arzt drehte sich suchend um, aber die ihn umringenden Männer wichen zurück.

David drängte sich dichter an Mashel heran. »Ich bin sein Bruder.« Es war einer der wenigen Sätze, die er in den letzten Monaten auf Deutsch gelernt hatte.

»Dein Bruder muss in den Krankentrakt auf die Beobachtungsstation, damit wir sein Fieber überwachen und sichergehen können, dass er keine ansteckende Krankheit hat.«

Mashel verstand kein Wort von dem, was der Arzt gesagt hatte. Doch schon riss jemand die Decke von seinem Körper herunter und eine Krankenschwester griff nach seinem Arm, um ihn hochzuziehen. Weinend wehrte er sich, strampelte mit den Beinen.

»Es ist alles in Ordnung, Mashel, hab keine Angst. Sie bringen dich in den Krankentrakt.« Davids Stimme klang keineswegs so, als ob alles in Ordnung wäre. Sie zitterte.

»Ich will nicht weg! Ich ...«

»Dein Bruder kommt mit dir, Asher«, hörte er auf einmal wieder die Alte und spürte ihre Hand an seiner Wange.

»Wer ist die Frau? Hier haben nur Männer Zutritt!«

Jemand wollte die Alte zur Seite schieben, doch David rief dazwischen: »Babuschka ... Großmutter.«

Mashels Tränen verstopften seine Nase, sodass er kaum noch sprechen konnte. Er griff nach Davids Arm und hielt sich krampfhaft an ihm fest. Dann hörte er wieder die Stimme der Alten. »Dein Bruder kommt mit dir, Asher.«

David beugte sich über ihn, warf ihm eine Jacke über die schmalen Schultern und flüstere: »Ja, ich komme mit dir.«

15:30 Uhr

MIT SUCHENDEM BLICK lief Dascha durch die Straßen der Auswandererstadt. Wo war bloß David? Etwa immer noch im Krankentrakt? Ob sie ihn auch gleich dort behalten hatten, aus Angst, dass er sich angesteckt haben könnte? Aber was hatte der Kleine überhaupt? Lika hatte beim Mittagessen nichts erzählt, nur, dass Mashel in den Krankentrakt oder, wie man hier sagte, auf die Beobachtungsstation gekommen sei und David ihn dorthin begleitet habe. Vielleicht sollte sie einfach selbst zur Beobachtungsstation gehen und nachfragen? Doch was bloß genau? Einfach nur nach den Brüdern Zusmann? Seufzend ließ Dascha die Schultern hängen. Man würde sie fragen, was ihr das Recht dazu gab, sich in anderer Leute Angelegenheiten einzumischen. Sie musste einfach Geduld haben, bis David zu ihr kam. Spätestens beim Abendessen würde sie ihn schon im Speisesaal antreffen. Ihre unruhigen Augen erfassten Lika, die auf einer kleinen Holzbank an einer Barackenmauer angelehnt saß und döste.

»Darf ich mich zu dir setzen, Lika?«

»Gerne, mein Kind, setz dich.« Lika rückte ein Stück zur Seite und schlug mit der flachen Hand auf den freien Platz neben ihr.

Dascha setzte sich mit einem Seufzer und ließ ihre Hände in ihren Schoß sinken. Aus ihren Augenwinkeln beobachtete sie die Alte. Die hatte die Lider halb geschlossen und genoss sichtlich die warme Nachmittagssonne auf ihrem Gesicht.

»Wo ist deine Mutter?«, fragte Lika schließlich in die Stille hinein. Dascha seufzte erneut.

»Ich weiß es nicht. Und ich bin auch froh drum.«

»Soso.«

»Ja. Seit zwei Tagen lässt sie mich kaum noch einen Schritt allein tun. Sie hat solche Angst, dass sie wohl schon überall Gespenster sieht.«

»Soso. Ich dachte, der Mann, vor dem sie sich so fürchtet, wäre tatsächlich hier in den Hallen.«

»Ja, das stimmt schon. Aber es gibt einfach keinen Grund, sich vor ihm zu fürchten. Zumindest keinen, um den ich wüsste.« Dascha schaute Lika von der Seite an. »Oder weißt du vielleicht, warum meine Mutter sich so aufführt?«

»Nun, sie macht sich eben Sorgen um dich.«

»Ach, Sorgen. Sie will einfach nicht, dass ich David treffe. Das ist alles.«

»… was du siehst«, murmelte Lika lächelnd.

»Und dabei sehe ich ihn gar nicht«, fuhr Dascha unbeirrt fort. »Zumindest heute nicht. Ob er wohl immer noch auf der Beobachtungsstation ist? Hast du David seit heute Mittag gesehen, Lika?«

»Nein. Aber ich bin mir sicher, dass er das Richtige tut.«

Dascha schaute die Alte verwirrt an. Das Richtige? Was war richtig, was falsch? Diese Frage hatte sich bisher in Bezug auf David für sie nicht gestellt. Er war der

Richtige für sie. Und damit war alles richtig, was geschah. Alles? Auch das Fieber seines Bruders? Mit einer Kopfbewegung suchte sie, diesen Gedanken fortzuwischen, und versuchte, sich ein gemeinsames Leben mit David im aufregenden und wunderschönen New York auszumalen. Mit ihm wollte sie zusammen durch die endlosen Straßenschluchten wandeln, von denen er ihr erzählt hatte, wollte im Central Park über weiß gekieste Spazierwege oder auch grüne Wiesen laufen – an seiner Hand.

»Du schaust mich an, als zweifeltest du daran.«

»Nein, nein«, erwiderte Dascha, bemüht, ihre Gedanken zu ordnen. »Es ist nur … Was ist denn das Richtige, Lika?«

Die Alte schaute ihr direkt in die Augen. Ihr Blick reichte tief in Dascha hinein. »Das Richtige ist, auf das Herz zu hören und dem Weg seiner Bestimmung zu folgen.«

Daschas Herz zog sich schmerzhaft zusammen. Aber das war doch genau das, was sie wollte! »Ja, ich höre doch auf mein Herz!«

»Und was sagt es dir?«

»Es sagt … ich möchte … ich wünsche mir …«

Lika nickte kaum merklich und schwieg, weiterhin in die Sonne blinzelnd. Nach einer Weile räusperte sich Dascha und setzte erneut an: »Ich habe es einfach satt, von meiner Mutter wie ein kleines Kind gegängelt zu werden und alles, was ich tue und lasse, von ihr beurteilt zu sehen. Ich kann ihre Heimlichkeiten nicht mehr ertragen. Und ich möchte nicht länger bei allem, was ich tue, Rücksicht darauf nehmen müssen, was sie davon hält. Ich möchte mich nicht mehr klein machen und klein fühlen, immer nur lieb und artig sein. Ich …«

»Das sagt dein wütender Bauch. Dein Herz spricht viel leiser. Hör genau hin!«

Dascha hielt verwirrt inne und schwieg. Schmale weiße Wolkenbänder zogen über den blauen Nachmittagshimmel, viel zu schwach, um die Sonnenstrahlen abzumildern. »Ich möchte frei sein, das zu tun und zu lassen, was ich mir wünsche. Ich möchte selbst entscheiden können, wohin ich gehe und was ich tue. Ich möchte lernen. Es gibt so viel, was ich wissen und kennenlernen möchte, wie etwa die Liebe.«

Lika schwieg weiterhin, während ein kleines Lächeln über ihr Gesicht huschte.

18:10 Uhr

»Herr Ober, wo bleibt denn die fehlende Suppe? Die anderen werden ja schon kalt.«

»Herr Ober, der Wein schmeckt aber sauer. Und das bei dem Preis?«

»Könnten wir bitte noch etwas Brot haben?«

»Wo bleibt denn der Braten? Ich warte jetzt bestimmt schon eine halbe Stunde.«

»Herr Ober, kommen Sie doch bitte einmal her und sehen Sie sich das an …«

Um ein gleichmütig freundliches Gesicht bemüht schritt Jan Nowak kreuz und quer durch den Speisesaal des Hotel Nord, um den Wünschen seiner Gäste, so gut es ging, nachzukommen. Die Kakophonie aus dem Quietschen von Besteck auf Porzellan, zurechtgerückten Stühlen, gedämpften Gesprächen, lauten Zwischenrufen, dem Widerhall der eilenden Schritte der Kellner auf dem Parkett und hin und wieder einem fröhlichen Lachen war ihm so vertraut wie das Kyrie eleison der Sonntagsmessen seiner Kindheit. Mit versierter Höflichkeit servierte Nowak den Schweinebraten mit Buttergemüse einem Paar, das durch seinen markanten Altersunterschied auffiel. Man hätte die beiden leicht für Vater und Tochter halten können, sprächen nicht die verbalen Liebkosungen, die sie miteinander tauschten, eine andere Sprache.

Im hinteren Bereich des Restaurants hatte sich Semjonow einen Platz am Fenster gesucht und studierte ausgiebig die Speisekarte. Nowak hatte seinen Namen extra an der Hotelrezeption erfragt und ihn sich gemerkt, nachdem dieser Gast zuerst solch einen Aufstand um ein verspätetes Frühstück veranstaltet und ihm danach bei der unangenehmen Situation mit der Frau auf der Straße erneut aufgefallen war. Jene Frau auf der Straße – auch sie hatte Nowak beschäftigt, bis in seine Träume hinein. Jetzt, wo er diesen Semjonow hier im Speisesaal die Karte studieren sah, erinnerte er sich an seinen Traum der letzten Nacht. Die Szene, die er am Vortag gesehen hatte, war ihm im Traum noch einmal erschienen, aber anders, intensiver. Die Frau war in seine Arme gefallen und er hatte sie gehalten, weit länger als nur einen Wimpernschlag lang. Im Traum hatte er sie deutlich gespürt, sogar ihren Herzschlag, und er hatte ein Gefühl von Liebe für sie wahrgenommen. Dann hatte es sich auf einmal so angefühlt, als ob sie beide zusammenwuchsen. Es war unheimlich und schön gewesen. Als er schließlich aufgewacht war, hatte er gemeint, den Duft ihrer Haare zu riechen. Die ganze Zeit auf dem Weg zur Arbeit hatte er in seiner Erinnerung nach ihrem Namen gesucht. Schließlich hatte er ihn in der Empfangshalle mehrfach gehört. Doch obwohl Nowak über ein großartiges Gedächtnis verfügte, konnte er sich einfach nicht an ihn erinnern. Ging es ihm also wirklich um diese Frau, oder war es einfach seine Sehnsucht nach jemandem in seinem Leben? Welchen Sinn hatte es, länger allein zu leben? So trostlos empfand er es, wenn er am Abend in eine stille Wohnung zurückkehrte, in der alles noch genau so dalag, wie er es am Morgen hinterlassen hatte. So fühlte sich kein Zuhause an, so durfte sein Leben einfach nicht immer weitergehen. Vielleicht musste er endlich einmal mutig sein und anfangen zu suchen. Einfach, um dieses Gefühl des Traumes auch im Wachen zu erleben.

»Herr Ober!« Vom hinteren Tisch am Fenster winkte Semjonow Nowak zu sich heran. Der schob seine Gedanken beiseite und schritt ruhig zu seinem Gast.

»Sie wünschen, der Herr?«

»Ich nehme die eingelegten Heringe.«

»Sehr gerne. Möchte der Herr auch etwas zu trinken?«

Semjonow verzog seinen Mund. »Ja, bringen Sie mir ein Bier.«

Nowak nickte und war bereits im Begriff zu gehen, als ihn Semjonow zurückrief. »Sagen Sie, Sie sind doch der Maître d'hôtel, nicht wahr?«

»So ist es, der Herr.«

»Dann kennen Sie sich sicherlich auch mit der hiesigen Verwaltung aus, nicht wahr?«

»Das lässt sich so sagen, der Herr. Haben Sie diesbezüglich einen Wunsch?«

»Ja, den habe ich.« Semjonow räusperte sich und tupfte seinen Mundwinkel mit der Serviette ab. »Gibt es die Möglichkeit, die aktuellen Gästelisten der Auswandererstadt einzusehen? Schließlich werden hier doch alle Gäste überaus genau erfasst.«

Nowak schaute Semjonow abwartend an.

»Wissen Sie, ich suche da jemanden«, fuhr dieser schließlich betont langsam fort.

Ein unangenehm klammes Gefühl stieg in Nowak auf. »An der Rezeption können Sie erfragen, ob Ihr Bekannter hier registriert ist.«

»Ach, nein, es handelt sich nicht um einen Gast hier im Hotel.« Semjonow schüttelte den Kopf.

»Dann bringe ich dem Herrn sogleich die Heringe und ein Bier«, beendete Nowak das Gespräch und wandte sich abrupt ab.

Das klamme Gefühl breitete sich zu einem unangenehmen Druck aus. Ein sicheres Zeichen, dass etwas nicht in Ordnung war.

18:30 Uhr

DIE SONNE BRANNTE David im Nacken, als er von der Beobachtungsstation am Rand der Auswandererstadt eilig zum großen Speisesaal lief. Er war schon spät dran, das Abendessen würde bald vorbei sein, aber er wollte doch unbedingt Dascha dort treffen. Den Nachmittag hatte er auf der Beobachtungsstation zugebracht, auf Neuigkeiten über Mashels Zustand und auf ein weiterführendes Gespräch mit einem der Ärzte und dem Übersetzer gewartet. Langsam und zäh waren die Stunden verflossen. Aber wenigstens schien Mashel die ganze Zeit über geschlafen zu haben. Das war für seine Heilung sicherlich das Beste. So hatte es ihm zumindest die Krankenschwester gesagt, die nach endlosen Stunden gekommen war, um ihn für das Arztgespräch auf den nächsten Tag zu vertrösten. So ärgerlich das einerseits war, hatte es andererseits doch auch etwas Gutes: Er durfte die Beobachtungsstation vorerst verlassen. Während er gewartet hatte, hatte ihn die Angst gequält, ebenfalls unter Quarantäne gestellt zu werden. Doch sie war bei Weitem nicht die einzige. Seit dem Morgen war etwas mit David geschehen. Seit dem Moment, als Lika ihm in die Augen gesehen hatte und sich seine Erinnerungen unaufhaltsam zurück in sein Gedächtnis drängten. Da waren sie wieder, die mühsam verscharrten Bilder vor Panik schreiender Menschen, die hilflos durch die

Gassen von Kischinjow rannten und sich vor dem plündernden, prügelnden, schändenden Mob versteckten. Er hörte wieder ihre Schreie – im Stöhnen der Kranken auf der Beobachtungsstation –, roch wieder ihre Angst – im Schweiß der mit ihm wartenden Patienten.

In jenem Winkel,
dort unter jenem Faß, bei jener Kiste,
haben versteckt gelegen atemlos
Verlobte, Brüder, Männer, Söhne und Väter,
zuschauend aus ihrem Loch, wie da zappeln
und würgen an ihrem eigenen Blut und Ekel
die heiligen, die reinen, die frommen Leiber

Mit dem kleinen Büchlein über die Einreisebestimmungen nach Amerika hatte David versucht, sich abzulenken, hatte Frage um Frage, Antwort um Antwort auswendig gelernt. Doch auch zwischen diese Zeilen drangen die Erinnerungen. Er sah das Gesicht seiner Mutter, wie sie ihn anlächelte und ihm einen sanften Kuss auf seine Stirn gab. Er sah seinen Vater, der die Hoffnung nicht aufgeben wollte, genauso wenig wie sein Zuhause. »Der Zar lässt das nicht zu. Sobald er von diesem Unheil hört, wird er die Täter bestrafen. Doch Petersburg ist weit. Wir müssen einfach Geduld haben ...« Ach, hätten sie doch einfach keine Geduld mehr gehabt und wären gegangen wie so viele andere. Seine Eltern wären noch am Leben, David nicht allein mit seinem kleinen Bruder in einem fremden Land auf dem Weg zu einem fremden Kontinent. Die Schule sollte David zuerst beenden, sein Abitur abschließen, darauf hatte sein Vater gepocht. Doch nun gab es gar keine Schule mehr in Kischinjow, auf die er als Jude gehen konnte. Auch keine Riemenschneiderwerkstatt, kein Haus, keine Eltern.

Zum Glück war die Krankenschwester gekommen und hatte ihn hinausgeschickt an die frische Luft, fort von den Erinnerungen. Endlich konnte er sich bewegen, andere Bilder vor seine Augen holen, Dascha suchen, Hoffnung tanken.

Und du erstickst im Hals dein wildes Brüllen
und springst hinab und läufst heraus auf die Gasse –
und noch einmal vor dir eine Welt wie gestern,
und unverschämt vergießt die Sonne, wie immer,
vor jeder Schwelle, jeder Tür ihr Spiellicht
und wirft ihr Gold hin vor die Schweine …

»David!« Aus der Menge der Leute, die sich vor den Türen des Speisesaals drängten, winkte ihm Dascha aufgeregt mit beiden Händen zu. Endlich! Sein Herz schlug kräftig gegen seine Brust, gerade so, als wollte es sich befreien von der schrecklichen Last des Tages. Mit großen Schritten rannte David auf Dascha zu, nahm sie ungeniert vor allen Leuten in die Arme und hauchte ein erleichtertes »Endlich!« in ihr Ohr.

»Wie gut, dass du da bist, David. Ich hatte mir schon Sorgen gemacht, dass sie dich auch dortbehalten.« Dascha hielt kurz inne und fragte dann mit leiser Stimme: »Wie geht es Mashel?«

»Er hat den ganzen Nachmittag verschlafen. Und ich auf den Arzt gewartet. Aber der kam nicht. Ich soll morgen wiederkommen. So konnte ich jetzt endlich zu dir.« Noch einmal drückte er Dascha fest an sich.

»Hast du schon gegessen?«

»Nein, aber ich habe gar keinen Hunger, wenn ich dich sehe. Ich …« David schaute Dascha entschlossen in die Augen. »Ich will dich! Ich will mit dir ein neues Leben!«

Daschas Wangen röteten sich und sie senkte den Blick.

»Du musst etwas essen. Ich begleite dich. Ich komme mit dir«, flüsterte sie schließlich zärtlich und drückte sanft seine sie haltenden Hände.

»Dascha …« Aus dem Augenwinkel sah David Daschas Mutter, die ängstlich zögernd auf ihre Tochter wartete.

»Geh schon ohne mich, Mamotschka. Ich begleite noch David. Wir sehen uns später.« Ohne ein weiteres Wort zog Dascha David hinter sich her in Richtung Eingangstür. Er ließ es geschehen.

Zurück willst du gehen – da erblickst du plötzlich
Gräser.
Eine frische, junge Botschaft eines Frühlings
füllt an dein Herz, behaucht dir deine Augen
im stillen Bangen nach weitem, neuem Leben –

Montag, der 2. Juli 1906

6:50 Uhr

»Moin, Jahnke, sind die anderen schon da?«

»Jawoll, Herr Kommissar, jetzt sind wir vollzählig.«

Kommissar Kiliszewski nickte Jahnke müde zu und querte die Wachstube hin zu seinem Büro, in dem bereits die Schutzmänner Kotremba, Schmidt und Jakusz auf ihn warteten.

»Moin, Männer.«

»Moin, Herr Kommissar«, antworteten sie wie aus einem Mund.

»Heute wird ein anstrengender Tag für uns. Neunhundertdreiundachtzig Passagiere sollen heute an Bord der ›Pallanza‹ gehen, alle Zwischendeckpassagiere. Den Leuten wird bereits ihr Gepäck ausgegeben und sie machen sich schon auf den Weg zu den Passagierhallen. Kotremba, Jakusz –« Kiliszewski hielt einen Moment inne und musterte die beiden Wachmänner, die so häufig für ihn anstrengendere Aufgaben übernahmen. »Nach unserer Besprechung gehen Sie beide rüber zu den Passagierhallen und führen die letzten Kontrollen der Passagiere durch, bevor sie auf die Tender gehen. Wir wollen doch gerade heute, beim hohen Besuch, der hier nachher erwartet wird, keine Kriminellen verschiffen.«

»Jawoll, Herr Kommissar«, antworteten die beiden eifrig.

»Schmidt und Jahnke, Sie übernehmen den morgendlichen Kontrollgang zu den Speisesälen und zum Bahnhof. Ich bleibe hier in der Wachstube und halte die Stellung. Aber seien Sie bis drei viertel zehn zurück, Jahnke, dann muss ich nämlich los zur Begrüßung von Generaldirektor Ballin.« Kiliszewski schaute sich suchend um. »Ach, ich habe ja noch gar keinen Kaffee gekocht. Das kommt davon, wenn man als Letzter hier eintrifft. Kotremba, holen Sie doch mal etwas Wasser, dann setzen wir noch schnell eine Kanne auf.« Freudiges Raunen war auf diese Ankündigung zu hören und Kotremba griff sich sogleich den Wasserkessel, der auf dem kleinen Gaskocher stand, und lief hinaus zum Waschraum. Kiliszewski befüllte derweil den Kaffeefilter gewissenhaft mit Pulver, während Jahnke fünf saubere Becher aus der Wachstube holte. Nachdem alles vorbereitet war und das Wasser sich auf dem kleinen Kocher erwärmte, fragte Kiliszewski routinemäßig in die Runde: »Und? Gab es besondere Vorkommnisse in der letzten Nacht?«

Schmidt schüttelte den Kopf und antwortete, ein Gähnen unterdrückend: »Nein, Herr Kommissar, nichts Ernstes. Nur ein Liebespaar haben wir nach Mitternacht noch draußen hinter den Baracken aufgestöbert. Dem haben wir einen ordentlichen Schrecken eingejagt und vorsichtshalber die Namen notiert, falls wir sie noch mal erwischen sollten.«

»Na, wenn das alles ist, ist das doch eine gute Nachricht. Nehmen wir sie einfach als gutes Omen für den heutigen Tag.« Der Wasserkessel fing an zu pfeifen und Kiliszewski stand auf, um den Kaffee aufzubrühen. Dann schenkte er seinen Leuten je einen Becher ein und ein genüssliches

Schweigen mischte sich mit dem Duft des frischen Kaffees. Nachdem alle ein paar Schlucke getrunken hatten, verteilte Kiliszewski die an diesem Tag zu erwartenden besonderen Aufgaben.

»Wie Sie wissen, meine Herren, haben wir heute das Extraprogramm zu bewältigen, das eigentlich für den letzten Samstag geplant war. Da hätten wir dann nicht auch noch fast tausend ausreisende Passagiere gehabt, und auch keine Zugankunft mit mindestens siebenhundert neuen Gästen. Aber dem Herrn Generaldirektor Ballin ist am Samstag wohl etwas dazwischengekommen, sodass wir heute alle überall zugleich sein müssen.« Er wandte sich zu den Schutzmännern Schmidt und Jakusz, die schon die letzte Nachtwache übernommen hatten. »Mit einer Pause ist bis nach dem Mittagessen nicht zu rechnen. Tut mir leid, Männer.«

»Ist schon in Ordnung, Herr Kommissar. Schließlich kommt der Generaldirektor ja nicht jeden Tag. Da kann ich dann auch mal 'nen Extradienst schieben«, murmelte Jakusz in seinen Becher hinein.

»Danke, Jakusz. Es ist wichtig, dass unsere Wache heute einen guten Eindruck macht. Darum prüfen bitte alle noch einmal ihre Uniformen auf Ordnung und Sauberkeit. Jahnke, wischen Sie den Tresen vorne ab und fegen Sie die gesamte Wachstube. Ich gehe davon aus, dass der Herr Generaldirektor unsere Wachstation besichtigen wird.«

»Jawohl, Herr Kommissar.«

»Und beim Rundgang werfen Sie ein scharfes Auge auf die Bauzäune. Nicht auszudenken, wenn der Herr Generaldirektor als Erstes einen aufgebrochenen Zaun entdeckte. Wenn Sie einen Einbruch feststellen, reparieren Sie die Stelle sofort. Um den eigentlichen Diebstahl können wir uns dann später kümmern, sobald der Besuch wieder fort ist.« Die beiden nickten zustimmend. »Wichtig ist vor allem, dass die Auswandererhallen einen ordentlichen Eindruck machen, und man sieht, dass wir hier alles im Griff haben. Gut. In diesem Sinne …« Kiliszewski erhob sich. »An die Arbeit, meine Herren!«

8:45 Uhr

DASCHA DRÄNGTE SICH durch die Menschenreihen, die die Hauptallee der Auswandererstadt säumten, um den Abreisenden zum Abschied nachzuwinken. Die Leute schubsten und drängten, als gingen sie selbst schon an Bord. Ein Ellenbogen traf Daschas Brust, irgendjemand trat ihr auf die Zehen. Doch sie achtete nicht darauf, sondern ließ ihren Blick suchend über die Menge schweifen. Sie suchte David.

Er war nicht beim Frühstück gewesen, so hatte sie sich Sorgen gemacht, ob es seinem Bruder vielleicht schlechter ging und David deshalb schon in aller Frühe zum Krankentrakt gegangen war. Letzte Nacht hatten sie noch nicht einmal Zeit gehabt, sich zu verabschieden, geschweige denn zu verabreden.

Zwei Wachmänner hatten auf einmal vor ihnen gestanden und sie mit schmutzig harschem Ton aufgescheucht. Schrecklich unangenehm und peinlich war es gewesen. Sie mussten ihre Namen nennen und die Wachleute drohten ihnen mit ernsthaften Konsequenzen, sollten sie sie noch einmal nachts draußen antreffen. Danach ging es schnurstracks zurück in die Baracken. Dascha hatte während des Frühstücks ununterbrochen nach ihm Ausschau gehalten. Erfolglos. Stattdessen war sie umhüllt gewesen von dem drückenden Schweigen ihrer Mutter. Die aß kaum etwas, weil ihr andauernd schlecht wurde. Hoffentlich war sie nicht auch noch krank! Warum musste jetzt auf die letzten Tage alles auf einmal so kompliziert, so schwierig werden? Es war, als ob sich all die aufgeschobenen Fragen und Antworten stauten und so ein Weiterkommen aufhielten. Auch mit David war es am Abend nicht viel anders gewesen. Ja, er war liebevoll, nahezu berauscht. Er sprach von Amerika. Davon, dass er sein Abitur nachholen und dann sofort an die Universität gehen wollte. Dass er Architekt werden und die höchsten Wolkenkratzer bauen würde. Er hatte genaue Vorstellungen, wie das alles gehen konnte. Nebenbei würde er sich Jobs suchen, wie man auf Englisch sagte. Zeitungen austragen könnte er auf jeden Fall, aber auch als Ladengehilfe könnte er arbeiten. Bei seinem Vater hatte er vieles über die Riemenschneiderei gelernt. Damit musste sich etwas verdienen lassen. Mashel würde zur Schule und später, wenn David schon richtig Geld verdiente, auch an die Universität gehen. So viele Pläne, so viele Träume. Dascha hatte zugehört, seine Zärtlichkeiten genossen und das leise Gefühl, mit ihren eigenen Wünschen und Träumen kaum dazwischenzupassen, sanft beiseitegeschoben. Doch genau jetzt, David in dieser Menschenmenge suchend, mit ihren Sorgen und Fragen, mit alldem, was sie und ihn betraf, kam das Gefühl wieder durch, drückte ihr auf das Gemüt. So wie die aufkommende Hitze, die schon jetzt am Morgen zu spüren war und spätestens am Mittag erdrückend sein dürfte. Das Wetter passte zu der ganzen Situation, in der sie steckte. Es brodelte. Was sollte sie nur tun? Sich weiter durch die Menschenmassen drängen, schubsen und treten lassen, um David zu suchen? Zur Beobachtungsstation gehen und dort nach ihm fragen? Oder zurück zu ihrer Mutter laufen, die schon sorgenvoll auf sie beim Schlafsaal wartete. Sollte sie ihre Mutter noch mal zur Rede stellen? Endlich Antworten auf all diese Ungereimtheiten einfordern? Oder einfach schweigend darüber hinweggehen und alles tun, damit sie endlich nach Amerika kamen?

»Ach, schau an, Dascha Martowa. Was machst du denn hier?«

Erschrocken blickte Dascha auf. Direkt in die Augen von Michail Abramowitsch Semjonow.

»Oh, Michail Abramowitsch … Guten Tag.«

»Wohl eher guten Morgen«, erwiderte Semjonow mit einem betonten Seitenblick auf seine gezogene Taschenuhr. »Ganz allein auf weiter Flur? Ohne deine Mutter? Dabei habe ich die hier doch auch schon getroffen.«

»Ganz allein auf einem Spaziergang«, entgegnete Dascha kurz. Ein heftiger Widerwille stieg in ihr auf, vermischte sich mit all den Gefühlen, die in ihr tobten. Warum versetzte dieser Mann ihre Mutter in eine solche Panik, dass sie kaum noch wusste, wohin mit sich?

»Dann begleite ich dich doch gerne ein Stückchen und wir können etwas plaudern.«

»Dafür habe ich gar keine Zeit, Michail Abramowitsch, ich bedaure.«

»Oh, oh ...« Semjonow zog eine Augenbraue übertrieben nach oben. »Was gibt es denn hier schon Wichtigeres zu tun, als auf die Abfahrt seines Dampfers zu warten?«

»Eine private Angelegenheit. Aber was führt Sie überhaupt hierher? Wollen Sie auch nach Amerika? Dabei dachte ich, Sie wären seit dem vergangenen Winter Professor an der Universität von Sankt Petersburg.«

»So kann man sich täuschen, Dascha. Aber deine Mutter und dich hätte ich hier auch nicht erwartet. Wie habt ihr das bloß angestellt?«

Dascha ärgerte sich über den überheblichen Ton und abschätzigen Blick ihres früheren Lehrers. Ganz die herrschaftliche Art von oben herab, die in ihrer Heimat so selbstverständlich im Umgang mit einfachen Leuten war. Sie war immer noch da, auch wenn Dascha geglaubt hatte, sie mit jeder zurückgelegten Werst mehr und mehr hinter sich gelassen zu haben.

»Aber Sie haben meiner Mutter doch selbst die Fahrkarten verkauft. Also kann es ja keine so große Überraschung für Sie sein, uns hier zu treffen.«

Semjonow wich ein Stück zurück vor der Schärfe von

Daschas Antwort. »Nicht nur hübsch bist du im letzten Jahr geworden, sondern auch schlagfertig. Aber wie kommst du nur darauf, dass ich deiner Mutter Fahrkarten verkauft hätte?« Er fuhr sich mit dem Zeigefinger über das Kinn und musterte Dascha nachdenklich.

Dascha wollte sich am liebsten auf die Lippen beißen. Was für eine Dummheit hatte sie nur begangen, gegenüber diesem Mann die Fahrkarten zu erwähnen? Dabei hatte sie doch die ganze Zeit gespürt, dass mit diesen Fahrkarten etwas nicht stimmte. Die falschen Namen der Reisenden waren nur die augenscheinlichste Ungereimtheit.

»Dann habe ich mich wohl geirrt, Michail Abramowitsch. Entschuldigen Sie meine Unterstellung. Es war wohl jemand anders, von dem die Fahrkarten stammen. Entschuldigen Sie mich jetzt bitte, ich muss weiter.« Dascha senkte ihren Blick und wandte sich scharf nach rechts, um sogleich von der Menschenmenge verschluckt zu werden. Semjonows durchdringenden Blick glaubte sie, noch weiterhin auf ihrem Rücken zu spüren.

9:00 Uhr

Michail Semjonow starrte der jungen Frau hinterher. Was hatte sie da gerade gesagt? Er hätte Ljuba Martowa Fahrkarten für eine Überfahrt nach Amerika verkauft? Ja, natürlich hatte er Fahrkarten für Überfahrten nach Amerika verkauft. Die vergangenen zwei Jahre, seit der Antisemitismus und die verheerenden Pogrome im Zarenreich gegen die Juden immer schlimmer geworden waren, hatte er seine Kontakte im Untergrund von Sankt Petersburg genutzt, um finanzkräftigen und ausreisewilligen Juden die Papiere und Fahrkarten für die Ausreise und Überfahrt nach Amerika zu organisieren. Gutes Geld hatte er damit verdient. So gut, dass er nun selbst unter recht passablen Umständen auswandern konnte. Ja, er hatte Ljuba gegenüber von seiner Nebentätigkeit gesprochen. Vielmehr hatte sie ihn darauf angesprochen, wenn er sich recht erinnerte. Sie hatte ihn schüchtern gefragt, ob er, ein gebildeter Mann, sich auskannte mit Amerika, und wie man dort hinkäme. Erstaunt hatte er die kleine Ljuba damals angeschaut. Dass so ein einfaches Bauernmädchen überhaupt um Amerika wusste, war schon ungewöhnlich. Sie hatte dann auch einmal nachgefragt, wie teuer denn so eine Reise wäre und ob er ihr vielleicht helfen könnte, solche Fahrkarten zu bekommen. Doch er hatte nur lachend den Kopf geschüttelt. Für russische Bauern war die Ausreise quasi unmöglich.

Sie hatten zuerst die Schulden für ihr Land zu begleichen. Vorher stellten ihnen die Dorfältesten gar keine Reisepässe aus. Denn sonst müsste das Dorf die fälligen Schulden für die Ausgewanderten übernehmen. Und das wollte dort kaum jemand. Auch die russischen Behörden erlaubten einfachen Bauern keine Ausreise. Schließlich wurden die Bauern als Arbeitskräfte im Land und als Soldaten für die Armee benötigt. Mit den Juden war das etwas anderes. Das wusste er nur zu gut aus eigener Erfahrung. Die wollte keiner. Vor Bitterkeit spuckte Semjonow aus und setzte kopfschüttelnd seinen Weg fort. Darum war auch nicht daran zu denken gewesen, Ljuba Fahrkarten zu besorgen. Das hatte er ihr so direkt allerdings nicht gesagt. Schließlich konnte ihr Begehr seiner Begierde dienen. Mit dem vagen Versprechen, zu sehen, was er für sie tun konnte, hatte er sie deutlich leichter in seine Kammer holen können. Aber woher hatte Ljuba Martowa nur die Fahrkarten, wenn nicht von ihm? Wer hätte ihr, einer einfachen bäuerlichen Witwe, so etwas besorgen können? Höchstens der Bolschak ihres Dorfes. Aber der hatte bestimmt kein Interesse daran, seine Schwiegertochter und die hübsche Enkelin nach Amerika zu schicken, anstatt sie auf dem Hof für sich arbeiten zu lassen. Semjonow war durchaus klar, dass das Leben der russischen Bauern kaum schlechter sein konnte und sie sich untereinander nicht das Schwarze unter den Nägeln gönnten. Nur den Juden gönnten sie noch weniger. Auch das hatte er erfahren.

Schräg gegenüber auf der anderen Straßenseite erblickte Semjonow den Musikpavillon. Das Orchester spielte »Muss i denn, muss i denn zum Städtele hinaus ...« und die durch das geöffnete Tor zu den Passagierhallen Ziehenden winkten den Zurückbleibenden mit Taschentüchern oder auch bloßen Händen ein Lebewohl zu. Sosehr Semjonow auch nachdachte, ihm fiel niemand ein, der in der Gegend um Wolossowo neben ihm solche Ausreisen arrangiert hätte. Vielleicht hätten die Orlows ihr helfen können, aber zum einen hatten die bereits im September 1905 ihr Landgut aufgegeben aus Angst vor den Übergriffen der Revolutionäre, zum anderen würden die sich wohl kaum die Hände schmutzig machen mit solchen Geschäften, zumal sie die nicht nötig hatten. Oder aber Ljuba Martowa hatte die Fahrkarten gestohlen. Ihm gestohlen! Fieberhaft überlegte Semjonow, ob das sein konnte. Hatte er irgendwelche Fahrkarten vermisst? Nein! Und schließlich brauchte man für die Ausreise ja auch Ausweispapiere. Aber halt. Da waren doch die Billets, die er für die beiden Schwestern eines Rabbis aus New Jersey besorgt hatte. Der Rabbi hatte ihm das Geld nach Sankt Petersburg angewiesen, doch die beiden Frauen waren vor ihrer Abreise an Typhus gestorben. Semjonow hatte die Billets in seinen Unterlagen aufgehoben, um sie dem Rabbi zurückzugeben, sollte er jemals danach fragen. Das hatte er aber nicht getan. Und so lagen sie immer noch in seinen Unterlagen. Oder vielleicht nicht? Hatte ihm Ljuba, die kleine Schlange, etwa diese Billets gestohlen? Semjonows Puls ging in die Höhe und sein Gesicht wurde vor Erregung rot. Konnte es wahr sein? Natürlich! Darum hatte Ljuba auch so gezittert, als sie ihn hier getroffen hatte! Und ihrer Tochter hatte sie erzählt, sie habe die Fahrkarten von ihm gekauft! Na, das war ja etwas! Das musste er sofort nachprüfen. Der Maître des Hotel Nord hatte ihm doch am Abend zuvor erklärt, dass man bei der Registrierung in der Eingangshalle nach der Anwesenheit von Gästen fragen konnte. Wie hieß der Rabbi nur noch gleich? Borowskij? Nein. Gorkowskij? Auch nicht. Aber so ähnlich. Bor... Bor... Borkowskij. Das war sein Name! Zweimal Borokowskaja. Das müsste doch zu überprüfen sein. Und wenn er sie fand, dann konnte sich die kleine Ljuba auf etwas gefasst machen! Abrupt wandte sich Semjonow von dem Musikpavillon ab und schritt zielstrebig zur Empfangshalle.

9:45 Uhr

Ein leises Stöhnen entwich David, nachdem wieder nur eine Krankenschwester in den kahlen Warteraum geblickt und sogleich wieder verschwunden war. Auf den Arzt wartete er wohl schon über zwei Stunden vergeblich. Dabei hatte er so sehr gehofft, ihn gleich am Morgen vor dem Frühstück anzutreffen und Auskunft über Mashels

Zustand zu erhalten. Je länger sich diese Ungewissheit hinzog, desto verunsicherter fühlte sich David. Dazu war die Nacht schrecklich gewesen. Blutrünstige Träume hatten ihn heimgesucht. All seine eigenen Ängste hatten ihn gejagt. Durch die verwüsteten Gassen von Kischinjow, bedeckt von den Splittern der eingeschlagenen Fenster und Türen. Entsetzliche Schreie hatten in seinen Ohren widergehallt. Dazwischen immer wieder die mahnende Stimme seiner Mutter: Kümmere dich um deinen Bruder! Vermischt mit der ruhigen, ernsten Stimme der Alten: Asher braucht dich, David!

Sein Magen knurrte. Es war lange her, seit er das letzte Mal gegessen hatte. Noch nicht einmal einen Becher Tee hatte er am Morgen zu sich genommen. Wenn er bis zum Mittag nicht mit dem Arzt gesprochen hatte, würde er einfach zum Speisesaal gehen und etwas essen. Alles war so schrecklich ungewiss. Was fehlte Mashel nur? Warum sprach keiner mit ihm? Was sollte nun mit ihrer Reise werden, wenn Mashel hier eingesperrt blieb? Am Mittwoch sollte doch ihr Schiff, die »Batavia«, bei Hochwasser auslaufen. Da mussten sie mit! Nicht nur, weil er seiner Tante Rahel telegraphiert hatte, dass sie mit diesem Schiff ankommen würden, sondern weil auch Dascha auf der »Batavia« reisen sollte. Und mit Dascha wollte er reisen. Sie war die Frau, die er sich an seiner Seite wünschte, mit der er sein Leben verbringen wollte. Sie war seine Zukunft, seine Hoffnung.

»Zusmann!« Eine Krankenschwester steckte wieder ihren Kopf durch die Tür, musterte David kurz und trat dann einen Schritt auf ihn zu. »Der Herr Doktor Goldberg hat jetzt einen Augenblick Zeit für Sie. Folgen Sie mir bitte.«

Beklommen folgte David der Schwester über den dunklen Flur hin zu einem engen Büro, in dem ein kleiner, rundlicher Mann mittleren Alters an einem mit Unterlagen bedeckten Schreibtisch saß und konzentriert in einer Akte las.

»Herr Doktor, ich bringe Ihnen den Herrn Zusmann.«

Ohne den Blick zu heben, murmelte der Arzt ein knappes »Danke, einen Moment noch« und fuhr mit seiner Lektüre fort.

David schaute sich im Raum um. Ein nüchternes Büro mit zwei Regalen an den Wänden sowie zwei Spinden, die mit Vorhängeschlössern gesichert waren. Das Fenster war zur Hälfte von Vorhängen verdeckt, um das grelle Sonnenlicht abzuschirmen. Dadurch entstand ein wildes Spiel von Licht und Schatten im Raum, das auch die Erscheinung des Arztes bestimmte. Ein Lichtstreifen lief wie ein Ordensband über seine Schulter und die Brust und streifte auch die Akte, die er in der Hand hielt. Staubkörner tanzten im Licht.

Abrupt legte der Arzt die Akte nieder und musterte David.

»Sprechen Sie Deutsch?«

»Ein klein bisschen verstehen.«

»Hm. Jiddisch?«

»Ja.«

»Nun gut«, setzte der Arzt das Gespräch auf Jiddisch fort. »Sie sind der Bruder von Asher?«

»Ja, Herr Doktor? Was fehlt ihm denn?«

»Wo sind Ihre Eltern?«

David senkte den Blick, schluckte. »Sie sind beide tot.«

»Mein Beileid. Woher kommen Sie?«

»Aus Kischinjow.«

»Ich verstehe.« Zum ersten Mal sah Doktor Goldberg David direkt in die Augen. »Das erklärt so einiges. Aber es hilft auch nicht weiter.«

»Was meinen Sie damit? Was fehlt meinem Bruder? Hat er Typhus? Können wir am Mittwoch weiterreisen? Es ist so wichtig für uns. Unsere Tante erwartet uns und …«

»Ihr Bruder Asher steht unter Quarantäne und wird am Mittwoch mit Sicherheit nicht auf das Schiff können.«

Die Worte trafen David wie ein gewaltiger Faustschlag in den Magen. Die Luft blieb ihm weg und Schwindel packte ihn.

»Was hat er denn? Typhus?«

Doktor Goldberg seufzte und schüttelte den Kopf. »Das lässt sich nicht mit Sicherheit ausschließen. Darum behalten wir ihn hier.«

»Aber! … Aber wir müssen doch auf das Schiff! … Sie können doch nicht …«

»Oh, doch, wir können, Herr Zusmann. Und seien Sie froh, dass wir das tun und nicht die Amerikaner. Wenn Ihr Bruder in seinem jetzigen Zustand überhaupt lebend dort ankäme.«

David musste würgen und hielt sich vorsichtshalber die Hand vor den Mund.

»Hören Sie mir gut zu, Herr Zusmann«, setzte Doktor Goldberg mit leiser, eindringlicher Stimme nach. »Ich persönlich glaube nicht, dass Ihr Bruder an Typhus erkrankt ist. Aber unverkennbar leidet er an einem Nervenfieber. Im Fiebertraum schreit und windet er sich, ruft immer wieder nach seiner Mutter.« Er hielt einen Moment inne und prüfte mit einem kurzen Blick, ob jemand an der offenen Tür war. »Die Familie meiner Mutter stammt aus Kischinjow. So ist mir nicht verborgen geblieben, welche Gräueltaten dort an den Juden verübt wurden. Ihr Bruder hat mit Sicherheit Erfahrungen gemacht, mit denen er nicht zurechtkommt und die jetzt durchaus ursächlich für seine Erkrankung sein können. In der Medizin sprechen wir bei so etwas von einem Trauma. Glauben Sie mir, junger Mann, Ihr Bruder braucht zunächst Ruhe und Stabilität sowie ihn liebevoll stützende Menschen fest an seiner Seite.«

»Aber unsere Fahrkarten …«, stammelte David verzweifelt.

»Das ist nicht die Angelegenheit der Beobachtungsstation.«

David starrte den Arzt entsetzt an. »Aber die verfallen doch!«

Doktor Goldberg räusperte sich lautstark und fuhr dann in geschäftigem Ton fort: »Wenn Sie nichts unternehmen, dann wird das passieren, Herr Zusmann.«

»Aber was soll ich unternehmen?«

»Nun, Sie hatten ja noch keinen weiteren Kontakt zu ihrem Bruder seit der Erkrankung, nicht wahr?« Ohne auf Davids Antwort zu warten, fuhr er fort: »Darum werde ich Ihnen jetzt auch keine Erlaubnis erteilen, zu Ihrem Bruder zu gehen. Regeln Sie zunächst Ihre Angelegenheiten. Lassen Sie Ihre Fahrkarten umschreiben.

Ich empfehle Ihnen einen Reisetermin in zwei Wochen. Telegraphieren Sie Ihrer Tante, kümmern Sie sich um die Ihnen entstehenden Mehrkosten hier in der Auswandererstadt. Und dann kommen Sie wieder her und unterstützen Ihren Bruder bei der Genesung.«

David starrte den Arzt mit weit aufgerissenen Augen an. Aber zugleich fühlte er tief in seinem Inneren, dass er gerade ein Geschenk erhielt, dessen Ausmaß er noch nicht erfassen konnte. Doktor Goldberg zog seine Taschenuhr aus dem Kittel. »Meine Zeit ist begrenzt, Herr Zusmann. Ich habe noch wichtige Termine vor mir. Viel Erfolg! Auf Wiedersehen.«

Geräuschvoll schob er seinen Stuhl zurück und wies David mit einer deutlichen Geste aus dem Büro.

Wie in Trance lief David über den dunklen Flur, während in seinem Kopf all die Träumereien von einer strahlenden Zukunft, die er in den vergangenen Monaten als Lebenshalt entworfen hatte, zerstoben.

Und jetzt genug, entlauf, du Mensch, entlauf auf ewig!
In öde Wüste lauf – und werde irr!
Zerreiß in tausend Stücke deine Seele
und wirf dein Herz wilden Hunden vor.

Er verließ die Beobachtungsstation und trat hinaus in den grellen und heißen Sommertag.

11:15 Uhr

»Mit diesem Dampfkraftwerk, meine Herren, sehen Sie ein wahres Meisterstück deutscher Ingenieurskunst. Das Kraftwerk ist so potent, dass es nicht nur die gesamte derzeitige Anlage samt Notbaracken zuverlässig beheizt und elektrisch beleuchtet, auch der enorme Ausbau der Anlage mit seinen sechs neuen Pavillons wird dem Kraftwerk keine Probleme bereiten. Auch die beiden Großküchen sowie die Desinfektionsgeräte werden einwandfrei und sicher mit Dampf betrieben.« Generaldirektor Ballin nickte wissend zu den Ausführungen des technischen Oberinspektors der Auswandererhallen und tupfte sich dezent einen Schweißtropfen von der Stirn. Der Besuch zählte ein Dutzend Herren, einige Sekretäre und andere Helfer als Entourage. Die wichtigsten Gäste waren der Generaldirektor persönlich sowie der für die Hamburger Auswandererhallen im Stadtrat verantwortliche Ratsherr Doktor Stahmer. Sie hatten bereits in der prallen Vormittagssonne die Baustelle für die sechs neuen Pavillons inspiziert und sehnten sich nun sichtlich nach etwas Kühle im Gebäudeinneren. Der Betriebsraum des Dampfkraftwerks war das genaue Gegenteil.

Kiliszewski warf verstohlen einen Blick auf seine Taschenuhr. Noch eine Dreiviertelstunde mussten sie durchhalten, bis endlich das Mittagessen im Hotel Nord stattfand und der hohe Besuch dann nach Kiliszewskis

Vortrag, den er extra kurz zu halten gedachte, in Würde verabschiedet werden konnte. Durch das offene Fenster drangen immer wieder Musikfetzen der Kapelle, die heute besonders schmissig ihre Stücke spielte.

»Das sind erfreuliche Mitteilungen, Herr Oberinspektor Sandmann. Bei der enormen Gesamtinvestition von drei Millionen Reichsmark, die die Errichtung der Auswandererhallen 1901 gefordert hat, ist hier das Geld tatsächlich mit Weitblick und Verstand eingesetzt worden. Nicht auszudenken, wenn nicht nur die Bettenanzahl zu gering kalkuliert worden wäre, sondern auch das gesamte Versorgungssystem. So haben wir wenigstens die berechtigte Hoffnung, dass sich die erneuten Investitionen auf die Pavillons beschränken können und nicht auch noch eine ganz neue Infrastruktur aufgebaut werden muss.«

»Am Dampfkraftwerk soll eine Kostensteigerung nicht liegen, verehrter Herr Generaldirektor. Wenn es Ihnen recht ist, führe ich Ihnen auch gerne die Desinfektionsanlagen vor. Auch ihre Kapazität ist noch nicht voll ausgeschöpft. Sonst könnten wir aus hygienischer Sicht die seit Wochen anhaltende Überbelegung der Hallen nicht verantworten.«

»Gut so, Herr Sandmann. Aber ich schlage doch vor, dass wir zunächst lieber einen kühleren Ort aufsuchen.«

Doktor Stahmer nickte Ballin zustimmend zu und der Verwalter Allen tat durch sein Räuspern kund, dass er einen Vorschlag zu unterbreiten hatte. »Die Speisesäle würden sich dafür anbieten, meine Herren. Noch sind sie für unsere Gäste geschlossen, und so könnten die Herren auch noch einen Blick in die beiden Großküchen werfen. Schließlich war es ja Ihr ganz besonderer Verdienst, hoch verehrter Herr Generaldirektor, dass die Hamburger Auswandererhallen über eine koschere Küche verfügen und so vor allem jüdische Gäste sehr gewinnbringend anziehen konnten.«

»Ja, das war wirklich ein Geniestreich, lieber Herr Ballin«, ließ sich Doktor Stahmer vernehmen. »Damit haben Sie den Bremer Lloyd deutlich abgehängt, was die prozentuale Zuwachsrate angeht. Gerade seit dem vergangenen Jahr haben wir enorme Steigerungen jüdischer Auswanderer durch den Hamburger Hafen zu verzeichnen. Ein erfreulicher Gewinn, nicht nur für die HAPAG, sondern auch für Hamburg, da die Stadt ebenfalls profitiert.«

Ballin nickte zufrieden und die kleine Gesellschaft steuerte auf der von Menschen überfüllten Allee auf die Speisesäle zu. Wachmann Schmidt, den Kiliszewski als Begleitschutz für den Besuch abgestellt hatte, bemühte sich, ihnen den Weg zu bahnen.

»Ja, Herr Doktor Stahmer, einhundertfünfzig Menschen beschäftigen wir hier in der Auswandererstadt«, klärte der Verwalter Allen seinen hohen Gast auf dem kurzen Weg auf. »Wir bemühen uns dabei, auch Arbeitskräfte von der Veddel selbst zu beschäftigen. Fast die Hälfte der Leute wohnen hier auf der Veddel. Vor allem die Putzfrauen und auch einige der Küchenhilfen kommen aus dem Viertel. So konnten wir dem schwelenden Ärger der Anwohner über die Anlage Einhalt gebieten, profitieren sie so doch auch von ihr.«

»Ich weiß, Herr Allen, wegen der Ausgangssperren für die russischen Auswanderer gibt es immer wieder Ärger.

Aber die Leute haben doch soundso kaum Geld, das sie in den hiesigen Läden lassen könnten. Die Gefahr und die Schäden für die Allgemeinheit wären bei der Aufhebung der Beschränkung eindeutig höher als eventuelle Gewinnsteigerungen des örtlichen Einzelhandels.«

Im Speisesaal war es angenehm kühl und leer. Vor der Essensausgabe reihten sich die Mitarbeiter der Küche in frisch gestärkten Schürzen und Kochmützen auf und grüßten mit höflichem Knicks und Diener den Generaldirektor, ihren Arbeitgeber. Kiliszewski sah sich verstohlen um. Tatsächlich unterstanden nur der Hafenarzt Meier, der Ratsherr Stahmer und er selbst nicht Ballin, dafür Meier und er in gewisser Weise dem Ratsherrn. Und Stahmer wiederum war auf die wirtschaftliche Potenz der HAPAG angewiesen, die der Stadt reichlich Steuern einbrachte. Bei Albert Ballin liefen alle Fäden zusammen. 1899 war er Generaldirektor der HAPAG geworden und hatte das Unternehmen innerhalb von nur einem Jahr zur größten Reederei der Welt gemacht, die Liniendienste zu allen Kontinenten der Erde unterhielt. Patriarchalisch lenkte Ballin die Geschicke der HAPAG nunmehr seit sieben Jahren sicher durch die unruhigen Zeiten und gab über zehntausend Menschen eine anständig bezahlte Beschäftigung. Das war schon etwas, worauf man stolz sein konnte. Sogar der Kaiser trank ab und an mit Ballin eine Tasse Tee, munkelte man in der Verwaltung.

Während der Küchenchef noch die Kapazitäten der Küche erläuterte – bis zu dreitausend Gerichte ließen sich in ihr pro Mahlzeit bereiten – und die hochmoderne Kartoffelschälmaschine lobte, kam auch der vom Oberrabbiner bestellte Beschauer für die jüdischen, koscher zubereiteten Speisen aus der Küche zu dem Kreis hinzu. Ballin begrüßte ihn ausdrücklich und hob bei dieser Gelegenheit noch einmal deutlich hervor, dass gerade das Angebot der koscheren Verpflegung ein ganz erheblicher Vorteil der Auswandererhallen war und sich damit die Unterbringung in Hamburg vor anderen Hafenstädten auszeichnete.

»Dies ist allerdings mehr als nur ein Standortvorteil, meine Herren«, dozierte Ballin mit lauter Stimme. »Entscheidend ist vor allem die Achtung der Würde der Menschen. Und Sie sehen: Achtet man diese, so kommen auch die Menschen, und mit ihnen der finanzielle Profit. Aber wir wollen natürlich nicht vergessen, dass auch die besorgniserregenden politischen Umstände in Russland die Zuwachsraten der HAPAG begünstigt haben.«

Zustimmendes Murmeln unter den Gästen. Die Gesellschaft verließ wieder den Speisesaal, um sich nun entlang der Polizeiwache zum Hotel Nord zu begeben. Kiliszewski, dessen Auftritt näher rückte, trat auch schon mal ein paar Schritte näher an den Generaldirektor heran. Es war eine günstige Gelegenheit, quasi nebenbei mit Ballin zu sprechen, und Kiliszewski wusste, dass gerade solche beiläufig geäußerten Dinge oft viel wirkungsvoller als die offiziellen Mitteilungen waren.

»Sie sprachen gerade im Speisesaal wahre und wichtige Worte über die Würde der Menschen, Herr Generaldirektor Ballin«, suchte Kiliszewski das Gespräch. »Zurzeit ist jedoch die Würde der Menschen in den Auswandererhallen arg strapaziert. Alle Pavillons wie auch die Baracken sind seit mehreren Wochen schon zwei- bis dreifach überbelegt, was sich nicht nur auf die sanitären Anlagen überaus negativ auswirkt. Mit Verlaub: Es stinkt zum Himmel. Die Küche kann zwar genügend Essen zubereiten, aber die Speisesäle haben nicht genug Sitzgelegenheiten. Auch der insgesamt zur Verfügung stehende Raum in der Anlage reicht nicht aus für so viele Menschen. Als leitender Polizeibeamter der hiesigen Wache muss ich ausdrücklich darauf hinweisen, dass die derzeitigen Zustände sowohl für die Gäste wie auch für die Mitarbeiter hier vor Ort eine Zumutung sind.«

Doktor Stahmer, der neben Ballin ging, warf Kiliszewski einen strengen Blick zu und wollte schon einschreiten, doch Ballin winkte ab.

»Herr Kommissar Kiliszewski, ich verstehe Sie. Sie tragen die Verantwortung für Ihre Schutzmänner sowie für den reibungslosen Betrieb der Hallen. Und nun mussten wir heute feststellen, dass auf der Baustelle wiederholt Baumaterial gestohlen wurde, die Verwaltung dem Ansturm an Anfragen unserer Gäste kaum nachkommt und auch Herr Doktor Meier«, Ballin deutete auf den für die Auswandererstadt verantwortlichen Hafenarzt, der ein paar Schritte hinter ihnen ging, »täglich Mängel auf hygienischer wie medizinischer Ebene gemeldet bekommt. All diese Bereiche fallen letztlich in Ihre Verantwortung, Herr Kommissar.« Ballin schaute Kiliszewski direkt in die Augen. Dem lief ein kalter Schauer über den Rücken. Ja, das stimmte. Es lag an ihm, den wilden Auswüchsen stärker Einhalt zu gebieten. Doch ständig machten ihm die höheren Stellen Druck, sei es Stahmer, sei es der Polizeipräsident Roscher, der im Görtz-Palais auf dem Neuen Wall, gleich um die Ecke vom Rathaus saß. Kiliszewski schluckte trocken.

»Und Sie meistern Ihre Verantwortung ausgezeichnet«, fuhr Ballin mit ruhigem Ton fort. »Wir leben in unruhigen, herausfordernden Zeiten. Doch Sie, Herr Kommissar Kiliszewski, schaffen es, dass diese Auswandererhallen trotzdem ein Hort der Sicherheit sind, auf den die Stadt Hamburg und ihre Bürger sich verlassen können. Ich weiß nur zu gut, wie es sich anfühlt, Herr Kommissar Kiliszewski, wenn man seinen eigenen Ansprüchen nicht genügen kann. Auch wenn die Welt da draußen ganz zufrieden zu sein scheint mit dem, was man leistet, so reicht es doch noch lange nicht, um seinen persönlichen Maßstäben gerecht zu werden.« Ballin machte eine kurze Pause. »Ich, Herr Kommissar, will diese Auswandererstadt so vergrößern, dass wir auch weiterhin bei steigender Gästezahl die Würde dieser Menschen wahren können. Je schneller und besser wir den Ausbau der Hallen umsetzen, umso eher erreichen wir erneut diesen Zustand. Und Sie, Herr Kommissar Kiliszewski, sind dank Ihrer hervorragenden Arbeit ein wichtiges Glied auf dem Weg zum Erfolg.«

12:10 Uhr

Wo blieb sie nur? Unruhig schaute Ljuba immer wieder zur Tür des Tagesraumes ihrer Baracke. Hier war nicht so viel los um diese Zeit. Die meisten waren bereits zum Mittagessen gegangen, zwei junge Mütter saßen noch mit ihren Säuglingen in der hinteren Ecke des Raumes und stillten sie. Eine ältere Frau kramte in ihrem Seesack und murmelte dabei die ganze Zeit: »Es muss hier doch irgendwo sein …«

Der Tagesraum schien Ljuba der sicherste Ort zu sein, um nicht Semjonow in die Arme zu laufen. Zwar wurde die Luft hier langsam stickig, weil die Sonne schon seit Stunden auf das Wellblechdach knallte, aber wenigstens war es schattig und ruhig. Aus dem Schlafsaal waren das Klappern der Eimer und das rhythmische Fegen der Besen zu hören. Die Putzkolonne, bestehend aus drei Frauen in Ljubas Alter, war dort am Werk. Gleich würde sie sich auch den Tagesraum vornehmen und die hier verbliebenen Frauen solange hinausschicken.

Obwohl es Mittagszeit war, hatte Ljuba keinen Hunger. Die morgendliche Übelkeit war immer noch nicht vergangen. Seit Wochen quälte sie Ljuba schon. Sie schob es auf die Anstrengungen der schier endlos scheinenden Reise. Drei Monate waren sie jetzt schon unterwegs. Denn schon zwei Monate hatten sie gebraucht, um endlich an die russisch-deutsche Grenze bei Eydtkuhnen zu gelangen. Und dort hatten sie noch einmal gut zwei Wochen warten müssen, bis sich eine günstige Gelegenheit ergeben hatte, um unbemerkt über die Grenze zu kommen. Schließlich hatten sie keine Pässe. Mitten im Juni waren die Nächte so hell und kurz, dass es nicht leicht war, eine Lücke zwischen den Kontrollen der russischen Grenzkosaken zu finden. Ein dreifacher Kordon sicherte die russische Grenze zum Deutschen Reich, denn der Zar ließ seine Untertanen nicht freiwillig gehen. Bereits sechs Meilen von der Grenze entfernt wurden alle Dörfer und Städte von Soldaten patrouilliert, die die Papiere von jedem überprüften, der auch nur einen Sack bei sich trug. Ein zweiter Kordon von Soldaten sicherte den Grenzraum drei Meilen von der Grenze entfernt. Die patrouillierten auf sämtlichen Wegen und überprüften jeden, der ihnen in die Finger kam. Nur abseits der Wege, am besten durch das Unterholz des Waldes, entging man ihnen. Noch jetzt spürte Ljuba die Brombeerdornen, die ihr Striemen über die Waden gezogen hatten. Der dritte Kordon war dann die Grenzwache selbst. Hier gab es berittene Kosaken, die den Flüchtenden nachjagten und sie mit der Knute zurücktrieben. Ljuba und Dascha passierten auch diese Grenzen durch einen dichten Wald. Vier Tage harrten sie dort im Unterholz aus, warteten auf den Neumond, um wenigstens ein paar Stunden sichere Dunkelheit zu haben. Gemeinsam mit zwei weiteren Familien schlichen sie sich schließlich durch die Dunkelheit, zehn Leute insgesamt. Auf dem Grenzstreifen selbst war der Wald gerodet und ein Fahrweg angelegt. Sie hatten großes Glück, denn einige Hundert Schritte entfernt von ihnen versuchte eine andere Gruppe ihr Glück, wurde aber aufgebracht und lenkte somit die Grenzwachen von ihnen ab. Ljuba rannte so schnell wie noch nie in ihrem Leben. Trotzdem fiel sie hinter den anderen zurück. Schließlich packte Dascha sie und schleppte sie die letzten Dutzend Schritte mit sich. Erschöpft und mit rasenden Schmerzen in ihrem Bein blieb sie im sicheren preußischen Unterholz des Waldes liegen. Die anderen ihrer Gruppe waren noch in der Nacht weiter nach Eydtkuhnen gezogen, sie erst am nächsten Tag. Die gut zwei Meilen bis ins Lager von Eydtkuhnen hatte Dascha Ljuba gestützt. Ohne sie hätte Ljuba es nicht bis dorthin geschafft. Und auch jetzt, das fühlte Ljuba deutlich, mochte sie einfach nicht mehr weiter. Und konnte wohl auch nicht mehr. Aber es gab kein Zurück. Es gab keinen Ort, wohin sie sonst gehen könnten. Nur das Schiff. Nur Amerika. Und nach allem, was die Leute hier redeten, sollte die Grenze dort noch viel schlimmer sein als die russische.

»Du hast mich angelogen!« Wie aus dem Nichts stand Dascha auf einmal vor ihr mit vor Wut und Enttäuschung blitzenden Augen. »Er hat sie dir nicht verkauft! Hast du sie etwa gestohlen? Du bist schuld, wenn jetzt alles zu Ende ist!«

Ljuba schnappte nach Luft. »Wovon redest du?«

»Wovon ich rede? Von den Fahrkarten! Ich habe mit Michail Abramowitsch gesprochen. Er hat dir die Fahrkarten nicht verkauft. Du hast mich angelogen! Du hast mich durch deine Lügen in diese schreckliche Situation gebracht! Ich habe dir vertraut! Sonst hätte ich auch kein Wort von den Fahrkarten gesagt. Aber du …!«

Ljubas Herz schlug immer schneller und ihr Atem kam nicht mehr nach. Keine Luft. Um sie herum flimmerte es, alles begann, sich aufzulösen. Ihre Tochter entglitt ihr, ihre Geschichte entglitt ihr. Welche Geschichte? Gab es eine Geschichte? Ein Zittern packte ihren Körper, dann erschlafften mit einem Mal ihre Muskeln und sie sank in sich zusammen. Das Flimmern hörte auf. Alles war schwarz und still.

Ein beißend-stechender Geruch zerrte sie zurück und sanfte Ohrfeigen strichen über ihre Wangen. Mühsam öffnete Ljuba die Augen – und sah direkt in Likas Gesicht. Die hielt ihr ein kleines Fläschchen unter die Nase, aus dem der stechende Geruch drang. Lika griff sie am Arm und setzte sie so auf, dass sie sich gegen die Wand lehnen konnte. Fragend, flehend schaute sie der Alten ins Gesicht.

»Du bist ohnmächtig geworden. Du solltest besser auf dich aufpassen. Und der Wahrheit endlich ins Auge sehen.«

»Der Wahrheit?«, flüsterte Ljuba.

»Du bist schwanger.«

12:20 Uhr

ERSTARRT SCHAUTE DASCHA ihre Mutter an. Schwanger! Kein Zweifel regte sich in ihr, vielmehr rückten auf einmal all die Mosaiksteinchen an ihren Platz und das Bild wurde klar. Alles passte: die Müdigkeit, die Übelkeit, die Schmerzen, die Angst, der Preis für die Fahrkarten.

Wortlos drehte sie sich um und verließ den Aufenthaltsraum.

Das flehende »Dascha, so bleib doch, warte doch, Dascha …« verhallte unter ihren Schritten. Es gab kein Warten, kein Bleiben mehr. Weg musste sie. Nur weg!

Die Tür fiel hinter ihr ins Schloss und sie atmete die heiße, staubige Sommerluft. Es war besser, als Lügen zu hören. Ihre Füße setzten sich in Bewegung. Ziellos, einfach getrieben von dem brennenden Schmerz in ihrer Brust. Sie sah die Menschen nicht, an denen sie vorüberlief, sah kaum den Weg vor sich. Weg, nur weg von hier. Tränen füllten ihre Augen, nahmen ihr die klare Sicht. Alles verschwamm ineinander. Wie auch ihre Gedanken und Gefühle. Was für ein Verrat! Von Anfang an hatte ihre Mutter sie belogen. Die ganze Reisegeschichte eine Lüge. Und jetzt das noch: schwanger! Wie eine Hure hatte sie die Fahrkarten erworben. Und bezahlt mit einer Schwangerschaft! Wie wollte sie damit nach Amerika? Und wie eine Arbeit finden? Missbraucht hatte sie Dascha. Ihr Vertrauen, ihre Liebe missbraucht. Ohne Dascha wäre sie schon anfangs hinter Wolossowo nicht auf den Zug nach Reval gekommen. Sie hätten die russische Grenze nicht überwunden, und das deutsche Grenzlager in Eydtkuhnen hätte sie ohne Daschas Hilfe kaum in Richtung Berlin verlassen. Dascha hatte ihre Mutter die drei Tage vollständig versorgt, während sie dort auf einen freien Platz in einem Zug nach Berlin warteten. Ihre Mutter hatte fast die ganze Zeit auf ihrer Pritsche gelegen, von Übelkeit und Schmerzen in ihrer Hüfte außer Gefecht gesetzt. Dascha hatte das Essen organisiert und auch die Billets, die die Mutter ihr gegeben hatte, mit viel Müh und Not sowie einem unschuldigen Augenaufschlag und freundlichen Lächeln letztendlich ohne Aufpreis gegen die nötigen Fahrscheine bei einem HAPAG-Agenten eingetauscht. Der hatte ihr zwar immer wieder gesagt, dass die Billets nicht vollständig bezahlt seien, irgendwann aber Daschas hartnäckigen Bitten nachgegeben und ihr die Fahrkarten ausgestellt. Als sie dann endlich Tage später in Berlin, oder vielmehr in Ruhleben, dem Auswandererbahnhof, der inmitten von Kartoffelfeldern außerhalb der Stadt lag, ankamen, ging es ihrer Mutter zwar körperlich wieder besser, dafür wurde sie aber stärker von Angst gequält. Ohne Dascha hätte sie die Desinfektionsprozedur auf dieser Kontrollstation kaum durchgestanden. In scharfem Ton, der eher an ein Zuchthaus als an einen Bahnhof erinnerte, wurden sie aus ihren Wagons der vierten Klasse heraus in ein einzeln stehendes Haus in einen großen Raum getrieben. Von dort aus ging es dann unter der Leitung von weiß gekleideten Männern und Frauen auf den Hof hinaus, wo sie in Eile ihr Gepäck auf einen Haufen werfen und gleich weiter nach Geschlecht getrennt in einen engen Raum mit einem großen Kessel mussten. Als die weiß gekleideten Frauen sie anraunzten, dass sie sich schleunigst ausziehen und duschen sollten, fing ihre Mutter an zu zittern und zu schluchzen. Dascha musste sie halten und ihr wie einem kleinen Kind gut zureden, dass alles schon in Ordnung sei. Es half nichts. Erst als eine der weißen Wärterinnen auf sie zukam und barsch in gebrochenem Russisch fragte, ob sie etwa krank sei, riss sie sich endlich zusammen und entkleidete sich. Dascha suchte ihr die desinfizierten Kleider aus dem großen Haufen heraus, in dem die Frauen hastig nach ihren Sachen wühlten. Ljuba stand nur apathisch daneben. Und hätte Dascha sie nicht am Arm gepackt und wieder mit in den Zug gezogen, so wäre sie dort vielleicht einfach stehen geblieben.

»Pass auf, wo du hinläufst, Mädchen!« Ein Mann hielt Dascha am Arm fest, nur einen Schritt vor einer nachlässig gesicherten kleinen Baugrube.

»Oh, danke!« Ja, sie musste aufpassen, wohin sie lief. Einfach nur weg war keine Lösung, sondern nur ein erster Schritt. Hinaus aus der Lüge, hinein in die Wahrheit, in ihre eigene, neue Zukunft. Sie musste zu David. Wer sonst könnte sie retten aus dieser furchtbaren Verstrickung?

13:10 Uhr

»Fräulein, bringen Sie mir noch einen Kaffee.«

»Sehr wohl, Herr Generaldirektor«, piepste die kleine Marlene vor Aufregung. Jan Nowak hatte sie als Vertretung eingeteilt, weil das Mädchen so gerne einmal den Herrn Generaldirektor sehen wollte. Und da sie ihre Arbeit gut machte und bereits in ihrem dritten Lehrjahr war, hatte er ihrem Wunsch nachgegeben. Nowak hielt sich nahezu unsichtbar im Hintergrund des Geschehens, war eher darauf bedacht, seine Leute von hier aus dezent zu steuern und das synchrone Auftragen der Gänge zu dirigieren, anstatt selbst Hand ans Geschirr zu legen. Alles war bisher einwandfrei gelaufen. Lautlos und zuvorkommend hatten die vier Kellner die drei Gänge auf- und wieder abgedeckt. Nun saßen die Herren bei Kaffee und Gebäck und besprachen die Eindrücke des Vormittags.

»Doch, meine Herren, dieser Besuch bestätigt mir erneut, dass unsere Investitionen in diese Hallen goldrichtig sind. Natürlich ist der Kostenfaktor für die HAPAG enorm und wird deutlich in der Jahresbilanz zu Buche schlagen. Aber wenn eine großzügige Toleranz bei den derzeitigen Höchstgrenzen der Belegung gegeben ist, so können wir wenigstens im laufenden Geschäft zusätzliche Einnahmen verbuchen.« Ballin blickte auf seine leere Kaffeetasse hinunter und sah sich dann mit einem ungeduldigen Stirnrunzeln nach der Kellnerin um. Die zuckte leicht zusammen, griff mit zitternder Hand nach dem kleinen Silbertablett, das auf der Theke stand.

»Natürlich muss in so einer Situation der Überbelegung absoluter Verlass auf das Personal und die einwandfreie Verwaltung sein, um die gebotene Ordnung hier im Lager … äh, ich meine hier in der Stadt zu gewährleisten, Herr Allen.«

»Selbstverständlich, Herr Generaldirektor. Da können Sie sich ganz auf uns verlassen.« Während der Verwalter Allen nun minutiös darlegte, wie hervorragend seine Leute arbeiteten, folgten Jan Nowaks Blicke der kleinen Marlene, die mit dem silbernen Kaffeetablett durch den Saal zu dem Tisch der Ehrengäste hastete. Er sah die Kante des Läufers auf ihrem Weg, noch bevor sie ihren Fuß darauf absetzte – vielmehr nur knapp darauf – und sprang bereits vor, als sie stolpernd strauchelte. Mit sicherem Griff, durch jahrelanges Training auf schwankenden Schiffen geschult, packte Nowak stützend ihren Arm und verhinderte so, dass sie der Länge nach auf das Parkett stürzte. Nicht mehr verhindern konnte er jedoch die von ihrer Untertasse herunterrutschende Kaffeetasse, deren heißer schwarzbrauner Inhalt seine weiße Uniformjacke besudelte.

Das scheppernde Geschirr lenkte die Blicke der Gäste auf die Szenerie.

»Da spricht man von hervorragend geschultem Personal, und was muss man sehen?«, echauffierte sich Allen. »Ein ungeschicktes Serviermädchen und einen bekleckerten Oberkellner. Sorgen Sie dafür, Nowak, dass augenblicklich ein anständiger Ober den Kaffee bringt, und dann gehen Sie und ziehen sich um.«

Ganz ruhig nahm Jan Nowak der zitternden Marlene das Tablett ab und stellte schweigend die Kaffeetasse zurück auf ihre Untertasse. »Es tut mir so schrecklich leid«, flüsterte ihm die Kleine zu, aber er winkte mit einem leichten Kopfschütteln ab und deutete ihr wortlos an, ihm hinaus aus dem Saal zu folgen.

Innerlich aber tobte es in ihm. Seit über zwanzig Jahren schon arbeitete er für die HAPAG. Von der Pike auf hatte er sein Handwerk gelernt. Und er wusste, dass jedem, ja wirklich jedem mal ein Fehler passierte. Denn nur aus Fehlern lernte man. Sich hier aber, vor diesen hohen Herren von dem Verwalter Allen herunterputzen zu lassen, das ging zu weit. Er war kein Oberkellner, er war der Maître des Hotels. Seit dem ersten Tag, den dieses Haus seine Türen geöffnet hatte, sorgte er dafür, dass auch unter den unmöglichsten Umständen alles so reibungslos lief, wie es eben möglich war. Keine einzige Unverschämtheit ließ er den Angestellten durchgehen, doch für ein Missgeschick hatte er noch niemanden vor aller Augen bloßgestellt, geschweige denn beleidigt. Das Maß war voll. Es wurde Zeit, dass er ging, die HAPAG hinter sich ließ, bevor das Schicksal ihm einen noch deutlicheren Wink schickte.

15:20 Uhr

»Ach Junge, jetzt stehst du ja schon wieder hier. Also, ich habe gleich Feierabend. Hoffentlich hast du bis dahin alle deine Sachen beisammen, damit wir hier endlich mal zu Potte kommen.« Der Mann hinter dem Abfertigungsschalter im Empfangsgebäude der Auswandererhallen schaute David mit einer Mischung aus Ungeduld und Mitleid an. David verstand seinen breiten Hamburger Tonfall fast gar nicht, zumal seine Deutschkenntnisse im Wesentlichen vom Verkauf von Zigaretten auf Berliner Straßen herrührten. Schon zum vierten Mal war er jetzt an diesem Schalter, um die Fahrkarten für seinen Bruder und sich zu tauschen. Das erwies sich jedoch als weitaus schwieriger als gedacht. Die meisten Dampfer waren hoffnungslos ausgebucht, vor allem im Zwischendeck, für das seine Fahrkarten gültig waren. Geld, um stattdessen Kabinenplätze in der dritten Klasse zu kaufen, hatte er keines. Seine Reserven reichten mit Müh und Not, um die anfallenden Kosten für einen verlängerten Aufenthalt in den Auswandererhallen zu bezahlen. Pro Tag und Reisenden verlangten sie zwei Mark. Der Arzt hatte die Quarantäne für Mashel auf eine Woche festgesetzt. Das wäre der kommende Montag. Die früheste Möglichkeit, im Zwischendeck zu reisen, war allerdings erst kommenden Mittwoch. Das bedeutete achtundzwanzig Mark Zusatzkosten. Und wehe, es kamen noch Medikamente für Mashel dazu. Die letzten fünf Stunden hatte David damit verbracht, zunächst einmal seiner Tante ein Telegramm zu schicken, um die Verzögerung anzukündigen und sie um etwas Geld zu bitten. Dann hatte er bestimmt zwei geschlagene Stunden bei dem Büro des Komitees für russische Juden in der Schlange gestanden, um sich nach finanzieller Unterstützung zu erkundigen. Dort fühlte man sich allerdings nicht zuständig für seinen Fall, da seine Reise ja von seiner Tante aus New York organisiert war.

»Noch kein Geld für länger bleiben. Warten, Telegramm«, versuchte David, dem Mann hinter dem Schalter das Fazit seiner Bemühungen in gebrochenem Deutsch nahezubringen. Der schüttelte seufzend den Kopf.

»Kein Geld, kein Aufenthalt, mein Junge. Da kennt die HAPAG nix. Wir haben schon genug Theater mit denen von euch, die von den Amerikanern von Ellis Island zurückgeschickt werden. Von denen hat keiner mehr einen lausigen Pfennig, müssen aber trotzdem durchgefüttert und weitertransportiert werden.«

David verstand kaum, was der Mann sagte, merkte aber, wie langsam seine Kräfte schwanden. Er hatte heute noch nichts gegessen, außer seinen Traum, nach Amerika zu kommen. Zögernd griff er unter sein Hemd und zog eine feine Lederschnur hervor, an die zwei goldene Ringe geknotet waren. Wortlos hielt er sie dem Mann am Schalter hin. Der sah sie nur kurz an und schüttelte den Kopf.

»Bruder krank. Bitte …«

Der Mann schloss die Augen, atmete tief durch und schaute dann David direkt in die Augen.

»Hör zu, Junge, das ist hier keine Wechselstube, darum kann ich deine Ringe nicht annehmen. Aber ich habe ein Herz für dich.« Er holte einen Block mit Stempelkarten hervor, riss zwei Blätter ab und stempelte auf jeder Karte drei Tage frei. Dann schob er die Karten durch das Schalterfenster zu David.

»Damit hast du drei Tage mehr Zeit, das Geld für den verlängerten Aufenthalt zusammenzubekommen. Wenn du das Geld zusammenhast, kommst du wieder an meinen Schalter, bezahlst für diese drei und die dann noch fehlenden bis zu eurer Abreise.«

David ließ die Lederschnur mit den Ringen wieder unter sein Hemd gleiten und griff nach den Stempelkarten.

»Und jetzt brauch ich noch die Gutscheine für deine Fahrkarten, Junge, damit ich sie umschreiben kann. Sonst sitzt du wohlmöglich noch Weihnachten hier.«

»Fahrkarten?«

»Ja, deine Fahrkarten. Nu mach schon.«

David zog die Gutscheine für die Überfahrt aus dem Bündel Papieren in seiner Hosentasche und schob sie durch die Schalteröffnung.

»Na, mit der ›Batavia‹ wird das dann nix mehr. Aber am 11. Juli legt die ›Belgravia‹ ab. Und da gibt's auch noch zwei Plätzchen für euch im Zwischendeck.« Schwungvoll strich er die eingetragenen Reisedaten um und trug die neuen in der Zeile darunter ein. Dann stempelte er seinen Eintrag mit dem HAPAG-Siegel ab und schob den korrigierten Gutschein zurück zu David.

»So, und nun raus mit dir!«

David nickte dem Mann zu und murmelte: »Danke

schön.« Er stopfte die Papiere zurück in seine Hosentasche und verließ das Empfangsgebäude.

Er hatte es geschafft. Müde, erschöpft geradezu, trat er blinzelnd hinaus in die helle Nachmittagssonne. Nach fünf Stunden zähem Hin und Her hatte er die Abreise verschieben und den bezahlten Aufenthalt zumindest schon einmal bis zum kommenden Samstag verlängern können. Doch er fühlte keine Freude. Es war ein Kampf gegen seine eigenen Wünsche gewesen. Ein Kampf für seinen Bruder. Den hatte er nur durch die Scheibe gesehen. Sein ängstliches Gesicht, das zaghafte Lächeln. Er liebte ihn so sehr, seinen kleinen Bruder Asher. So lange hatte David den Namen nicht mehr ausgesprochen. Erst die Alte, die Heilerin, hatte ihn wieder hervorgeholt, indem sie seinen Bruder bei seinem Namen rief: Asher. Der Glückliche. Und er, David, war jetzt der einzige Mensch auf der Welt, der aus seinem kleinen Bruder Mashel einen glücklichen Asher machen konnte. Der Preis dafür war, seine eigenen Wünsche hintenanzustellen, wenn nicht sogar loszulassen. Er griff nach der Lederschnur um seinen Hals. Die Eheringe seiner Eltern. Sie waren sein Notgroschen, den er für das Schulgeld in New York hatte nutzen wollen. Nun würde er sie hier für die Unterkunft in der Auswandererstadt aufzehren. Für Mashel. Er schaute die Straße hinunter. Die Wechselstube war in dem Pavillon gleich unter der Kapelle. Wenn er Glück hatte, war der Wechsler noch da.

»David, endlich ...!« Wie ein bittersüßer Schmerz drang Daschas klare Stimme in sein Ohr und ließ sein Herz sich zusammenziehen. Er drehte sich zu ihr um und hielt sie schon in den Armen.

»Endlich, Liebster, ich habe dich schon den ganzen Tag gesucht. Wo warst du nur? Wie geht es Mashel?« Dascha drückte ihr Gesicht an Davids Hals. Er spürte ihren warmen Atem auf seiner Haut, roch ihren Duft. Noch bevor er antworten konnte, berührten ihre Lippen die seinen und verdrängten seine Worte.

»Es ist so viel passiert. Ich muss mit dir reden … Ich kann nicht länger mit meiner Mutter. Ich will mit dir sein, mit dir gehen, mein Leben mit dir verbringen … Ich …«

»Pscht. Lass uns aus der Sonne gehen und in Ruhe reden.«

David zog Dascha mit sich über die Hauptallee in Richtung einer schmalen, schattigen Gasse, die die Wäscherei von der Gepäckaufbewahrung trennte.

»Ich kann einfach nicht mehr weiter mit meiner Mutter. Ich will mit dir fahren, David.«

»Ich fahre nicht, Dascha.«

»Was?«

»Ich habe soeben die Fahrkarten getauscht. Mashel steht unter Quarantäne. Wenn alles gut geht, können wir eine Woche später aufbrechen.« David hörte seine eigene Stimme, die fest und deutlich jene Worte sprach, während in seinem Inneren seine Gefühle wie wild tobten. Doch in keiner Silbe, in keinem einzigen Zucken konnten sie sich Ausdruck verleihen. Es war, wie es war. Die Entscheidung war gefallen.

16:55 Uhr

Ljubas Augenlider flatterten. Auch ihr Herz schlug immer noch heftig gegen ihre Brust. Ja, Lika hatte die Wahrheit gesprochen, das fühlte sie im ganzen Körper. Und seitdem sie es sich nun vor ein paar Stunden eingestanden hatte, spürte sie auch alle Zeichen der Schwangerschaft mit einer solchen Intensität, dass sie kaum an etwas anderes mehr denken konnte. Neben ihr auf der Bank vor ihrer Baracke saß Lika. Immer wieder wanderte Ljubas Blick zu der alten Frau, die auf wunderbare Weise gar nicht alt aussah, sobald man sie genauer betrachtete. Lika schwieg und blinzelte in die Sonne, die langsam über das Dach der Nachbarbaracke zog und die Bank, auf der die beiden Frauen saßen, zunehmend in ihr Licht tauchte. Geduldig hatte Lika in den vergangenen Stunden Ljuba zugehört und all ihre aufkommenden Fragen beantwortet. Ja, die Schwangerschaft war schon zu weit fortgeschritten, um sie problemlos abzubrechen. Vor der Überfahrt wäre da nichts zu wollen. Und danach – wer konnte schon sagen, was nach der Überfahrt auf sie wartete.

Als Ljuba erneut ansetzte mit einem »aber vielleicht wäre es doch möglich …«, unterbrach Lika sie ruhig und bestimmt.

»Es soll so sein, Ljuba. Sonst wärest du jetzt nicht schwanger. All die Jahre vorher bist du es schließlich auch nicht geworden. Es soll so sein.«

»Aber warum? Warum von ihm? Diesem Grausamen? Wie kann er so weit noch nach mir greifen?«

»Weil du es zugelassen hast. Vielleicht ist das der wahre Preis, den du zu zahlen hast.«

»Ich will nicht mehr! Ich kann nicht mehr! Ich …« Ljuba versagte die Stimme und ein Schluchzen drang aus ihr hervor.

»Schau an, schau an, da ist ja die Ljuba Martowa. Oder soll ich dich lieber Raissa Borokowskaja rufen, du kleine Diebin?«

Wie ein Faustschlag trafen Ljuba die Worte aus Michail Semjonows Mund. Keine zwei Schritte entfernt stand er vor ihr und wippte auf seinen Füßen, so als ob er gleich zum Sprung ansetzen wollte. Sie bekam kein Wort heraus. Ihre Kehle war wie zugeschnürt.

»Was hast du dir nur dabei gedacht, mich zu bestehlen? Und dazu noch so clever. Das hätte ich dir gar nicht zugetraut. So viel Chuzpe für eine einfache russische Bäuerin.« Er schüttelte den Kopf und genoss merklich Ljubas Angst. »Und ich hätte es noch nicht einmal bemerkt, wenn deine kleine Tochter nicht so vorlaut gewesen wäre und behauptet hätte, ich hätte dir die Fahrkarten verkauft. Hast du die Kleine angelogen? Na, du hast ja jetzt Gelegenheit, sie nachträglich bei mir zu bezahlen.«

Heiße Wut stieg in Ljuba auf, drängte alle Angst beiseite und gab ihr die Stimme zurück.

»Ich schulde Ihnen gar nichts, Michail Abramowitsch. Sie haben mich benutzt und belogen. Wir sind quitt!«

»Oho, was für kühne Worte aus so einem kleinen Lügenmund. Mal sehen, ob die Verwaltung der HAPAG das auch so sieht, wenn ich sie auf den Diebstahl aufmerksam mache, und auf die gefälschten Papiere.«

Ein heftiger schmerzhafter Stich durchfuhr Ljubas Unterleib. Sie krümmte sich nach vorne und stöhnte leise.

»Lass die Frau in Ruhe, Mann. Sie hat bezahlt, und das weißt du.« In Likas Stimme lag ein tödlicher Ernst und sie fixierte Semjonow mit ihren hellgrünen Augen. Der schien sie bis zu diesem Moment noch gar nicht bemerkt zu haben und fühlte sich sichtbar angefasst durch ihre Worte und ihren Blick.

»Halt dich da raus, Mütterchen. Das geht dich nichts an.«

»Und dich gehen diese beiden Frauen nichts an, du jüdischer Terrorist.«

Erschrocken drehte sich Semjonow um. Gleich hinter ihm, nur eine Armlänge entfernt, stand Jan Nowak, die Hände locker an den Hüften, jedoch zu Fäusten geballt. Semjonow brauchte einen Moment, bis er den Maître des Hotel Nord in seiner Alltagskleidung wiedererkannte.

»Was wollen Sie denn von mir?«, sprach er ihn sichtlich erstaunt auf Deutsch an.

»Ich will, dass du die Frauen in Ruhe lässt«, entgegnete Nowak ganz ruhig auf Russisch. »Du belästigst sie hier ja nicht zum ersten, jetzt aber zum letzten Mal. Hast du mich verstanden?«

»Was duzt du mich, du unverschämter Kerl?«

»Weil ich für einen politischen Agitatoren, der unschuldige Frauen belästigt, nichts anderes übrig habe.«

Semjonow holte tief Luft und auch seine Hände ballten sich zu Fäusten.

»Tu das lieber nicht. Dann sind nämlich die Wachmänner schneller hier, als dir lieb ist, und der Polizeikommissar, für den ich arbeite, wird von mir höchstpersönlich hören, dass du ein Politischer bist.«

Semjonow hielt in der Bewegung inne und musterte Nowak irritiert. Der fuhr seelenruhig fort: »Siehst du, so kann man sich irren in Menschen. So wie du dich wohl bei dieser Frau geirrt hast. Du kennst sie gar nicht und wirst sie auch nicht weiter belästigen. Kurz: Du lässt sie in Ruhe – und ich lasse dich in Ruhe. Dann erreichst du auch dein Schiff und Amerika. Haben wir uns da klar verstanden?«

Semjonow schluckte. Dann wandte er sich wortlos um und verschwand in der Menge der nachmittäglichen Flaneure.

17:10 Uhr

»Vor dem brauchen Sie keine Angst mehr zu haben. Der wird Sie in Ruhe lassen.« Nowak lächelte Ljuba aufmunternd zu.

»Danke«, flüsterte sie.

»Kann ich sonst noch etwas für Sie tun?« Nowak schaute Ljuba freundlich an und wartete geduldig, bis sie dreimal tief Luft geholt hatte, um zu antworten. Doch es kam aus ihrem Mund nur ein langer Seufzer, der in ein Schluchzen überging.

»Brauchen Sie Hilfe? Mit Ihren Papieren? Mit dem Geld, das man Ihnen für den Aufenthalt hier zusätzlich abgenommen hat?«

»Ach«, brach es schließlich aus ihr heraus, »ich kann nicht mehr. Ich weiß nicht, was werden soll, ich weiß schon gar nicht mehr, warum ich überhaupt hier bin.«

»Du bist für deine Tochter hier, Ljuba.«

Nowak schaute die alte Frau neben Ljuba aufmerksam an. In ihrer Stimme, die ganz ruhig und sanft schien, klang etwas mit, was viel, viel tiefer ging und dem es nicht zu widersprechen galt. Er kannte so eine vielschichtige Stimme aus seiner Kindheit. Der alte Jakub Rodowski hatte auch manchmal so gesprochen. Er war der Schuster in dem polnisch geprägten Viertel seiner Kindheit in Essen gewesen. Nowaks Mutter hatte immer Angst vor Rodowski gehabt. Er war kein Pole, sondern ein Lipka-Tatar gewesen, ein Nachfahr jener Krimtataren, die im Mittelalter vor der Islamisierung der Krim nach Litauen geflohen waren und sich seitdem in den litauischen, weißrussischen und polnischen Gebieten angesiedelt hatten. Nowaks Mutter war davon überzeugt gewesen, dass Rodowski das zweite Gesicht hatte und hexen konnte. Zumindest waren wohl immer wieder Menschen zu ihm gegangen, die Probleme hatten. Und der alte Rodowski hatte ihnen geholfen. Manchmal nur damit, dass er ein, zwei Sätze zu ihnen gesprochen hatte. Mit dieser Stimme. Dann war es gut gewesen.

»Ich weiß, ja, Lika. Aber meine Tochter scheint mir besser ohne mich dran zu sein. Ich mache ihr das Leben doch nur schwer. Das Leben in Amerika ist nichts für mich.«

Nowak wandte sich wieder zu Ljuba. Die schaute ihn mit ihren großen graublauen Augen an.

»Nennen Sie mich Ljuba.«

»Ich heiße Jan.«

Sie nickte und seufzte wieder. »Es ist eine so verfahrene Situation. Ich weiß einfach nicht weiter. Es war schon schwer genug, mit meiner Tochter überhaupt bis hierher zu kommen. Der weite Weg mit meinem Bein ...« Sie legte ihre Hand auf ihren linken Oberschenkel. »Das weite Gehen ohne Pause ist so schmerzhaft. Das Geld ist knapp. Zu knapp, wenn ich höre, was die Leute hier über die amerikanische Grenzkontrolle auf dieser Insel sagen. Und Krüppel wollen die Amerikaner auch nicht. Schon gar keine ...« Ihre Stimme versiegte in einem Schluchzen.

Tiefes Mitgefühl erfasste Jan Nowak, vermischt mit einer Zuneigung, die er so noch nicht gefühlt hatte. Am liebsten hätte er die Frau einfach tröstend in die Arme genommen. Aber das traute er sich nicht. Stattdessen räusperte er sich verlegen.

»Ja, die Kontrollen auf Ellis Island sind sehr streng. Ich war viele Jahre Steward auf den Ozeandampfern der HAPAG. Da habe ich viel erlebt. Aber Sie dürfen nicht einfach aufgeben. Sie sind eine so tapfere, mutige Frau. Sie schaffen das. Wann geht denn Ihr Schiff?«

»Am Mittwoch.« Ljuba flüsterte geradezu.

»Aber Sie haben doch für zwei Wochen Aufenthalt hier im Voraus bezahlt. Wenn Sie wollen, spreche ich morgen mit den Männern im Empfangsbereich, damit man Ihnen das Geld schnellstmöglich zurückerstattet.«

Ljuba lächelte dankbar. Doch dann zog schon der nächste Schatten über ihr Gesicht. »Aber wie soll es bloß dort drüben werden mit mir? Selbst wenn wir diese furchtbare Grenze passieren sollten, werde ich meiner Tochter nur im Weg stehen, sie gegen ihren Willen an mich binden. Oder allein zugrunde gehen.« Sie legte ihre Hände über ihr Gesicht, um die fließenden Tränen zu verbergen.

Nowak war sichtlich betreten. »Na, na, es gibt für alles eine Lösung. Verzweifeln Sie nicht.« Er spürte den Blick der Alten auf sich. Als er sich zu ihr wandte, schien es ihm, als ob sie kaum merkbar nickte.

18:10 Uhr

Dascha trug ihr Tablett mit dem Becher Tee und den beiden Scheiben Schwarzbrot durch die engen Sitzbänke entlang der langen Tische im Speisesaal hin zu dem

Platz neben ihrer Mutter. Der Mann, der neben Ljuba saß, schaute Dascha missmutig an, als sie sich zwischen die beiden setzen wollte.

»Das ist hier ein bisschen eng, Mädchen.«

»Das ist meine Mutter.«

Ljuba rückte augenblicklich ein Stück zur Seite, um Dascha Platz zu machen, und so gab der Mann schließlich murrend nach und rückte ebenfalls eine Handbreit ab.

»Ich freue mich, dass du gekommen bist, Dascha.«

»Ich mich nicht«, entgegnete Dascha leise. »Aber ich will mit dir sprechen.«

»Das kann ich verstehen. Aber ich weiß nicht, ob das hier die richtige Zeit und der richtige Ort sind.«

Dascha biss schweigend in ihr Brot. Mechanisch kaute sie den Bissen in einem hämmernden Rhythmus, der sich ihren auf sie einstürmenden Gedanken anpasste. Seit Stunden drehten sie sich bereits in einem tosenden Wirbel aus »Warum, woher, was jetzt, wie weiter, wohin?«. Davids Entscheidung, seine Abfahrt zu verschieben, hatte ihr das Rettungsseil aus den Händen gerissen. An seiner Seite konnte sie nicht weiterreisen. Allein war ihre Chance, nach Amerika einzuwandern, sehr gering. Immer wieder hatte sie hier gehört, dass vor allem junge, allein eintreffende Frauen drüben auf Ellis Island von der »moral wicket«, einer Inspektion von einer oder gar mehreren Matronen unterzogen wurden, die prüften, ob die jungen Frauen ihren strengen moralischen Ansprüchen genügten. Die Angst war groß, dass Prostituierte einreisen und so die Moral im Land gefährden könnten. Sie unter Verdacht der Prostitution – so weit war es also durch die

Lügen ihrer Mutter gekommen, dass sie sich vor solchen Anschuldigungen fürchten musste. Dabei war doch ihre Mutter diejenige, welche schwanger war, weil sie sich verkauft hatte. Dascha schluckte das Brot hinunter, spülte mit einem Schluck Tee nach und biss erneut ein Stück Brot ab. Sobald ihre Gedanken wieder zum »Wie weiter?« kamen, blieb ihr nur ihre Mutter. Doch die hatte jetzt nicht nur ein, sondern zwei Handicaps, mit denen sie die Grenze überwinden musste und die ihr einen Neustart in Amerika extrem erschweren würden, sollte sie überhaupt das Festland erreichen. Und schon drängte sich das Warum auf. Warum hatte sie Dascha das angetan? Warum hatte sie sie angelogen? Warum waren sie überhaupt hierhergekommen, hatten ihr altes Leben zerstört, wenn es doch kaum Hoffnung auf ein neues gab? Wieder schluckte Dascha den durchweichten, schon ganz süß schmeckenden, warmen Brotbrei hinunter, spülte noch mal mit ihrem Tee nach, steckte den Rest des Brotes in ihre Rocktasche, griff ihr Tablett und erhob sich.

»Dann lass uns gehen und einen geeigneteren Ort finden.«

Schweigend verließen die beiden Frauen den Speisesaal und traten hinaus auf die staubig heiße Hauptallee der Auswandererstadt. Überall standen Menschen in kleinen Gruppen und unterhielten sich in den verschiedensten Sprachen. Lachen war zu hören wie auch aufgeregtes Reden. Einige Menschen sangen auch Lieder miteinander. Insgesamt lag eine fröhliche, optimistische Stimmung in der Luft. Auch Dascha spürte sie. Wie ein sanfter Balsam legte sie sich auf ihre verletzten Gefühle und zertrümmerten Hoffnungen. Die beiden Frauen schlugen den Weg in Richtung ihrer Baracke ein. Da um diese Uhrzeit die Bauarbeiten auf der Baustelle hinter der Baracke zur Ruhe gekommen waren, fand sich dort leichter ein ruhiges Plätzchen, um zu sprechen. Tatsächlich ergatterten sie eine von den Bauarbeitern improvisierte Bank aus zwei Brettern, die über leere Fässer gelegt worden waren.

Mit einem leisen Seufzer ließ sich Ljuba nieder und streckte ihre Beine von sich.

»Warum tust du mir das an? Warum hast du mich so angelogen?«, platzten die Fragen wie Peitschenhiebe ohne Vorwarnung aus Daschas Mund.

»Ich habe das nicht gewollt ... ich habe es nicht gewusst ... ich habe dich nicht angelogen ... ich ...«

»Natürlich hast du mich angelogen!«, unterbrach Dascha ihre Mutter scharf. »Mit den Fahrkarten hast du gelogen! Du hast sie Michail Abramowitsch doch gar nicht abgekauft! Ich habe es in seinem Gesicht gesehen. Er wusste von nichts!«

»Doch, ich habe für sie bezahlt. Teuer habe ich bezahlt!«

Dascha musterte wütend ihre Mutter. Der standen Tränen in den Augen und ihre Mundwinkel zitterten. Sie rückte mit der rechten Hand ihr Kopftuch zurecht, während die linke auf ihrem Unterleib ruhte. Daschas Blick blieb auf der linken Hand ihrer Mutter haften.

»Du hast mit ihm geschlafen! Er hat dir das Kind gemacht!«

Ljuba kniff die Augen zusammen und schüttelte stumm den Kopf.

In Dascha drehte sich alles. Doch, das war es. Ihre Mutter hatte mit dem Lehrer geschlafen. Das war der Preis, den sie bezahlt hatte. Natürlich! Wie könnte es auch anders sein? Sie holte Luft, um ihrer Wut freien Lauf zu lassen, doch Ljuba unterbrach sie und griff nach ihrer Hand.

»Nein, Kind, das hat er nicht. Ich habe Michail Abramowitsch seit dem vergangenen Herbst nicht mehr gesehen. Eine Schwangerschaft dauert zehn Monde. Wäre das Kind von ihm, so wäre es jetzt schon auf der Welt.«

Dascha schluckte die Worte hinunter, zog aber ihre Hand zurück. Zu wenig wusste sie über das Mysterium der Schwangerschaft, als dass sie ihrer Mutter hätte widersprechen können. Im Hause Martow hatte es außer ihrer Mutter keine Frauen gegeben, die sie hätten in dieses Thema einführen können, und ihre Mutter hatte mit ihr nie mehr als das Nötigste über die weiblichen Mysterien gesprochen. Als das erste Mal ihre monatlichen Blutungen kamen, hatte Ljuba ihr gezeigt, was es zu tun gab, und sie ermahnt, sich vor den Männern in Acht zu nehmen, denn jetzt könnten sie ihr Kinder machen.

»Und wie viele Monde trägst du schon dieses Kind?«, fragte sie schließlich mit belegter Stimme.

Doch Ljuba schwieg und aus ihren geschlossenen Augenlidern liefen Tränen über ihre Wangen hinab.

»Gut drei Monde ist es schon alt«, hörte Dascha auf einmal Likas ruhige, tiefe Stimme hinter sich. »Mit der Übelkeit sollte es bald vorbei sein, doch dann wird sich der Bauch zusehends wölben.«

»Vor drei Monden war Mariä Verkündigung. Da sind wir aus unserem Dorf Raskulizy heimlich fortgelaufen. Wie kann da …?«

»Sag ihr die Wahrheit, Ljuba. Sie hat es verdient.«

Ljuba schluchzte auf und schnäuzte sich die Nase in ihren Ärmel. Derweil hämmerte es in Daschas Kopf und grauenvolle Bilder an verdrängte Erinnerungen stiegen in ihr auf. Aber nein, das lag alles viel zu lange zurück.

»In der Nacht, bevor wir beide aufgebrochen sind, ist es geschehen«, hörte sie Ljubas zitternde Stimme leise an ihrem Ohr. »Iwan Antonow kam betrunken nach Hause. Er sagte, er wolle dich schon einmal vorkosten, bevor er dich mit Kostja verheiratet. Gemeinsam hatten sie an jenem Abend die Modalitäten für die Hochzeit ausgehandelt, die er Pfingsten feiern wollte. Ich habe ihn bekniet, dich schlafen zu lassen. Doch als er nicht hören wollte, habe ich ... habe ich ... getan, wonach ihm war ... was er wollte. Ich habe ihn so lange umarmt, bis er in seinem Rausch eingeschlafen ist. Kurz darauf habe ich dich geweckt und wir sind auf und davon.«

Daschas Kehle war trocken, wie auch ihre Lippen. Kein Wort bekam sie heraus. Ihr Blick huschte von ihrer Mutter zur alten Lika, die sich zu ihnen auf die Bank gesetzt hatte. Wieder sah sie ihre Mutter mit blutender Nase über den Tisch geworfen, die Röcke hochgerissen und die Schenkel auseinandergedrückt. Sie schluckte. Die Bilder verschwammen und mit ihnen ihre Wut und ihre Hoffnung.

23:05 Uhr

Mashel öffnete die Augen. Ein Geräusch hatte ihn geweckt. Durch das hohe Fenster schien der Mond auf sein Krankenbett. Er hatte Durst. Er richtete sich auf und sah sich um. Neben seinem Bett standen ein kleiner Krug und ein Becher. Vorsichtig beugte er sich zu ihnen hinüber, griff den Krug und schaute hinein. Er war voll. Sogleich hielt er ihn sich direkt an den Mund und trank gierig ein paar Schlucke. Es war Wasser. Und es tat so gut. Es liefen ihm die Tropfen an den Mundwinkeln hinunter über sein Kinn, seinen Hals hinab. Doch er setzte den Krug erst ab, als er leer war. Dann wischte er sich die Tropfen vom Gesicht und sah sich erneut um. Neben der Tür war ein Fenster, durch das er auf den schwach erleuchteten Flur hinaussehen konnte. Er musste wohl auf der Krankenstation sein. Vorsichtig stand er auf und tapste barfuß zu dem Fenster, um einen Blick hinaus auf den Flur zu werfen. Wo war nur David? Hatte er ihn etwa allein gelassen? Er hatte doch gesagt, er bleibe bei ihm! Eine Krankenschwester trat aus einer Tür auf der anderen Seite am Ende des Ganges. Mashel klopfte gegen die Scheibe. Sie sah in seine Richtung, lächelte und kam auf ihn zu. Schnell hüpfte er zurück in sein Bett. Die Tür öffnete sich.

»Na, Junge, bist du aufgewacht? Das ist gut.« Sie griff nach seiner Hand, um den Puls zu messen. »Hast du Durst?« Sie schaute hinüber zum leeren Krug.

Mashel nickte.

»Na, dein Puls fühlt sich schon besser an. Ich bringe dir noch etwas Wasser.«

»Wo ist mein Bruder?«, fragte Mashel schüchtern.

»Oh, du sprichst sogar Deutsch. Dein Bruder schläft sicherlich schon lange. Morgen früh kannst du ihn sprechen. Ihr bleibt vorerst beide hier bei uns, bis wir wissen, was dir fehlt.«

Über Mashels Gesicht huschte ein sanftes Lächeln und sein Herz wurde leichter. Sie würden hierbleiben. Beide. Zusammen. So war es gut.

Dienstag, der 3. Juli 1906

9:00 Uhr

Auf die Minute pünktlich legte die Elbfähre vom Veddeler Anleger vor der Auswandererstadt ab. Michail Abramowitsch Semjonow trug seinen schweren Koffer nur bis zur ersten Sitzreihe hinter der Kapitänskajüte. Schließlich wollte er es sich hier nicht gemütlich machen, und die fünfzehn Minuten, die die Überfahrt dauerte, waren dafür auch kaum ausgelegt. Als sich das Heck der Fähre vom Anleger weg bewegte, glitt auch die Auswandererstadt aus seinem Blick. Gut so! Erleichtert atmete er auf. Schon in der Nacht hatte Semjonow sich entschieden, keinen Augenblick länger hier an diesem Ort zu bleiben. Dass er nicht schon eine frühere Fähre genommen hatte, war einzig dem langwierigen Verwaltungsaufwand in der Empfangshalle geschuldet, wo man sich sehr schwer damit tat, ihm die drei Mark fünfzig für die kommende Nacht zurückzuzahlen. Aber er hatte auf die Rückzahlung bestanden, denn diesen Leuten hatte er nichts zu schenken. Es war von Anfang an ein sentimentaler Fehler von ihm gewesen hierherzukommen. Die Idee, dass dieser Ballin von der HAPAG hier eine wirkliche Ruheinsel für jüdische Auswanderer geschaffen haben könnte, hatte ihn verführt. Und Semjonow hatte auch seine Kunden damit verführt und ihnen all das erzählt, was in der kleinen Werbebroschüre stand, die die HAPAG ihm als Verkaufshilfsmittel zur Verfügung gestellt hatte. Wie schön sich darin alles angehört hatte. So sauber und ordentlich, so fürsorglich und freundlich, so effizient und sicher. Ein Ort frei von Schikanen, Diskriminierung und Verfolgung, wo die Auswanderer noch einmal Luft holen konnten, bevor es dann in ein neues Leben frei von Ressentiments, Bedrängnis und Judenhass ging. Doch genau das hatte er hier nicht gefunden. Schäbig hatte man ihn behandelt. In der ersten Nacht nicht in sein Zimmer gelassen, kein Frühstück serviert, obwohl er dafür bezahlt hatte, und dann wurde er auch noch von diesem Polizeispitzel bedroht. Die halbe Nacht hatte Semjonow darüber gegrübelt, wie Informationen über ihn bis hierher hatten durchsickern können. Die sozialistischen Arbeiterbünde in Sankt Petersburg hatten recht: Die monarchistische, reaktionäre Bürokratie war international vernetzt. Darum mussten es die Sozialisten auch sein, wollten sie sich ernsthaft gegen diese Herrschaft auflehnen. Doch nur genau dort konnte das Leck liegen, das ihn an diesen Spitzel verraten hatte: Die Hamburger Genossen mussten ihn verraten haben. Sicherlich, weil er Jude war. Es war doch überall das Gleiche. Als Jude war er anscheinend überall in Europa der Sündenbock. Sogar von Seiten der sozialistischen Genossen. Selbst das russische Bauernweib hatte ihn bestohlen. Aber das war jetzt auch einerlei. Der Rabbi aus New Jersey würde sich sowieso nicht mehr bei ihm wegen der Billets melden können. Und sein Geld hatte Semjonow ja bekommen. Was konnte er dafür, wenn die beiden Schwestern vor ihrer Abreise an Typhus gestorben waren? Das war in Sankt Petersburg wahrlich keine Seltenheit. Mochten jetzt also die Martowa und ihre Tochter mit den Billets zur Hölle fahren. Er wollte mit alldem nichts mehr zu tun haben.

Die Schiffshupe dröhnte in seinen Ohren und der Dieselmotor brummte laut, als die Fähre sich langsam der Hauptfahrrinne näherte. Möwen kreisten über ihnen am strahlend blauen Himmel, und die Sonne stand bereits so hoch, dass ihre Strahlen deutlich auf der Haut zu spüren waren. Es würde wieder ein sehr heißer Tag werden. Um elf Uhr vormittags, also in knappen zwei Stunden, sollte ein Zug vom Hauptbahnhof nach Cuxhaven abfahren. Das hatte Semjonow in dem Kursbuch gelesen, welches im Hotel auslag. Den konnte er bequem erreichen und so schon heute Abend das Meer sehen. Natürlich kam dann noch eine Nacht in einer Pension auf ihn zu, aber lieber bezahlte er die, als nur eine Stunde länger hier in Hamburg zu bleiben.

Am Donnerstag in der Früh war dann die Einschiffung auf den Express-Dampfer »Augusta Victoria«. Es hieß, er sei der komfortabelste seiner Kategorie. Und die Express-Dampfer waren die beste Kategorie. Darum hatte Semjonow ihn schließlich gewählt. Wenigstens dort konnte er dann auf eine anständige Behandlung hoffen. Auch hieß es, dass die Einreiseabfertigungen von den Express-Dampfern wesentlich komfortabler waren. Da fragte dann keiner mehr nach seiner Herkunft.

Die Fähre querte jetzt die Fahrrinne und direkt vor Semjonow leuchtete die Silhouette der Stadt in der Morgensonne. Das grüne Kupferdach des Michels schimmerte im Licht. Die große Kirche thronte aus dieser Perspektive regelrecht über den Landungsbrücken, an denen ein Passagierdampfer vertäut war. Weiter flussaufwärts ragte die aus rotem Backstein gebaute Speicherstadt, durchzogen von ihren zahlreichen Kanälen, in die Elbe hinein.

Kleine, vollbepackte Schuten schoben sich an den langen Kaimauern entlang und man hörte die Rufe und Pfiffe der Hafenarbeiter. Die vom Wasser reflektierten Sonnenstrahlen blendeten Semjonow. Er schloss seufzend die Augen.

Ja, auch seine Herkunft würde er hier in der Alten Welt zurücklassen und sich einen neuen Namen geben. Einen amerikanischen ohne Vatersnamen. Auch der durfte hier in Europa bleiben. Wie wäre es zum Beispiel mit Michael Simon? Oder noch besser Simpson, Michael Simpson. Das hörte sich gut an. Englisch. Erfolgreich. Damit würde er ganz neu beginnen in New York City, der Stadt der Zukunft, seiner Zukunft. Zufrieden blickte Semjonow auf die Hamburger Landungsbrücken, auf die die Fähre zielstrebig zusteuerte. Sein Herz wurde ganz warm und er murmelte leise: »My name is Simpson, Michael Simpson.«

9:25 Uhr

Aus seinem dicken Schlüsselbund fischte Jan Nowak den kleinen Schlüssel für das Vorhängeschloss seines Spindes in der Personalumkleide des Hotels heraus und öffnete das Schloss. Es hakte wieder ein wenig, und wieder hatte er kein Öl zur Hand, um es endlich zu fetten. Was würde nur sein Nachbar, der alte Köster, machen, wenn seine Schlösser auch so spröde und rostig wären wie dieses? Gestern Abend erst hatte Köster ihn abgefangen, als er spät nach Hause kam. Durch den Türspion hatte er Nowak beobachtet und dann nacheinander alle drei Vorhängeschlösser, mit der er seine Tür von innen verriegelt hatte, aufgeschlossen und war zu ihm in Pantoffeln und Bademantel auf den Hausflur hinaus geschlurft.

»Haben Sie schon gehört, was passiert ist, Herr Nowak?«, hatte er ihn ohne weitere Umstände angesprochen. »Die Witwe Mörke, die in einer der Krameramtswohnungen wohnt, die wurde gestern früh ausgeraubt. Ihren Sparstrumpf hat man ihr unter der Matratze geklaut, während sie am Morgen auf dem Fischmarkt war und ihre Einkäufe erledigt hat. Auch den Schmuck haben die Halunken mitgenommen. War natürlich nicht viel bei der Alten, aber nichtsdestotrotz ihr Notgroschen. Eine Katastrophe, sag ich Ihnen.« Er schnäuzte sich einmal in sein großes, kariertes Taschentuch, das ihm halb aus der Bademanteltasche hing, und fuhr dann ohne Umschweife mit seinen Schilderungen fort.

»Das ist schon der dritte Einbruch hier in einer Woche. Ich sag Ihnen, das ist bestimmt so eine Bande von Ausländern, die sich jetzt immer häufiger hier herumtreiben. Sie steigen durch die offenen Fenster ein, mitten in der Nacht, wenn die Leute fest schlafen. Bei der Hitze kann man ja nicht bei geschlossenen Fenstern einschlafen. So weit ist es schon gekommen mit unserer Stadt. Die Polizei bemüht sich nicht mehr hinterher. Zwar laufen hier nun mehrmals täglich zwei Schutzmänner die Straße entlang. Aber das hält solche Räuber doch nicht ab. Darum schließ ich jetzt dreifach ab. Und zwar mit Vorhängeschlössern von innen. Und die Fenster bleiben nachts jetzt auch zu. Ich sag Ihnen das nur«, wieder schnäuzte er sich lautstark in sein Taschentuch, »weil Sie ja den ganzen Tag unterwegs auf Arbeit sind. Schließen Sie bloß gut ab, auch die Fenster. Denn solche Strolche klettern sicherlich auch übers Dach.« Nowak hatte sich bei seinem Nachbarn bedankt und war dann die drei Stockwerke bis unters Dach hinaufgestiegen, derweil er das Einrasten von Kösters Schlössern hören konnte.

Ein Lächeln huschte über sein Gesicht, als er jetzt an den komischen Kauz dachte. Er wohnte mit seinen drei Katzen im ersten Obergeschoss und beobachtete von seinem Stubenfenster aus das tägliche Geschehen auf der Englischen Planke und am Eingang zum Michel. Wenn man etwas erfahren wollte, so war man bei Köster stets an der richtigen Adresse. Und auch wenn man nichts erfahren wollte, konnte man sich darauf verlassen, dass er einem früher oder später den Klatsch und Tratsch des Viertels erzählte. Sei es drum. Gestern Abend hatten seine Ausführungen Nowak in den Schlaf begleitet. Heute früh hatte er seine gesamten Ersparnisse, die er unter einer losen Diele in seiner kleinen Küche versteckt hielt, in seine alte Aktentasche gepackt, zusammen mit der goldenen Taschenuhr, die er von seinem Vater geerbt hatte. Eingewickelt hatte er die Geldscheine in ein leichtes, buntes Wolltuch, das er eigentlich seiner Mutter hatte zu ihrem Geburtstag schenken wollen. Aber die trug nur schwarz, seitdem sein Vater vor sechs Jahren gestorben war. So war ihm in der Nacht die Idee gekommen, es der Frau zu schenken, die ihm immer wieder durch den Kopf ging. Morgen würde ihr Schiff ablegen, dann sähe er sie nie wieder. Vielleicht war es sentimental, ihr das Tuch schenken zu wollen. Auf jeden Fall würde sie damit aber mehr anzufangen wissen als seine Mutter. Nowak öffnete seinen Spind und schob die Aktentasche hinein, legte seinen warmen Troyer, den er für den Fall gekauft hatte, dass es abends nach Dienstschluss kühl werden sollte, darüber und verschloss dann den Schrank wieder sorgfältig. Bis sein Dienst anfing, hatte er noch über eine Stunde Zeit. Er war heute extra früher gekommen, da er versuchen wollte, der Frau bei der Überzahlung ihres Aufenthalts hier zu helfen. Ljuba. Was für ein schöner Name. So weich. Wie ihr Gesicht. Er mochte sie und er wollte ihr wirklich helfen. Auch das war ein Grund gewesen, sein Geld mitzunehmen. So konnte er ihr im schlimmsten Fall die verauslagte Summe vorstrecken und sie sich selbst von den HAPAG-Beamten wiederholen. Er wusste, wie das ging. Er hatte lange genug in diesem Unternehmen gearbeitet. Im Vorbeigehen warf er einen Blick in den Garderobenspiegel. Sein Haar könnte mal wieder einen Schnitt vertragen. Aber ansonsten war er für sein Alter gut in Form. Kräftig, aber nicht dick. Nicht mehr jung, doch noch lange nicht alt. Als er in der Früh sein Geld eingepackt hatte, war wieder dieses Gefühl in ihm aufgestiegen, dass es an der Zeit war, sein Leben zu verändern. Nur in welche Richtung, das konnte er einfach noch nicht sehen.

11:45 Uhr

»DER DOKTOR KOMMT GLEICH, Herr Zusmann. Haben Sie noch ein bisschen Geduld.«

David nickte der Krankenschwester zu und schaute dann wieder zum Fenster hinaus in das flimmernde Mittagslicht dieses heißen Tages. Schon am Morgen, als er seinen Bruder besuchen wollte, hatte man ihn bis zum Mittag vertröstet, da erst nach der Visite über einen möglichen Besuch entschieden werden sollte. So hatte er den Vormittag zunächst damit zugebracht, sich nach einem Telegramm von seiner Tante zu erkundigen. Ohne Erfolg. Ob sie sein Telegramm überhaupt erhalten hatte? Ob es ihr gut ging? Wo sollten sie bloß hin, wenn sie vielleicht gar nicht mehr in New York lebte? Nein, solchen Gedanken wollte er gar nicht erst Raum geben. Er brauchte nur Geduld. Sie würde sich schon melden und ihnen helfen. Sie war schließlich seine Tante. Er griff nach der Kette um seinen Hals. Der Geldwechsler hatte ihm fünfzig Mark für die Ringe geboten. Viel zu wenig für so viel Gold! Aber wenn er keine Geldanweisung per Telegramm bekam, so war es wenigstens genug, um die Reise zu bestreiten. Bis Freitag blieb ihm noch Zeit. Auch bei der Gepäckaufbewahrung war er gewesen, um die Verlängerung ihres Aufenthaltes hier anzukündigen. Aber der schwerste Gang an diesem Morgen war der in den Speisesaal gewesen. Er hatte Dascha schon von Weitem erspäht, ihre Blicke hatten sich kurz gekreuzt, doch sie hatte ihre Augen sogleich abgewandt. An ihrem Tisch war auch kein Platz mehr frei. Und ihm fehlte die Unverfrorenheit, sich einfach neben sie zu drängen. Was sollte er auch sagen? Jammern half nicht weiter, und ändern konnte er an der Situation auch nichts. Noch nicht einmal eine neue Auskunft über das Befinden seines Bruders hätte er ihr geben können.

»Herr Zusmann? Folgen Sie mir bitte, der Herr Doktor hat jetzt Zeit für Sie.«

David folgte der Krankenschwester über den Flur. Sie führte ihn in ein größeres Büro, in dem ein anderer Arzt als am Vortag saß.

»Herr Doktor Meier, hier ist der Herr Zusmann, der Bruder von dem Jungen in der Quarantäne.«

Der Arzt blickte kurz auf und murmelte ein »Eintreten, Platz nehmen«, während er noch schwungvoll einige Unterschriften auf die Papiere vor ihm setzte. Dann richtete er sich auf und musterte David knapp.

»Guten Tag, Herr Zusmann, Doktor Meier mein Name. Ich bin der verantwortliche Hafenarzt von Hamburg und als solcher bestätige ich Ihnen hiermit die Quarantäne Ihres Bruders.«

David fiel es schwer, den Hamburger Dialekt des Mannes zu verstehen. Er hatte mit dem Jiddisch sprechenden Arzt vom Vortag gerechnet und sich so seine Fragen gar nicht auf Deutsch zurechtgelegt.

»Wie lange Quarantäne?«, fragte er schließlich.

»Wir behalten ihn eine Woche hier. Wenn er bis dahin keine kritischen Symptome entwickelt hat, kann er entlassen werden.«

David nickte zögerlich. »Wie geht es ihm?«

»Das Fieber ist gefallen und er ist ansprechbar. Hoffen wir, dass sich der Zustand hält und sich in den folgenden Tagen verbessert. Näheres sehen wir dann.« Der Arzt schlug mit der Hand auf den Tisch, so als wollte er damit einen Schlusspunkt unter das Gespräch setzen.

»Kann ich zu meinem Bruder?«

»Natürlich nicht, er steht ja unter Quarantäne. Aber Sie können ihn durch die Glaswand sehen. Ich gebe der Krankenschwester Bescheid. Guten Tag, Herr Zusmann.« Der Arzt griff nach einem Glöckchen, das auf seinem Schreibtisch stand, und läutete kurz und kräftig. Gleich darauf öffnete sich die Tür und die Krankenschwester, die David hierher gebracht hatte, trat ein. Der Arzt warf ihr ein paar knappe Sätze zu, die David nicht verstehen konnte, und die Schwester forderte ihn daraufhin auf, ihr zu folgen. Sie führte ihn über den Flur durch eine dick gepolsterte Tür in einen weiteren Flur, an dessen linker Seite Fenster waren, die den Blick in die Krankenzimmer freigaben. Am zweiten Fenster blieben sie stehen und David sah seinen kleinen Bruder im Bett liegen. Sein Herz krampfte sich zusammen, als er den kleinen Körper betrachtete, der sich unter der weißen, dünnen Decke abzeichnete. Mashel hatte die Augen geschlossen und seine Brust hob und senkte sich sanft mit jedem Atemzug unter der Decke. Die Krankenschwester klopfte sanft an die Scheibe und Mashel öffnete die Augen und drehte sich zu ihnen. Ein Lächeln flog über sein Gesicht, als er David sah.

David hob seine Hand und winkte Mashel zu. »Es

wird alles gut, kleiner Bruder Asher. Ich bin bei dir«, flüsterte er.

Mashel nickte, als ob er die Worte auch durch die dicke Glasscheibe verstanden hätte.

12:15 Uhr

Ljuba kaute so lange auf dem Suppenfleisch herum, bis es jeglichen Geschmack verloren hatte und nur noch ein fader, weicher Brei war. Sie hatte keinen Appetit, zwang sich jedoch Bissen um Bissen hinein, um bei Kräften zu bleiben. Die Tage und Nächte waren anstrengend genug, und was ihr demnächst bevorstand, war mit Sicherheit nicht minder fordernd. Sie schluckte das Fleisch hinunter und schlürfte einen Löffel Brühe hinterher. Dascha saß neben ihr und rührte ebenfalls lustlos in ihrem Eintopf. Nur Lika aß ruhig und still ihr Essen, wobei ihre wachen Augen immer wieder zwischen Mutter und Tochter hin und her schwenkten.

»Ach, Daschenka«, seufzte Ljuba schließlich.

»Iss, Mamotschka, damit du bei Kräften bleibst. Schließlich musst du jetzt für zwei essen.«

Ljuba senkte den Blick und fischte mit ihrem Löffel ein paar Gemüsebrocken aus ihrer Suppe. Bis tief in die Nacht hatten die beiden gestern zusammengesessen und flüsternd überlegt, was werden sollte. Es gab keine Lösung. Schließlich hatte sich Dascha weinend unter ihre Bettdecke verkrochen. Doch heute früh war sie dann aufgestanden und hatte sich beherzt um ihre Mutter gekümmert, als gäbe es nichts anderes zu tun. Auch jetzt lächelte sie tapfer, während sie ihre Suppe aß.

»Weißt du«, fing sie an, »ich werde sicherlich eine gute Arbeit in einer Fabrik finden können. Bestimmt gibt es auch in New York Fabriken. Und wenn ich dann einfach ein paar Schichten extra schiebe, dann reicht es auch für drei. Und du kannst vielleicht ein paar Näharbeiten zu Hause machen. Das geht doch sicherlich auch mit einem Kind, nicht wahr? Wir müssen natürlich etwas finden, wo wir zu dritt wohnen können. Ach, kommt Zeit, kommt Rat.« Dascha senkte den Blick und rührte mit ihrem Löffel jetzt in die andere Richtung.

Ljubas Kehle schnürte sich bei diesen Worten zu. Nur zu deutlich spürte sie, dass es die Scham war, die ihre Tochter zu solchen Äußerungen trieb. Die Scham, den egoistischen Traum zu haben, ihr eigenes Leben leben zu wollen. Dabei war genau das Ljubas innigster Wunsch für ihre Tochter! Sie sollte ein besseres Leben haben, als sie selbst es gehabt hatte. Dafür war sie schließlich mit ihr zu dieser Reise aufgebrochen. Trotz aller Widrigkeiten! Dascha sollte Amerika als das Land der Freiheit, der unendlichen Möglichkeiten erleben. Und nicht als Fabriksklavin, um für ihre Mutter und ein Geschwisterkind das tägliche Auskommen zu verdienen!

»Das sollst du nicht, Dascha«, flüsterte Ljuba schließlich in ihren Eintopf hinein. Nein, diese angekündigte Selbstaufgabe ihrer Tochter konnte Ljuba nicht ertragen. Da war ihr fast der entsetzliche Streit mit ihr noch lieber. Besser eine Tochter, die sich in Wut und Enttäuschung abwendet, aber ihren Weg geht, als eine von Scham und Demut so weit gebeugte, dass sie ihren eigenen Weg nicht mehr sah. Ljubas Leben war viel zu lange so gebeugt verlaufen. So lange, dass sie selbst jetzt kaum geradeaus schauen und die richtigen Entscheidungen treffen konnte. Aber worüber sollte sie entscheiden? Was lag schon in ihrer Hand? Andere Menschen bestimmten auch weiterhin darüber, wohin sie gehen durfte. Der Herrgott hatte ihr ein Kind als Preis für ihr Fortgehen auferlegt. Auf Jahre war sie damit wieder in der Pflicht. Und das mit ihrem kurzen Bein … Tränen rollten Ljuba über die Wangen. Sie ließ den Löffel auf den Teller sinken und wühlte in ihrer Rocktasche nach einem Taschentuch. Eine Hand legte sich sanft auf ihren zitternden Arm. »Komm, Ljuba, es geht immer irgendwie weiter. Hab Vertrauen. Es reicht, den Weg zu sehen, wenn man ihn beschreitet.« Lika lächelte ihr zu und erhob sich, griff nach ihrem Teller und schob sich dann durch die Reihe der essenden Menschen zum Ausgang. Ljuba und Dascha folgten ihr schweigend.

Auf dem Platz vor dem Speisesaal brannte die Sonne so unbarmherzig vom Himmel herunter, dass die drei

Frauen entschieden, sich ein schattiges Plätzchen zu suchen, und ihre Schritte in Richtung der kleinen Grünanlage vor dem Hotel Nord lenkten. Doch auch dort waren die schattigen Bänke schon alle belegt. Die drei schauten sich suchend um, als aus der Tür des Hotels ein groß gewachsener Mann in schwarzer Hose und einer weißen Uniformjacke auf sie zutrat. Erst als er vor ihnen stand, erkannte Ljuba ihren Retter vom Vortag, der sich ihr als Jan vorgestellt hatte. Er nickte den beiden anderen Frauen freundlich zu und sprach dann Ljuba direkt an.

»Guten Tag, Ljuba. Ich habe gute Neuigkeiten für Sie. Der Mann, der Sie bedrängt hat, ist heute früh abgereist. Sie brauchen sich um den also keine Sorgen mehr zu machen. Und ich habe mich bereits wegen der Überzahlung erkundigt, die man Ihnen bei der Ankunft hier abgenommen hat.«

Ljuba sah ihm direkt in seine grauen Augen. Seine Stimme war warm, doch bestimmt. So wie von jemandem, der wusste, was er tat. Sein Russisch hatte einen weichen Akzent, war jedoch flüssig und gut verständlich. Semjonow war abgereist? Einfach so? Sosehr sie die Angst vor diesem Mann auch in den letzten Tagen verfolgt hatte, fühlte sie kaum eine Erleichterung über diese Nachricht.

»Das ist sehr freundlich«, antwortete sie schließlich dem immer noch auf eine Reaktion wartenden Nowak.

»Sie müssen ein Formular ausfüllen und unterschreiben, dass Sie morgen wirklich abfahren, dann wird Ihnen der Betrag wieder ausgehändigt, sobald Sie die letzten Untersuchungen vor der Einschiffung hinter sich haben. Um drei Uhr nachmittags habe ich Pause. Dann kann ich Sie dort treffen und Ihnen mit dem Formular helfen, wenn Sie das möchten.«

Eine schier unerträgliche Spannung breitete sich auf einmal in Ljubas Körper aus. Sie wollte nicht weiter. Sie wollte nicht auf dieses Schiff, sie wollte sich kein einziges Mal mehr einer Untersuchung unterziehen. Zugleich wollte sie ihrer Tochter nicht den Weg nach Amerika versperren. Sie wusste einfach nicht mehr weiter. Da hörte sie Daschas Stimme neben sich.

»Vielen Dank. Das ist sehr hilfsbereit von Ihnen. Wir nehmen Ihr Angebot gerne in Anspruch. Sollen wir uns vor dem Eingang der Empfangshalle treffen?«

Nowak stimmte zu, grüßte die drei noch einmal kurz und verschwand dann wieder im Hotel.

14:35 Uhr

Kommissar Kiliszewski saß an seinem Schreibtisch und reihte akribisch genau die einzelnen Diensteinsätze der Polizeiwache der Auswandererstadt zu einem imposanten Bericht zusammen. Doktor Roscher, der Polizeidirektor von Hamburg, hatte ihn am Vormittag persönlich angerufen und den Auftrag dazu erteilt. Dem Ratsherrn Doktor Stahmer war es nach dem gestrigen Besuch mit dem HAPAG-Direktor doch nötig erschienen, Ballin einmal deutlich vor Augen zu führen, in welchem Maße sich die Stadt und ihre Beamten für die Belange der Auswandererstadt einsetzten, mit der die HAPAG schließlich ganz bedeutende Gewinne erzielte. Ursprünglich war ein Vortrag dazu für Montagnachmittag geplant gewesen, den Kiliszewski hatte halten sollen. Aber der Generaldirektor Ballin hatte nicht so lange verweilen wollen. Schließlich stand für morgen der Stapellauf der »König Friedrich August« an, des neuen Doppelschraubendampfers, den die HAPAG für ihren Passagierdienst zwischen Hamburg und Südamerika bei Blohm und Voss geordert hatte. Die ganze Stadt wurde dafür bereits festlich geschmückt und man erwartete sogar den sächsischen Monarchen, der als Namensgeber der Taufe beiwohnen sollte. So entschuldigte sich Ballin bereits gleich nach dem Essen damit, sich noch auf diesen hohen Gast vorbereiten zu müssen. Kiliszewski hatte es geschluckt. Wie auch die Unverschämtheit des Verwalters Allen gegenüber dem Maître des Hotel Nord. Es war einfach nicht der Moment gewesen, um einmal laut auf den Tisch zu hauen. Umso heftiger bearbeitete er jetzt die Tasten seiner Schreibmaschine, als könne er damit der hervorragenden Arbeit seiner Männer mehr Aufmerksamkeit bei der Obrigkeit der Stadt verschaffen.

Tagesprogramm der Polizeiwache Veddel/Auswandererhallen: vier Polizisten, vierundzwanzig Stunden im Dienst. Je zwei Polizisten absolvierten drei Touren pro

Tag, einer arbeitete auf der Wache, einer durfte im Wechsel pausieren.

Ab 7:00 Uhr Überwachung der unreinen Seite, der dortigen Wohn- und Schlafsäle. – Ab 7:30 Uhr Überwachung des Frühstücks in den Speisesälen und Suche nach »gesuchten Personen«. – 8:15 Uhr Rundgang zum Auswandererbahnhof, auf dem Weg Kontrolle der Anlage. – Ab 9:00 Uhr optische Kontrolle der Neuankömmlinge. Dann Rundgang über das Gelände oder auch Kontrolle der Abreisenden. – Ab 10:30 Uhr Begleitung der Arztrundgänge durch einen Polizisten. – 12:00 Uhr Mittagessen kontrollieren. – Ab 13:00 Uhr erneut den Bahnhof, die Neuankömmlinge und die Eingangshalle kontrollieren. – Ab 16:00 Uhr abschließend die unreine Seite und den Geldwechsler kontrollieren. – Um 17:00 Uhr Rundgang durch die reine Seite. – 18:00 Uhr Abendessen kontrollieren. Ende der ersten Tour. – Zwischen 19:00 und 22:00 Uhr mehrere kleinere Rundgänge durch die Hallen und Baracken. – Um 21:30 Uhr Nachtruhe. Die Insassen durften nicht mehr hinaus. Nach einem letzten Wachrundgang durften die Polizisten ab 23:00 Uhr zur Polizeiwache und sich ausruhen.

Die Tasten der Schreibmaschine klackerten im wilden Stakkato über das Farbband. Sie verstummten nur, wenn sich Kiliszewski den Schweiß von der Stirn tupfen musste, bevor er auf das Papier tropfte. Es war nahezu unerträglich heiß in seinem Büro. Am Mittag hatte das Thermometer bereits die Fünfunddreißig-Grad-Celsius-Marke passiert, für den Nachmittag drohte es, an der Vierzig-Grad-Celsius-Marke zu kratzen. Der Kommissar stand auf und öffnete wider besseres Wissen, dass doch nur heiße Luft eindringen würde, das Fenster hinaus zur Straße.

Die Aufgaben der Polizeiwache bestanden aber bei Weitem nicht nur in der Kontrolle des Geländes der Auswandererhallen. Vor allem an Kiliszewski selbst, als Kommissar und Leiter der Wache, hing auch die Kontrolle des Dienst- und Verwaltungspersonals, die Überwachung der Betreuung Erkrankter und ihre Überweisung in Krankenhäuser sowie die Kontrolle der Baulichkeiten. Ein feiner Geruch von Rauch drang durch das geöffnete Fenster und stieg in die Nase des Kommissars. Die Polizeistation war auch die Anlaufstelle für die Ärzte, hatten sie mangelnde Hygiene in den Gebäuden zu vermelden. So etwa den faulenden Abfall vor den Pavillons sechs und zwölf, die tatsächlich erst gestern früh, kurz vor dem Eintreffen der hohen Gäste, beseitigt worden waren, oder etwa verschmutzte Aborte, die eine Benutzung unzumutbar machten. So war es letztlich immer wieder an Kiliszewski, den Verwalter Allen auf solche Unzulänglichkeiten hinzuweisen. Lästig war das. Wie dieser beißende Rauch, der sich in seinem Büro ausbreitete.

Kiliszewski ging erneut zum Fenster und spähte hinaus. Nichts Besonderes war zu sehen. Allerdings sah er auch kaum Menschen auf der Straße. Kopfschüttelnd schloss er wieder das Fenster. Als er gerade die nächste Zeile seines Berichtes in die Tastatur hauen wollte, klingelte das Telefon.

»Kiliszewski? Roscher hier. Wir haben einen Großalarm in der Neustadt. Der Michel brennt! Es ist sehr ernst. Sämtliche verfügbaren Löschzüge sind bereits im Einsatz oder auf dem Weg dorthin. Wir müssen mit großer Unruhe in der Stadt rechnen, vielleicht sogar Panik, sowie mit Plünderungen.« Kiliszewski glaubte, sich verhört zu haben. Der Michel? Die Hauptkirche St. Michaelis in der Neustadt? Das Wahrzeichen Hamburgs in Flammen?

»Sorgen Sie dafür, dass es in den Auswandererhallen ruhig bleibt. Lassen Sie die Tore schließen. Der Fährverkehr zu den Landungsbrücken wird vorübergehend eingestellt und die Nachmittagszüge auf die Veddel warten auf Abstellgleisen vor der Stadt. Wir brauchen hier jeden Mann vor Ort, zumal wir die Ankunft des sächsischen Königs erwarten. Ich zähle auf Sie, Kiliszewski!«

»Jawohl, Herr Direktor Roscher«, antwortete Kiliszewski wie in Trance. Noch bevor er eine weitere Frage stellen konnte, hatte Roscher aufgelegt.

14:50 Uhr

Jan Nowak verliess eilig das Hotel Nord. Ein feiner Rauchgeruch hing in der Luft und über den Hafen drang aus der Ferne das Geheul der Sirenen. Die Menschen blickten aufgeregt in Richtung Hafen, redeten von einem Feuer. »Großbrand«, hörte er einige aufgeregt murmeln,

»die große Kirche brennt wie eine Fackel!« Direkt vor der Empfangshalle drängten sich viele Menschen. Zwei Polizisten standen mit steinerner Miene vor dem verschlossenen Tor. Nowak bemerkte den Kommissar Kiliszewski, wie der mit eiligen Schritten aus dem Seiteneingang des Empfangsgebäudes kam. Er lief auf ihn zu.

»Herr Kommissar, warten Sie! Was ist passiert? Brennt es in der Stadt?«

Kiliszewski schaute sich zu ihm um.

»Ja, Herr Nowak, eine Katastrophe, ein Großbrand im Michel.«

»Im Michel? Was? Das ist ja entsetzlich! Ist die Umgebung auch gefährdet?«

»Das ganze Viertel! Die Flammen schlagen aus dem Turm. Man kann es bis hierher sehen.«

»Oh mein Gott! Ich wohne in der Englischen Planke, genau am Haupteingang unter dem Turm!«

Kiliszewski schaute ihn mitleidig an. »Machen Sie sich auf das Schlimmste gefasst, Herr Nowak. Es tut mir leid, aber ich muss zurück auf die Wache und die Maßnahmen hier für die Auswandererhallen weiter koordinieren.«

»Und ich muss rüber und sehen …«

»Die Fährverbindung ist vorübergehend ausgesetzt. Und Sie können dort auch nichts tun, Herr Nowak. Entschuldigen Sie mich jetzt bitte.« Kiliszewski warf ihm einen bedauernden Blick zu und verschwand in Richtung Polizeiwache.

Jan Nowak war für einen Moment wie erstarrt. Dann aber knöpfte er seine weiße Kellnerjacke auf, rannte los zum Zaun, der die Auswandererhallen umgab, drängte sich bis nach vorne durch und spähte in Richtung Neustadt. Eine schwarze Rauchsäule stieg nahezu senkrecht in den Himmel, genau über dem Michel. Dessen Turm war in Qualm gehüllt, aus dem gewaltige Flammen schlugen. Ein Junge neben Nowak saß auf den Schultern seines Vaters und beobachtete das Grauen durch ein Fernrohr. Am liebsten hätte Nowak ihm das Fernrohr aus der Hand gerissen, um mehr zu sehen. Aber zugleich war er wie gelähmt. Dort drüben verbrannte der Michel, genau vor seiner Haustür!

»Er schwankt, Papa, der Turm schwankt!«, rief der Junge aufgeregt.

»Darf ich mal durch dein Fernglas schauen, Junge?«

»Er stürzt! Aaahhh!«

»Was siehst du, Junge?«

»Der Turm ist auf die Häuser gestürzt!«

Selbst mit bloßem Auge konnte Nowak die gewaltige Stichflamme sehen, die beim Aufprall des Turmes auf die westliche Häuserfront in den Himmel schoss. Ein Ruck lief durch seinen Körper. Der Turm war auf die Häuser der Englischen Planke gestürzt. Seine Wohnung im Dachgeschoss gab es wohl nicht mehr. Welch göttliche Eingebung war es nur gewesen, dass er ausgerechnet heute all seine Ersparnisse mit sich hierher genommen hatte! »Danke, Köster«, flüsterte er. Hoffentlich ging es dem Alten gut und er hatte rechtzeitig all seine Vorhängeschlösser öffnen und dem Inferno entkommen können. Was für ein Elend, das nun seiner Nachbarschaft drohte! Die meisten waren einfache Menschen, die in diesem Moment all ihr Hab und Gut verloren. Entsetzt, aber auch erleichtert zog sich Nowak mit zitternden Knien von dem Zaun zurück. Es gab nichts mehr zu sehen. Auch sein Hab und Gut jenseits seiner Ersparnisse verbrannte wohl gerade zu Füßen des lodernden Michels.

»Jan, da sind Sie ja! Ich habe Sie schon gesucht. Sie waren nicht beim Eingang. Was ist denn bloß los dort drüben in der Stadt? Eine Kirche soll brennen, sagen die Leute.«

Jan Nowak schaute in Ljubas graublaue Augen. »Ja«, stieß er schließlich hervor. »Der Michel brennt. Und mit ihm verbrennt wohl gerade auch meine Wohnung …«

»Das ist ja furchtbar!« Ljuba schlug die Hände vor ihren aufgerissenen Mund und starrte Jan Nowak entsetzt an. Voller Mitgefühl griff sie nach seiner Hand.

»Ja«, sagte er, »… und damit ist es nun wirklich an der Zeit, etwas Neues anzufangen.« Seine großen, kräftigen Hände berührten sanft die Schultern der kleinen Frau vor ihm, er fasste sich ein Herz und legte seine ganze Hoffnung in jedes Einzelne seiner Worte. »Kommst du mit mir, Ljuba, und fängst gemeinsam mit mir neu an?«

17:10 Uhr

Dankend nahm Dascha das Glas mit dem heißen Kräutertee, das Lika ihr reichte. Seit über einer Stunde saßen sie jetzt zusammen mit Nowak im schattigen Hinterhof des Hotel Nord und Nowak redete und redete. Dascha war schwindelig. Es war so entsetzlich heiß. Nicht nur die Luft, auch in ihr glühte es. Was hier gerade passierte, kam ihr vor wie ein unwirklicher Traum. Der Mann ihr schräg gegenüber entwickelte aus dem Nichts heraus einen Plan, wie sich sein Leben, das ihrer Mutter und ihr eigenes binnen der nächsten vierundzwanzig Stunden komplett umkrempeln sollte. Soweit sie es verstanden hatte, war in dem Feuer, das drüben in der Neustadt wütete, seine Wohnung mit allem Hab und Gut in Flammen aufgegangen, und er verstand es als Zeichen des Schicksals, jetzt endlich den Schritt zu einem Neuanfang zu wagen. Er redete davon, in Cuxhaven, einem Außenposten von Hamburg, eine Pension für Überseereisende zu eröffnen. Und ihre Mutter und sie sollten mit ihm kommen und mit ihm gemeinsam die Pension führen. Zwar spreche er viele Sprachen und wisse, wie man ein Haus wirtschaftlich führte und die richtigen Kontakte knüpfte, aber in einer Küche kenne er sich nicht aus und auch von Hausarbeit verstünde er nicht viel. So könne jeder von ihnen seinen Teil zum Gelingen beitragen. Immer wieder schaute dieser Jan Nowak ihre Mutter mit warmen Augen an. Er schien ein guter Mensch zu sein und seine Absichten hörten sich aufrichtig an.

»Ach«, hörte Dascha ihre Mutter leise sagen, »was für wundervolle Aussichten du uns eröffnest, Jan. Aber es ändert doch nichts daran, dass ich ein Kind erwarte.«

Für einen Moment wurde es so still, dass Dascha meinte, das Sirren der heißen Sommerluft hören zu können.

»Und ein Kind ändert doch nichts daran«, hörte sie Jan Nowaks ruhige Stimme, »dass wir gemeinsam neu anfangen können. Wofür sonst als für unsere Kinder erschaffen wir etwas?«

Es wurde noch stiller. Eine Fliege setzte sich brummend auf Daschas Hand, die das Teeglas hielt, und fing an, ihre Vorderbeine zu putzen. All die Gedanken, die in der letzten Stunde in ihrem Kopf wie wild Karussell gefahren waren, waren auf einmal verschwunden. Nichts als Stille war da. Nur von weiter Ferne die vor Aufregung zitternde Stimme ihrer Mutter, die fragte, wie das denn einfach so gehen sollte, hierzubleiben. Jan Nowaks Antwort hörte Dascha schon nicht mehr, so laut war die Stille. Auch kein Bild zeigte sich mehr vor ihrem inneren Auge. Nur das Blau des Himmels sah sie, durch das eine Möwe ihre weiten Kreise zog. Ganz sanft stiegen die Worte aus ihrem Innern hervor, auch für sie selbst nicht hörbar, bis sie über ihre Lippen kamen.

»Ich werde nach Amerika fahren. Auch allein, wenn es so sein soll.«

Das Gerede der anderen verstummte. Lika nickte sanft.

18:30 Uhr

Kommissar Kiliszewski sass an seinem Schreibtisch und studierte die neuesten Polizeimeldungen, die ihn gerade erreicht hatten. Gleich an erster Stelle stand das Feuer im Michel. Der Schaden schien enorm. Nicht nur der Turm, das gesamte Kirchenschiff war in sich zusammengestürzt. Auch in der direkten Nachbarschaft gab es Schäden zu beklagen. Zwei Menschen hatten ihr Leben verloren, viele weitere waren verletzt worden. Eine genaue Zahl stand noch nicht fest. Zwölf Wohnhäuser hatte der Brand völlig zerstört, an der Englischen Planke war von der alten Straßenfront kaum noch etwas übrig. Auch in der Mühlenstraße, am Schaarmarkt und am Krayenkamp waren mehrere Häuser ausgebrannt oder aber so stark beschädigt, dass sie vorübergehend unbewohnbar waren. Die Feuerwehr mit zwölf Löschzügen hatte eine fünfhundertfünfzig Meter lange Schlauchleitung vom Hafen hoch auf den Berg zum Michel gelegt. Noch zur Stunde war man damit beschäftigt, Glutherde in Schach zu halten. Zugleich hatten schon Plünderer ihr Werk begonnen und die Polizei hatte alle Hände voll zu tun, das Areal abzuschotten. Kurz: Es war eine Katastrophe. Vor allem für die Menschen, die ihr Zuhause verloren hatten. Und auch um die Kirche, dieses Wahrzeichen Hamburgs, war es jammerschade.

Der nächste Punkt auf seiner Liste waren die Sicherheitsmaßnahmen für den morgigen Stapellauf des neuen HAPAG-Dampfers. Der sächsische König hatte den Bahnhof am Dammtor am Nachmittag sicher erreicht, nun ging es allerdings darum, auch das Schutzgeleit für den kommenden Tag zu sichern, trotz des erhöhten Personalaufkommens am Michel und in seiner Umgebung. Kiliszewski schüttelte unwirsch den Kopf. Mal wieder eine Extrawurst für die HAPAG. Vor ihm auf dem Tisch lag noch der Bericht, den er am frühen Nachmittag verfasst hatte. Über den polizeilichen Einsatz, der täglich hier in den Auswandererhallen geleistet wurde. Und für morgen früh war schon wieder eine Extraschicht einzulegen. Da die »Batavia« wegen ihres Tiefgangs und des niedrigen Tidenhubs in diesem heißen Sommer nicht bis in den Hafen hineinfuhr, sondern vor Brunshausen im Elbstrom vor Anker lag, mussten die Passagiere mit Tendern zum HAPAG-Dampfer gebracht werden. Entsprechend früher begann deren Einschiffung. Schließlich mussten die Menschen zunächst zu Fuß die fünf Kilometer zu den Passagierhallen auf dem Großen Grasbrook bewältigen. Ihr Gepäck verlud man aber wenigstens auf Wagen. In den Passagierhallen folgte dann die Überprüfung der Personalien, des Impfausweises, der den US-amerikanischen Ansprüchen genügen und von amerikanischen Konsularbeamten kontrolliert werden musste, und natürlich eine letzte ärztliche Untersuchung, bevor endlich die Fahrscheine gültig gestempelt wurden. Und auch die Polizei durfte hier nicht fehlen. Vier bis fünf Beamte in Zivil waren stets anwesend, um einen letzten Kontrollblick auf die Abreisenden zu werfen. Man suchte neben kriminellen Elementen auch immer nach Fahnenflüchtigen oder eben jungen Männern, die sich dem Wehrdienst entziehen wollten. Eine lästige und mühselige Aufgabe, die ab morgen früh um sechs Uhr auf Kiliszewski persönlich wartete. Seine Männer waren bei der derzeitigen Überbelegung der Auswandererhallen nämlich von hier nicht abkömmlich.

Ein Zwicken im Magen, gefolgt von einem leisen Knurren erinnerte den Kommissar daran, dass er seit dem Frühstück nichts mehr gegessen hatte. Er legte den Polizeibericht beiseite, reckte sich und machte sich auf den Weg hinüber ins Hotel Nord, um dort in Ruhe eine Kleinigkeit zu sich zu nehmen. Vielleicht würde er Nowak antreffen. Der arme Mann! Von seiner Dachwohnung auf der Englischen Planke war nichts übrig geblieben. Ein Schauer erfasste Kiliszewski. Nur zu gut kannte er das Gefühl, morgens aus dem Haus zu gehen und am Abend war nichts mehr wie früher. Wenigstens hatte Nowak nicht seine Familie verloren, so wie er damals bei der Choleraepidemie. Bei den beiden Toten heute handelte es sich um ältere Männer. Aber schließlich gab es auch noch Verwundete.

20:30 Uhr

Mit gleichmässigen schwungvollen Bewegungen füllte Dascha das Formular aus, das ihnen Jan Nowak nach dem Abendessen vorbeigebracht hatte. Ljuba schaute ihr versonnen zu. Wie gut sie schreiben konnte, wie sicher und selbstbewusst ihre Bewegungen waren. Aus ihrer kleinen Tochter war eine junge Frau geworden, die für sich einstehen konnte. Das fühlte Ljuba tief in sich. Sie war erwachsen. Dieses Wissen, dieses Gefühl breitete sich in Ljuba ruhig und warm aus. Sie hatte es geschafft. Sie hatte das kleine Mädchen, das ihr vor siebzehn Jahren von der Hebamme ans Herz gedrückt worden war, durchgebracht durch alle Stürme des Lebens. Sie hatte es beschützt, ihm alles beigebracht, was sie wusste, es sogar in die Schule schicken können. Und sie hatte ihr Kind bis hierher gebracht, an den äußersten Rand Europas, bis ans große Meer, das nach Amerika führte. Weiter konnte sie nicht mehr gehen. Weiter konnte sie ihr Kind nicht mehr führen. Und sie musste es auch nicht. Die junge Frau, die vor ihr saß und Zeile um Zeile mit gleichmäßigen Schriftzügen das Formular ausfüllte, war bereit, allein ihren Weg zu gehen. Doch war Ljuba auch bereit, sie loszulassen? Sie ganz allein in ein fremdes Land reisen zu lassen? Sie wohlmöglich nie wiederzusehen? Konnte sie das ertragen? Aber wie sollte sie es ertragen, Daschas Zukunft im Weg zu stehen? Sie konnte nicht anders, als

Jan Nowaks Angebot anzunehmen. Ganz gleich, ob die Amerikaner sie als Krüppel überhaupt ins Land gelassen hätten, so blieb doch das Kind in ihrem Bauch, das auf viele Jahre ihre Fürsorge brauchen würde. Und wie wichtig eine solche Fürsorge war, sah sie hier genau vor sich.

»Mamotschka, gibst du mir bitte einmal die Fahrscheine? Ich muss die Nummern hier eintragen.«

Ljuba griff mechanisch in ihre Rocktasche und zog den braunen Umschlag mit den Papieren heraus. Doch dann hielt sie inne.

»Lika … ich bitte dich … wirst du dich um meine Tochter kümmern auf der Überfahrt, damit sie nicht als Alleinreisende so ins Auge sticht? Ich bitte dich …«

Dascha schaute von ihrem Formular auf.

Lika musterte erst Ljuba, dann Dascha.

»Weißt du, Ljuba, zwar wäre ich bereit, das zu tun, doch ich kann es dir nicht versprechen.«

Ljuba sah sie fragend an.

»Ich habe nämlich gar keine Fahrkarte.«

Mutter und Tochter starrten Lika erstaunt an. »Wie? Du hast gar keine Fahrkarte? Wie kannst du dann hier sein? Du bist doch seit einer Woche hier mit uns, isst mit uns, schläfst mit uns in der Baracke. Wie geht das denn ohne Fahrkarte?«

Ein winziges Lächeln huschte über Likas Gesicht. »Nun, ihr seht ja, dass es geht. Eben deshalb, weil viele Menschen nicht sehen …«

Auf einmal wurde Ljuba bewusst, wie oft sie Lika gar nicht bemerkt hatte, obwohl diese die ganze Zeit anwesend war. Sie war da und nicht da. Ein klammes Gefühl breitete sich in ihrem Bauch aus. »Aber wie kann das sein?«, fragte sie schließlich.

»Dafür gilt es, ganz still zu sein. Dann verschmilzt man einfach mit dem, was ist.«

Dascha lächelte. »Und so bist du hier hereingekommen, nicht wahr? Und so habe ich dir mein Bett gegeben, weil es eben so sein sollte, nicht wahr?«

Lika lächelte schweigend.

»Und bei der Essensausgabe? Wollen die Frauen gar nicht deinen Kontrollschein sehen?«, fragte Ljuba erstaunt.

Lika schüttelte schweigend den Kopf, immer noch mit einem Lächeln auf den Lippen.

»Und so willst du auch auf das Schiff kommen? Und nach Amerika?«

»Ich will gar nichts, Ljuba. Ich gehe meinen Weg, so wie er sich vor mir zeigt. Da, wo ich bin und wie ich bin, ist es gut. Ob mein Weg auf ein Schiff führt oder woanders hin, das weiß ich nicht. Denn das liegt in der Zukunft. Und dort bin ich noch nicht.«

»Aber manchmal müssen wir Entscheidungen fällen, die unsere Zukunft betreffen.«

»Ja, doch für einige Entscheidungen brauchen wir erst die Mittel, die eine Entscheidung möglich machen.«

»Wie zum Beispiel eine Fahrkarte«, warf Dascha ein.

In Ljuba wurde es ganz still. War das die Stille, von der Lika gesprochen hatte? Auch der Gedanke löste sich auf. Ihre Finger öffneten den braunen Umschlag in ihrer Hand und zogen die Fahrkarten heraus. Eine reichte sie ihrer Tochter, die andere hielt sie Lika hin.

»Ich bitte dich, begleite meine Tochter auf das Schiff und hilf ihr, nach Amerika hineinzukommen.«

Likas Blick traf ihre Augen. Ljuba sah tief hinein in das helle Grün der Iris und es schien sich auf einmal zu drehen wie ein Kreisel. Mit jeder Drehung wurde sie tief in ihrem Innern ruhiger und sie ließ los, was loszulassen war.

»Ich werde tun, was in meiner Macht steht, damit deine Tochter ihren Weg gehen kann, Ljuba.« Dann nahm sie die Fahrkarte und reichte sie weiter an Dascha, damit sie auch die zweite Nummer in das Formular eintragen konnte.

»So ist es beschlossen«, hörte sich Ljuba auf einmal sagen. »Dascha, meine Liebste, du fährst zusammen mit Lika nach Amerika. Und ich, ich gehe mit Jan Nowak nach Cuxhaven.« Sie schluckte. »Und wenn Gott es will, so sehen wir uns alle eines Tages wieder.«

21:10 Uhr

Dascha hielt die beiden Fahrkarten in der Hand und schaute ihre Mutter an. Alles war ruhig und friedlich. In ihr, um sie herum. Auch ihre Mutter war ganz ruhig. Lika bemerkte sie gar nicht. So zeigte sich also der Weg. Wie Lika es gesagt hatte. Dann sollte es so sein.

»Ich liebe dich«, flüsterte sie ihrer Mutter zu.

»Und ich liebe dich, mein Kind«, flüsterte Ljuba zurück und ergriff Daschas Hände. Sie waren kalt, trotz der Wärme, die sie nach diesem heißen Tag immer noch umgab.

Ein leises Räuspern durchbrach die Ruhe.

»Dascha, entschuldige bitte.«

»Oh, David«, ergriff Lika das Wort. »Wie geht es deinem Bruder, dem kleinen Asher?«

»Danke. Schon etwas besser. Aber er bleibt noch einige Tage unter Quarantäne auf der Krankenstation.«

Lika nickte und David wandte sich wieder Dascha zu.

»Ich möchte dir etwas geben, Dascha.« Er zog ein gefaltetes Blatt Papier aus der Hosentasche und reichte es ihr.

Dascha zögerte, nahm es dann aber doch.

»Lies es erst, wenn du auf dem Schiff bist. Ihr fahrt doch morgen, nicht wahr?«

Die Blicke der drei Frauen kreuzten sich.

»Ja, wir fahren, David, danke«, antwortete Dascha und steckte den Brief in ihre Rocktasche, ohne ihn weiter zu beachten.

»Dann wünsche ich euch eine gute Reise und eine sichere Ankunft in Amerika.«

»Danke, David. Und was ist mit euch?«

»Wir werden hoffentlich nächste Woche ein Schiff nehmen können. Das hängt von Mashels Gesundheit ab.«

Dascha nickte und musterte den unschlüssig vor ihr stehenden jungen Mann. Ihre Blicke trafen sich und

Dascha lächelte ihm zu. David öffnete zaghaft die Arme, blieb aber, wo er war. Dascha machte zwei Schritte auf ihn zu und umarmte ihn. »Dir und Mashel auch alles Gute, David. Und danke für alles.« Sie küsste ihn flüchtig auf die Wange und trat dann zurück zu ihrer Mutter.

David räusperte sich noch einmal, grüßte und verließ die drei Frauen so schnell und leise, wie er gekommen war.

22:00 Uhr

Mit einem Gähnen schob Kommissar Kiliszewski die letzten Dokumente, die sich noch auf seinem Schreibtisch befunden hatten, in die Schublade und drehte den Schlüssel herum. Für heute war es wirklich genug. Der Bericht des Hafenarztes konnte auch bis morgen warten. Es klopfte an der Tür und Wachmann Schmidt steckte nach einem kurzen »Herein« des Kommissars seinen Kopf durch den Türspalt.

»Herr Nowak möchte Sie sprechen, Herr Kommissar.«

»So spät noch? Lassen Sie ihn herein, Schmidt.«

Mit einem Ruck setzte sich Kiliszewski auf und nahm

Haltung an. Beim Abendessen im Hotel Nord hatte er Nowak nicht angetroffen, auch wusste niemand, wo er war. Also dann eben jetzt.

»Entschuldigen Sie die späte Störung, Herr Kommissar, aber es ist wirklich wichtig.«

»Guten Abend, Herr Nowak, kommen Sie herein. Ich hatte bereits beim Abendessen nach Ihnen gefragt, aber Sie waren nicht zu erreichen.«

»Ja, heute ist schon ein besonderer Tag.«

»Das können Sie laut sagen. Ich fühle mit Ihnen, Nowak. Ihre Wohnung an der Englischen Planke … welch ein Jammer! Das tut mir sehr leid für Sie.«

Nowak nickte und holte tief Luft. »Danke, Herr Kommissar. Da sind wir ja gleich beim Thema. Sie haben mich vorhin nicht angetroffen, weil ich unterwegs war, um herauszufinden, wie es um meine Wohnung steht. Und wie es aussieht, gibt es sie nicht mehr. Das ganze Haus ist wohl nur noch eine Ruine. Ich hoffe nur, dass meine Nachbarn heil den Flammen entkommen sind. Auch alte Leute haben in dem Haus gewohnt.«

Kiliszewski nickte traurig. »Ja, ich habe es im Polizeibericht gelesen. Das Haus ist vollkommen zerstört. Doch zu Tode ist dort zum Glück niemand gekommen. Die zwei Opfer, die bisher benannt wurden, wurden woanders gefunden.«

»Wie gut, das zu hören. Mein Nachbar, der alte Köster. Aus lauter Angst vor Einbrechern hatte er sich von innen eingeriegelt. Gott sei mit ihm, dass es ihm gut geht.«

»Und Sie, Herr Nowak, wie geht es Ihnen?«

Jan Nowak schaute Kiliszewski lange und prüfend in

die Augen. So etwas hatte er von diesem Mann noch nicht erlebt. Auch diesen Blick nicht. Ganz ruhig, ganz klar.

»Ich werde fortgehen, Herr Kommissar. Hier gibt es für mich nichts mehr zu tun.«

Kiliszewski schluckte. »Fort? Weg aus Hamburg?«

Nowak nickte.

»Und was kann ich da für Sie tun?«

»Meine Papiere waren in meiner Wohnung. Jetzt sind sie nur noch Asche. Ich brauche neue.« Er hielt kurz inne. »Für mich und meine Frau.«

»Sie sind verheiratet? Das wusste ich gar nicht.«

Nowak hielt seinem prüfenden Blick stand.

»Und was wird aus Ihrer Arbeit hier in der Auswandererstadt?«

Nowak atmete kräftig aus. Dann zog er einen Briefumschlag aus seiner Hosentasche. »Das ist meine zweite Bitte an Sie. Wären Sie so liebenswürdig und übergeben Sie Herrn Allen meine fristlose Kündigung?«

»Fristlos?«

»Was würden Sie an meiner Stelle tun, nachdem er mich gestern so behandelt hat?«

Kiliszewski nickte. Ja, der Verwalter Allen hatte eindeutig weit über die Stränge geschlagen, als er Nowak vor allen Gästen beim Mittagessen abgekanzelt hatte. Weder sein Ton noch seine Worte waren angemessen gewesen. Kiliszewski schämte sich. Er hätte eingreifen können. Er hatte es nicht getan. Aus falscher Scheu vor den hohen Herren. Jenen Herren, wegen deren Desinteresse an seiner Arbeit – und der seiner Leute – er heute einen langen Bericht hatte schreiben müssen, ganz abgesehen von all den täglichen Diensten, die sie zum Wohle von deren Geschäften leisteten. Auch zum Wohle der Stadt. Hoffentlich! Schweigend streckte er seine Hand Nowak über den Schreibtisch entgegen und nahm den Brief an sich. Dann holte er tief Luft, schloss die Schreibtischschublade wieder auf, zog einen Briefbogen der Hamburger Polizei heraus und spannte ihn in die Schreibmaschine.

»Gut«, sagte er, »dann wollen wir mal. Fangen wir mit Ihnen an: Name, Geburtsdatum und Ort, letzte Meldeadresse, letzter Arbeitgeber.«

Nowak ratterte die gewünschten Informationen monoton herunter, Kiliszewski tippte nahezu im Gleichklang auf die Tasten ein.

»Nun zu Ihrer Frau. Name, Mädchenname, Geburtsdatum und Ort, letzte Meldeadresse, letzter Arbeitgeber.«

Nowak senkte den Blick und holte tief Luft.

»Nowak, Ljuba, Mädchenname ...«, er zögerte einen Moment, »Martowa, geboren am 28. Juni 1870 in Sankt Petersburg, dieselbe Meldeadresse wie meine, Hausfrau.«

»Oh, eine Russin«, entfuhr es Kiliszewski. Aber er biss sich auf die Lippen und unterdrückte jeden weiteren Kommentar. Was er hier schrieb, hatte nicht vor Gottes Wahrheit, sondern vor den Hamburger Behörden standzuhalten. Und das würde es. Dafür sorgten der Stempel und seine Unterschrift. Gott hatte seine eigene Wahrheit. Das wusste Kiliszewski genau. Und der Herrgott persönlich würde entscheiden, wie weit Nowak und seine Frau, wer immer sie auch sein mochte, mit diesem Dokument kämen. Er, der kleine Kommissar der Polizeiwache Veddel/Auswandererhallen, tat jetzt einfach das, was sein Herz sagte. Und mit jedem Anschlag auf der Schreibmaschine schlug sein Herz leichter und fröhlicher. Schließlich rollte er den Briefbogen aus der Maschine, griff nach seinem Füllfederhalter, unterschrieb mit Verve das Papier und setzte zu guter Letzt sein Dienstsiegel unter die Unterschrift.

»So, Herr Nowak, damit sollte Ihnen jedes Amt in Hamburg neue Papiere ausstellen. Und fürs Erste reicht dieses allemal.«

Er lächelte dem inzwischen ehemaligen Maître des Hotel Nord zu. »Ich wünsche Ihnen von Herzen alles Gute. Schicken Sie mir mal bei Gelegenheit eine Postkarte.«

»Danke. Das werde ich tun, Herr Kommissar. Danke.«

Nowak sah Kiliszewski mit festem Blick in die Augen. Dann reichte er ihm die Hand. Sein Händedruck war warm und fest. Der eines ehrlichen Mannes.

Kiliszewski sah ihm hinterher, wie er ruhig und sicher durch die Tür hinausging, fort in sein neues Leben.

»Gut so«, sagte er zu sich. »Schließlich sollte keiner in seinem Leid verharren.«

Mittwoch, der 4. Juli 1906

5:30 Uhr

Jan Nowak hob Daschas Sack auf den Pferdewagen, der das Reisegepäck der Auswanderer die fünf Kilometer hin zu den Passagierhallen auf dem Großen Grasbrook brachte. Die beiden schweren Kaltblüter im Joch schnaubten und scharrten mit den Hufen. Dann griff er Ljubas Bündel und legte es sich über die Schulter. Es war sehr leicht für ein Marschgepäck in ein neues Leben. Die beiden Frauen standen etwas abseits und hielten einander bei den Händen.

»Dann wollen wir mal«, raunte er den beiden zu.

Ein tiefer Seufzer stieg aus Ljubas Brust auf, sie ließ die eine Hand ihrer Tochter los und sie reihten sich ein in den Menschenzug, der zum weit offenen Tor hinaus in Richtung Passagierhallen aufbrach. Jan Nowak musste seinen Gang regelrecht drosseln, so langsam gingen die Frauen. Vielmehr Ljuba. Sie hinkte stark, zog ihr linkes Bein nach. Inzwischen wusste er, dass sie sich nicht etwa verletzt hatte, sondern das Hinken die Folge ihrer Kinderlähmung war, die sie als kleines Mädchen heimgesucht hatte. Ihm wurde warm ums Herz. Was für eine tapfere Frau. Vom fernen Russland bis hierher war sie gekommen und hatte sich mutig den neuen Herausforderungen gestellt. Die nächsten begannen bereits nach fünf Kilometern für die Reisenden. Denn in den Passagierhallen warteten nicht nur die üblichen Amtsärzte mit ihren üblichen

Gesundheitskontrollen. Auch waren dort US-amerikanische Konsulatsmitarbeiter postiert, die mit ihren obligatorischen Stempeln die erste direkte amerikanische Selektion durchführten. Die nächsten Untersuchungen kamen dann auf Ellis Island: medizinische Kontrollen, moralische Kontrollen, finanzielle Kontrollen und auch Personalkontrollen. Endlich hatten sie das Tor passiert und näherten sich dem Fähranleger, von wo aus die Fähre abfuhr, die Jan Nowak und Ljuba hinüber in die Stadt bringen sollte. Ihr Zug nach Cuxhaven fuhr um sieben Uhr.

Ja, es war gut, dass er Ljuba gebeten hatte, mit ihm zu kommen. Für sie – und für ihn. Das sagte sein Herz laut und deutlich. Und genauso deutlich wusste er, welche Verantwortung er damit übernahm. Für die Frau, das ungeborene Kind. Und für die große Tochter, die sich auf ihn verließ und darauf, dass er gut zu ihrer Mutter sein würde. Er drückte seine alte Aktentasche fest an die Brust. Neue Papiere hatte er bereits für sie, sodass behördlich alles in trockenen Tüchern war. Doch wer würde für Dascha sorgen? Wo war die Alte? Suchend schaute er sich um. Sie war nirgends zu sehen. Doch als sein Blick wieder zu Mutter und Tochter glitt, da sah er sie. Die Alte ging ein Stück vor ihnen, ihr kleines Bündel auf den Rücken geschnallt. Wie sie so ruhig und kraftvoll ausschritt, wirkte sie nicht alt. Wären ihre Haare nicht weiß, für älter als Ende vierzig hätte er sie kaum gehalten. Aber Geld hatte sie keines. Dabei war gerade das für die erste Zeit besonders wichtig, um herauszukommen aus dem Strudel der Einwanderer, an denen sich alle möglichen Halunken und Tagesdiebe gütlich hielten.

Jan Nowak tippte Ljuba leicht an die Schulter.

»Wir müssen hier abbiegen und zum Fähranleger gehen.«

Ljuba nickte, und die beiden Frauen traten aus dem Menschenzug heraus. Auch die Alte stand etwas abseits und wartete. Mutter und Tochter nahmen sich schweigend in die Arme und küssten einander auf die Wangen. Es gab nichts mehr zu sagen. Dann lösten sie sich voneinander und Ljuba umarmte Lika.

»Ich danke dir, Lika, dass ich dir meine Tochter anvertrauen darf. Gute Reise. Leb wohl!«

Nowak hatte Ljubas Bündel abgestellt und öffnete vorsichtig die Aktentasche. Aus einem Umschlag zog er zwei Zehn-Dollar-Noten, strich sie glatt und reichte sie Dascha.

»Zwar wirst du mit dem Formular in den Passagierhallen das überzahlte Geld für den Aufenthalt hier zurückbekommen. Aber mit Sicherheit hast du keine Dollars. Und genau die brauchst du gleich zu Anfang, um aus dem Hafengebiet herauszukommen. Dort sind die Geldwechsler alle Gauner. Ihr fahrt am besten nach Manhattan auf die Lower East Side und sucht euch dort in Ruhe jemanden, der euch einen guten Wechselkurs für euer Geld bietet. Nehmt nicht den erstbesten. Mit diesen Dollars kommt ihr einige Tage aus, wenn ihr sparsam seid.«

Dascha schaute ihn mit ihren hellblauen Augen direkt an. »Danke, Jan. Kümmere dich gut um meine Mutter, hörst du?«

Nowak nickte. »Das verspreche ich dir. Schreib uns, wenn ihr angekommen seid. Postlagernd nach Cuxhaven.« Dann nahm er Dascha unvermittelt in die Arme und drückte sie an sein Herz. »Alles Gute, Mädchen. Gott sei mit dir!«

Danach reichte er Lika die Hand. »Auch dir alles Gute.« Lika nickte lächelnd, nahm dann Daschas Hand und die beiden reihten sich erneut in den Menschenstrom ein.

Ljuba zitterte, und Tränen liefen ihr die Wangen hinab. Aber sie schluckte das Schluchzen hinunter. Nowak zog aus der Aktentasche das Wolltuch, das er ihr zum Abschied hatte schenken wollen. Nun legte er es ihr für den Neuanfang um die Schulter und ließ seine Hand ebenfalls sanft auf ihr ruhen. Als sie die beiden Frauen nicht mehr in der Menge ausmachen konnten, drehten sie sich um und bestiegen die Fähre, deren Horn bereits zur Abfahrt tönte.

12:15 Uhr

»Komm, mein Kind, es ist an der Zeit zu gehen.«

Lika griff nach Daschas Hand und zog sie sanft zum Niedergang, der hinunter ins Zwischendeck des großen

Ozeandampfers führte. Die Menschen drängten vor und hinter ihnen. Jeder wollte einen möglichst guten Platz auf den Pritschen für die siebentägige Überfahrt nach New York ergattern. Dascha folgte Lika quer durch den Raum. Die alte Frau ging zielstrebig auf das hintere Ende des Zwischendecks zu, wandte sich dann nach links und auf einmal standen die beiden vor einer großen Pritsche, versteckt in einer Nische, die über eine Lüftungsklappe verfügte.

»Das hier scheint mir unser Platz zu sein«, bemerkte Lika trocken und warf ihr Bündel auf die Pritsche und kletterte hinterher. Dascha lächelte und tat es ihr gleich. Ein Platz mit frischer Luft zum Atmen. Das war für jetzt das Wichtigste. Alles Weitere würde sich zu gegebener Zeit zeigen.

Liebste Dascha,

dich auf das Schiff steigen zu wissen und selbst hier in Hamburg zu bleiben, wühlt mich zutiefst auf. Obgleich ich dich erst wenige Tage kenne, fühle ich, dass ich dich aus tiefstem Herzen liebe. Du bist eine wunderschöne, fröhliche, kraftvolle und liebenswerte Frau und ich wünsche mir sehnlichst, mit dir zusammen sein zu können. Doch mein Herz ist nicht frei, jetzt mit dir zu kommen. Es ist bei meinem Bruder und bleibt an seiner Seite, bis er wieder fest auf seinen eigenen Beinen stehen kann.

Ich habe dir erzählt, dass wir aus Kischinjow kommen. Aber ich habe dir nicht erzählt, was uns dort passiert ist. Im letzten Oktober gab es in Kischinjow ein Pogrom gegen uns Juden. Schon im April 1903 haben sie an die fünfzig Menschen von unseren Leuten erschlagen, über fünfhundert verletzt und an die siebenhundert Häuser geplündert und zerstört. Damals verließen Tausende Juden die Stadt. Das letzte Mal, im letzten Oktober, erschlugen sie nur neunzehn Menschen, darunter meine beiden Eltern. Mashel musste mit ansehen, wie man unsere Mutter ermordete. Er war im Schrank versteckt. Wir fanden ihn erst am nächsten Tag. Seitdem hat er Albträume. Unsere Großmutter hat uns fortgeschickt. Sie hat ihrer Tochter, unserer Tante, nach New York telegraphiert, damit sie unsere Überfahrt organisiert. Mashel wollte nicht fort. Er hatte immer Angst. Auch hier hat er immer Angst. Angst, verlassen zu werden. Darum ist er auch krank geworden. Ich habe ihm versprochen, dass ich bei ihm bleibe. Es geht ihm schon besser. Der Arzt sagte mir, dass er Typhus für unwahrscheinlich halte und wir wohl nächste Woche fahren können, wenn Mashel sich bis dahin erholt. Aber wer weiß, was noch passiert. Bisher brachte jede Woche so viel Neues. Es ist mein Herzenswunsch, dich wiederzusehen. Doch den ersten Platz in meinem Herzen hat bis auf Weiteres mein kleiner Bruder Asher.

Ich schreibe dir die Adresse meiner Tante in New York auf, damit du weißt, wie du mich erreichen kannst. Und damit du einen Ort hast, wohin du kannst, wenn New York nicht so einladend sein sollte, wie wir uns das wünschen:

Rahel Jakowitz, 163 Broome Street, New York City.

In Liebe, David

Weitere Titel finden Sie auf den folgenden Seiten und im Internet:

WWW.GMEINER-VERLAG.DE

Manuela Terzi
Alegra – Das Mündel der Medici
Historischer Roman
416 Seiten, 13,5 x 21 cm,
Premium-Klappenbroschur
ISBN 978-3-8392-0324-8
€ 18,00 [D] / € 18,50 [A]

Nach langem Flehen seines Förderers Cosimo de' Medici kehrt der berühmte Bildhauer Donatello nach Florenz zurück. Behütet im Hause Donatellos aufgewachsen, weiß Alegra nicht, welch grausames Schicksal ihren Vater vor Jahren wirklich ereilt hat. Die junge Frau begehrt gegen ihr einsames, zurückgezogenes Leben auf und Donatello erkennt, dass sein lang gehütetes Geheimnis ans Licht zu kommen droht. Als Alegra auf einem ihrer Spaziergänge Fabrizio begegnet und sich in ihn verliebt, ahnt sie nicht, wer er wirklich ist …

GMEINER SPANNUNG

WWW.GMEINER-VERLAG.DE
Wir machen's spannend

DIE NEUEN Lieblings-plätze

ISBN 978-3-8392-0154-1

ISBN 978-3-8392-2730-5

ISBN 978-3-8392-0155-8

ISBN 978-3-8392-0158-9

ISBN 978-3-8392-0160-2

ISBN 978-3-8392-0159-6

ISBN 978-3-8392-0161-9

ISBN 978-3-8392-0163-3

ISBN 978-3-8392-0164-0

ISBN 978-3-8392-2626-1

ISBN 978-3-8392-0156-5

ISBN 978-3-8392-0157-2

ISBN 978-3-8392-0166-4

ISBN 978-3-8392-0166-4

ISBN 978-3-8392-2838-8

ISBN 978-3-8392-0168-8

GMEINER KULTUR

WWW.GMEINER-VERLAG.DE
Mensch, Kultur, Region